WILD PUB GALWAY

W0206450

edition oberkassel

Shannon Crowley ist das Pseudonym von Jacqueline Lochmüller. Sie wurde 1965 in der Festspielstadt Bayreuth geboren. Sie ist gelernte Bürokauffrau, arbeitet jedoch seit etlichen Jahren ausschließlich als Schriftstellerin. Sie schreibt Krimis, Thriller und erotische Romane unter diversen Pseudonymen, sowie unter ihrem eigenen Namen. Shannon Crowley lebt mit ihren Töchtern in Oberfranken.
Bei edition oberkassel erschienen bisher
Hillmoor Cross und **Blackwood Castle**.

WILD PUB GALWAY

Shannon Crowley

Ein Inspector-Dunn-Krimi

Edition Oberkassel

Alle Rechte vorbehalten.
Verlag: edition oberkassel Verlag Detlef Knut, Lütticher Str. 15, 40547 Düsseldorf
Umschlaggestaltung: Detlef Knut unter Verwendung eines Fotos von © littleny/ 123RF.com
Lektorat: Jessica Idczak
gesetzt mit Adobe InDesign

© Shannon Crowley
© edition oberkassel, 2020

www.editionoberkassel.de
info@edition-oberkassel.de

Das Werk inklusive aller Abbildungen ist urheberrechtlich geschützt. Jede Verwertung außerhalb der Grenzen des Urheberrechtgesetzes ist ohne Zustimmung des Verlages und der Autoren unzulässig und strafbar.

Originalausgabe 2020
Printed in Europe

ISBN(Print): 978-3-95813-215-3
ISBN(Ebook): 978-3-95813-216-0

KAPITEL 1

ES WAR DER ZEHNTE DEZEMBER UM 19:28 UHR und es war vollkommen still in der Praxis. Nur Caseys Herz drosch gegen die Rippen. Wenn er nicht in den Flur starrte, um zu kontrollieren, dass niemand mehr hereinwollte, was um diese Zeit völliger Unsinn war, dann sah er auf den Bildschirm seines Computers. Seine kräftigen, gepflegten Hände waren kalt und feucht. In seinem Nacken sammelte sich der Schweiß, ebenso unter seinen Achseln.

Die Uhr sprang vor auf 19:29 Uhr.

Er hielt diesen Druck nicht mehr aus.

Seine Angestellten waren längst zu Hause, nur er musste noch bleiben und warten, ob diese elende Nachricht auch heute wieder kam.

Eigentlich musste er es nicht. Er hätte einfach gehen können. Aber das ging nicht, weil er die Unwissenheit genauso wenig ertrug wie das Warten und den Inhalt der Nachricht, die seit einer Woche jeden Abend kam. Pünktlich um 19:30 Uhr.

Casey presste die Fingerspitzen an die Schläfen. Wer immer diese Mails schrieb, derjenige war ein Spinner - dennoch ließ er sich tatsächlich verrückt machen.

Es würde nichts passieren.

Und wenn doch? Heute lief die Frist ab.

Der Arzt griff mit zitternder Hand nach dem halb vollen Wasserglas, das neben dem Telefon stand. Er trank einen Schluck, verschluckte sich, hustete und kleckerte, und ein wenig Wasser rann über sein Kinn.

Hastig wischte er es mit dem Ärmel seines hellen Hemdes ab.

Pling. Es war 19:30 Uhr. Eine Mail war eingegangen.

Casey schnürte es die Kehle zu und ein eisiger Schauer rieselte über seinen Rücken.

Absender: A. Venger, wie jedes Mal.

Er öffnete die Mail.

»Deine Frist ist abgelaufen. Du hast nichts getan. Ich habe es nicht anders erwartet. Ich werde dafür sorgen, dass du nie wieder Schuld auf dich lädst. Du solltest mir dankbar sein.«

In Caseys Ohren rauschte das Blut und vor seinen Augen flimmerte es.

Er war längst sicher, es konnte nur um die alte Sache gehen. Doch wer zum Teufel wollte ihm deswegen, nach all den Jahren, seine Existenz ruinieren? Im Grunde kam nur eine Person in Frage. Er wusste nicht einmal deren Namen, doch das machte es nicht leichter.

In dem Augenblick hörte er ein Geräusch. Todesangst durchfuhr ihn. Was war das gewesen? Er vernahm ein Rascheln, dann polterte es. Nicht laut, aber eindeutig. Tausend unsichtbare Nadeln schienen auf ihn einzustechen. Er unterdrückte ein Keuchen, seine Hände waren jetzt schweißnass.

Die Geräusche kamen aus der Küche. Es war aber nicht möglich, dass außer ihm noch jemand in der Praxis war! Er hatte alle Räume überprüft, nachdem auch die Letzte seiner Angestellten vor einer dreiviertel Stunde gegangen war. Zudem lagen seine Räume im vierten Stock, es konnte also auch niemand durch ein Fenster herein. Eigentlich. Wer unbedingt wollte …

Casey biss die Zähne zusammen. Er würde jetzt aufstehen

und nachsehen. Behutsam schob er seinen Stuhl zurück. Sein Blick fiel auf den vergoldeten Brieföffner, lang und spitz zulaufend, leicht gebogen wie ein Dolch, der auf seinem Schreibtisch lag. Er hatte ihn von einer Reise nach Marokko mitgebracht. Vorsichtig griff er danach.

Behutsam setzte er einen Schritt vor den anderen. In der Küche war es jetzt still. Er blieb im Flur stehen und blickte in den menschenleeren rechteckigen Raum. Er sah sofort, was die Ursache des Geräusches gewesen war. Unter dem Fenster gegenüber der Tür gab es einen Esstisch mit vier Stühlen. Auf einem dieser Stühle stand eine gut gefüllte Einkaufstasche aus Kunststoff, die sich zur Seite geneigt hatte. Am Boden lagen zwei Orangen.

Nur langsam beruhigte sich sein Herzschlag.

Casey sah sein Spiegelbild in der Fensterscheibe. Draußen war schwarze Nacht. Er betrachtete sich selbst. Er war schmal und schlank und hochgewachsen. Seine Gesichtszüge verschwammen in der Spiegelung des Glases. Was er jedoch deutlich wahrnahm, war der dolchartige Brieföffner, mit dem er sich gegen wen-auch-immer hatte verteidigen wollen.

Er wurde allmählich verrückt. Ganz egal, was sein Verfolger mit ihm vorhatte, er hatte es schon mal geschafft, seine Nerven zu ruinieren.

In dem Moment hörte Casey das nächste Geräusch. Diesmal kam es von der Eingangstür. Er fuhr herum.

Hinter der Milchglasscheibe des Einganges sah er einen Schatten. Ein Schlüssel wurde ins Schloss geschoben und die Tür nach innen gedrückt.

Nie im Leben hätte Doctor Aaron Casey gedacht, dass er sich einen schnellen Herztod wünschen würde und das in seinen noch relativ jungen Jahren. Vor wenigen Tagen hatte er seinen 42. Geburtstag gefeiert.

Wenigstens hatte er eine Waffe. Er stand wie gelähmt.

»Doctor Casey. Sie sind ja noch da. Warum brennt denn überall Licht?«

Im Flur stand Selma Nolan, seine Putzfrau.

Caseys Herz sackte etliche Etagen tiefer. Rasch wandte er sich so um, sodass er Selma ansehen konnte, dabei aber die Hand mit dem Brieföffner hinter dem Rücken hielt. Es mochte genauso aussehen, wie es war. Er versteckte etwas.

»Selma. Haben Sie etwas vergessen?«, erkundigte er sich, ohne die Frage wegen des Lichtes zu beantworten.

Seine Stimme funktionierte. Er klang ganz ruhig, beinahe freundlich.

»Ach«, machte Selma und winkte unwirsch ab. »Ich hab meinen Kopf nicht beisammen. Ich hatte doch noch eingekauft, ehe ich zum Saubermachen gekommen bin, und nun steht meine Tüte mit dem Zeug immer noch in der Küche.«

Sie kam auf ihn zu. Casey war in Versuchung, rückwärts zu gehen, damit sie den Brieföffner nicht sah. Stattdessen schob er ihn rasch hinter die Kaffeemaschine.

»Ja«, sagte er. »Ich habe ein Geräusch gehört und deswegen ...«

»Ein Geräusch?« Selma trat neben ihn. »Ach herrje. Die guten Orangen. Das war es wohl, was Sie gehört haben. Ich bin auch gleich wieder weg Doctor.«

Sie bückte sich, hob das Obst auf und steckte es in die Einkaufstasche.

»Arbeiten Sie nicht mehr so lange. Sie sehen ja schon ganz fertig aus.«

Casey zwang sich zu einem Lächeln.

»Kommen Sie gut heim, Selma.«

»Bis morgen, Doctor.«

Die kleine Frau mit der rundlichen Figur schob sich an ihm vorbei.

»Soll ich noch die Lichter ausmachen?«, fragte sie.

»Nein, nein. Gehen Sie ruhig, ich mach das.«

Die Tür schnappte hinter ihr ins Schloss.

Casey ließ die angespannten Schultern sinken. Er war fertig. Fix und fertig. Er griff nach dem Brieföffner und ging zurück in sein Büro.

Die Mail war noch immer da. Wenn er sie schloss, würde sie fort sein, und zwar komplett und für immer. Der Absender sandte ihm stets selbstlöschende E-Mails. Bis er die erste dieser Nachrichten vor einer Woche auf Gedeih und Verderb nicht wiedergefunden hatte, nachdem er sie geschlossen hatte, hatte er gar nicht gewusst, dass es so etwas gab. Die Google-Suche hatte ihn belehrt. Es gab einen Nachrichtendienst, der sämtliche Mitteilungen unwiderruflich löschte, sobald sie wieder geschlossen wurden.

Er hockte sich hinter seinen Schreibtisch und drückte die Fingerspitzen gegen die Schläfen.

»Deine Frist ist abgelaufen. Du hast nichts getan. Ich habe es nicht anders erwartet. Ich werde dafür sorgen, dass du nie wieder Schuld auf dich lädst. Du solltest mir dankbar sein.«

Er konnte die Polizei anrufen und den Beamten die Mail zeigen. Diese hatten bestimmt die Möglichkeit, herauszufinden, wer der Absender war.

Allerdings … Casey schob zwei Finger zwischen seinen Hals und den Kragen seines Hemdes, um ihn zu lockern, ehe er merkte, dass die oberen beiden Knöpfe ohnehin offenstanden. Die Angst schnürte ihm den Hals zusammen, nicht etwa sein Hemdkragen.

Er konnte die Polizei nicht anrufen. Es stand zu viel auf dem Spiel.

Was meinte dieser A. Venger, wenn er schrieb, er würde dafür sorgen, dass er nie wieder Schuld auf sich lud? Wollte er ihn öffentlich diffamieren? Falls es wirklich um den Vorfall von damals ging, so konnte er ihm zumindest nichts beweisen. Doch egal, wessen er ihn anklagte, Schmutz warf es in jedem Fall auf ihn.

Im schlimmsten Fall blieben ihm nach und nach die Patienten weg. Oder gar über Nacht.

War es überhaupt ein ›er‹, der ihn in Angst und Schrecken versetzte? Oder war es eine Frau? Nein, sein Gefühl sagte ihm, es war ein Mann.

Casey biss die Zähne aufeinander, bis es schmerzte. Wieder wollte er seinen Hemdkragen lockern und ließ wutentbrannt die Faust auf den Schreibtisch donnern, als er zum zweiten Mal innerhalb weniger Minuten merkte, dass es seine Psyche war, die ihm den Hals zusammenzog.

Sein Handy läutete. Auf dem Display erschien das Gesicht einer hübschen jungen Frau mit braunen Locken und einem sanften Lächeln. Er nahm das Gespräch an.

»Georgia, meine Liebe. Alles in Ordnung bei dir?«, fragte er und hoffte, sie würde seiner Stimme nicht anhören, unter welcher Anspannung er sich befand.

»Du fehlst mir«, hörte er ihre weiche melodische Stimme. »Bist du noch in der Praxis? Ich bin alleine, ich könnte zu dir kommen.«

»Ja, ich bin noch in der Praxis. Wo ist dein Mann?«

»Mit Ben beim Tennis. Anschließend wollen die beiden in die Sauna. Vor Mitternacht ist er nicht zurück. Bitte, Aaron, ich bleib auch nicht lange.«

»Und wenn er doch eher zurückkommt? Er muss morgen früh ausgeschlafen sein. Lass uns warten, bis er auf seiner Schulfahrt ist.«

Er war absolut nicht in der Verfassung, mit ihr einen schönen Abend zu verbringen.

Seine Nerven flatterten. Er hatte weder ihr noch sonst jemandem von den Droh-Mails erzählt und gerade sie, so redete er sich ein, hatte genug andere Sorgen.

In Wahrheit aber, das wusste er, ging es ihm um seine weiße Weste. Er wollte nicht, dass sie erfuhr, was damals passiert war. Erzählte er ihr von den Mails, so würde sie ihm zusetzen, zur Polizei zu gehen, und ihn immer wieder fragen, ob er nicht doch eine Vermutung hatte, worum es gehen könnte.

»Aber das dauert noch so lange.« Er hörte die Enttäuschung in ihrer Stimme.

»Nicht so lange. Ich muss noch etliche Berichte fertig schreiben, ein paar Telefonate führen und so weiter. Es wird spät werden.«

»Du fehlst mir so.«

»Es tut mir leid, Liebes, heute geht es wirklich nicht. Was macht Patricia?«, versuchte er dem Gespräch eine andere Richtung zu geben.

»Sie schläft. Ich könnte Matty das Babyfon rüberbringen und dann…«

»Sei nicht böse, Schatz. Wie gesagt, heute geht es nicht. Dein Mann fährt für fünf Tage weg. Wir haben also viel Zeit.«

»Man weiß nie, wie viel Zeit man noch hat. Aaron, ich kann nicht mehr. Es muss sich etwas ändern.«

»Sicher. Wir reden in Ruhe darüber«, versicherte er.

Das Telefonat drohte ihm zu entgleiten. Er musste auflegen und sich um Wichtigeres kümmern.

»Ich melde mich morgen, Liebes«, versprach er.

»Schreibst du mir später noch eine Gute-Nacht-Nachricht?«, bat sie.

»Sicher. Bis dann, mein Schatz.«

Eilig beendete er das Gespräch. Er hatte sich mit ihr zu weit aus dem Fenster gelehnt. Die Sache ging schon viel zu lange.

Eine Weile hockte Casey noch hinter seinem Schreibtisch. Dann kam ihm eine Idee, die zwar seine Probleme nicht löste, mit der er sich aber ein wenig besser fühlte. Er machte mehrere Fotos von der Mail. Mit dem Wissen, dass er sich nun die selbstlöschende Nachricht quasi gesichert hatte, wurde ihm ein wenig leichter. Dumm eigentlich, dass er nicht früher darauf gekommen war.

Anschließend schloss er das Mailprogramm, wartete einige Sekunden und öffnete es wieder. Wie üblich war die Droh-Mail verschwunden.

Casey fuhr den Computer herunter. Er nahm seinen schwarzen Wollmantel vom Garderobenhaken hinter der Tür, legte den rot karierten Schal um den Hals und ging dann von Raum zu Raum, um die Lichter zu löschen.

Er würde jetzt in den *Wild Pub* gehen, der war nur eine Straße weiter.

***

Dicke weiße Flocken fielen dicht an dicht vom nächtlichen Himmel und wirbelten im Licht der Straßenlaternen wild durcheinander. Sie setzten sich auf Caseys Kopf, sein Gesicht und den Mantel und zerschmolzen auf seiner Haut, ebenso wie auf der Straße und dem Gehweg.

Er sah sich nach allen Seiten um und versuchte sich einzureden, dass er seinen Blick grundlos durch die Gegend schweifen ließ. Nur so, um sich ein wenig umzusehen. Doch die Wahrheit war, er hatte Angst. Was wusste er schon, was im Kopf dieses Irren vorging? Lauerte er hinter einer Straßenecke oder versteckte sich in einem Hauseingang?

Es war still in der Baker Street, jetzt um kurz vor 21 Uhr.

Links und rechts der Straße säumten Laubbäume die Fahrbahn, die um diese Jahreszeit nur kahle Äste trugen. Hier und da parkten ein paar Autos vor den Reihenhäusern, die gegenüber seiner Praxis standen. Hinter etlichen Fenstern brannte Licht, manch ein Bewohner hatte einen Lichterbogen vor die Scheibe gestellt oder eine Lichterkette an der Innenseite des Fensterrahmens befestigt. In einem der winzigen Vorgärten, die zu den Reihenhäusern gehörten, steckten künstliche Kerzen auf den Zweigen einer kleinen Tanne.

Die Eingangstüren zu den schmalen Häusern lagen allesamt in einer Art Hochparterre. Steinerne Treppenstufen führten hinauf, gesäumt von schmiedeeisernen Geländern.

Im Haus Nummer fünf lehnte an einem Fenster im ersten Stock eine alte Frau, die Arme vermutlich auf das Fensterbrett gestützt, und sah nach draußen.

Das war Cecilia Graves. Sie war 82 Jahre und kam beinahe jede Woche zu ihm, obwohl sie für ihr Alter rundum gesund war. Er überlegte, ob er ihr zuwinken sollte. Doch auf die Entfernung und im Dunkeln mochte sie das nicht bemerken. Casey verzichtete darauf.

An Haus Nummer sieben brannte eine kleine Laterne neben dem Hauseingang.

So still und friedlich die Gegend wirkte, überall konnte Gefahr lauern.

Doctor Aaron Casey atmete bedächtig die feuchtkalte Winterluft ein. Er würde jetzt in den *Wild Pub* gehen und versuchen, an etwas anderes zu denken. Irgendwie musste er schließlich weitermachen. Sollte der Spinner ihn tatsächlich an den Pranger stellen … Nein. So weit wollte er jetzt nicht denken.

Langsam machte er sich auf den Weg.

Ein Pärchen kam ihm entgegen, Hand in Hand und in ein Gespräch vertieft. Als die beiden an ihm vorübergingen, sah er, wie jung sie noch waren. 16 Jahre, vielleicht 17, älter wohl nicht.

Es war wie ein Zwang. Immer wieder blieb Casey stehen und sah sich um. In einiger Entfernung hinter ihm lief ein Spaziergänger, der einen hechelnden Hund an der Leine hatte.

An der ersten Kreuzung wandte sich Casey nach rechts. Hier ging es von der Baker Street in die St.-Anna-Street, an deren Ende sich der Wild Pub befand. Beinahe wäre er mit einem Mann zusammengeprallt, der ihm schnellen Schrittes entgegenkam und im gleichen Moment wie er um die Ecke bog. Er hatte eine Kapuze über den Kopf gezogen, auf der die zu Wassertröpfchen geschmolzenen Schneeflocken im Laternenlicht glitzerten. Flüchtig sah ihn der Spaziergänger an und eilte weiter, ohne sich zu entschuldigen.

Unter anderen Umständen hätte Casey sich über das unhöfliche Verhalten geärgert, doch derzeit gab es Bedeutsameres in seinem Leben.

Die kleine Kneipe war zum Platzen voll.

Warme, biergeschwängerte Luft schlug ihm entgegen, das Stimmengewirr vieler Gäste war zu hören, ebenso das unbeholfene Spiel auf einer Gitarre. Auf einer Erhöhung neben dem Tresen saß ein schlaksiger junger Mann, dessen lange Haare zum Zopf gebunden waren, und mühte sich mit den Saiten ab.

Kurz glaubte Casey, keinen Platz mehr zu bekommen. Doch dann sah er, wie am Ausschank ein Mann zahlte und aufstand. Rasch drängte sich Casey durch die Menge und erreichte den Barhocker gerade noch rechtzeitig, ehe eine Frau, die am Durchgang zu den Toiletten gewartet hatte, ihm den Platz streitig machen konnte. Casey ignorierte sie und bestellte das erste Guinness.

KAPITEL 2

DETECTIVE INSPECTOR FREDERICK DUNN lauschte an der Zimmertür seiner 17-jährigen Tochter Shannon. Drinnen erklang immer wieder ein Kichern, das gelegentlich zu Gelächter anschwoll. Shannon telefonierte und er wollte mit ihr zu Abend essen. Er wartete ab, bis sie still war, und nutzte dann den Moment, um an die Tür zu klopfen. Es kam keine Antwort. Dunn drängte es, einfach zu öffnen. Er beherrschte sich und klopfte noch einmal, diesmal lauter.

»Ja?«, kam es ungnädig.

Er öffnete die Tür. Shannon lag auf ihrem Bett, neben sich ihren Laptop und am Ohr ihr Handy.

»Warte mal kurz«, sagte sie in das Mobiltelefon und ließ den Arm mit dem Gerät auf die Matratze sinken.

»Was ist denn?« Genervt sah sie ihren Vater an. Dunn beschloss so zu tun, als merkte er nicht, dass sie sich gestört fühlte.

»Hast du Lust, mit mir was essen zu gehen?«, fragte er stattdessen. Für einen Augenblick sah er Interesse im Gesicht seiner Tochter aufflackern, ehe sie wieder trotzig dreinsah.

»Nö«, sagte sie nur.

»Sicher nicht?«, fragte er. Ein wenig hatte er gehofft, sie überzeugen zu können.

»Nein.« Finster sah ihn Shannon an.

»Gut. Dann geh ich alleine. Bis später.«

Shannon hob grußlos wieder ihr Handy ans Ohr und schenkte ihm keine Beachtung mehr. Dunn zog bedächtig die Tür ins Schloss und ging frustriert in die Küche, wo er sich auf einen Stuhl setzte, um nachzudenken. Vielleicht sollte er seinen Entschluss, Weihnachten zu Hause zu verbringen, noch einmal überdenken. Er hatte es sich so schön vorgestellt, gemütlich mit seiner Mutter und seiner Tochter zu feiern. Er wollte die Wohnung mit Efeu und Stechpalmenzweigen schmücken und über die Haustür einen Mistelzweig hängen. Am Weihnachtsabend hätte es Truthahn, Räucherlachs und Plumpudding geben sollen. Dunn dachte daran, dass er während seiner ersten Ehejahre gerne gekocht hatte. Es war lange her.

Vielleicht sollte er jetzt allein etwas essen. Bestimmt lag noch was im Kühlschrank. Oder er ging ein Stockwerk höher zu seiner Mutter Helen. Sie war immer gut bevorratet. Ihm fehlte jeglicher Appetit.

Dunn stand auf, löschte das Licht in der Küche und ging ins Wohnzimmer. Auf einem großen Kissen neben dem karierten Ohrensessel lag Callum, der dunkle Labrador-Mix. Der Hund klopfte zweimal mit dem Schwanz, um seinen Herrn zu begrüßen.

»Callum, mein Guter«, murmelte Dunn, beugte sich zu dem Tier und streichelte es, ehe er sich in den Sessel setzte, den Blick auf den kalten Kamin an der Stirnseite des Raumes geheftet. Er schürte ihn selten an, für Wärme in der Wohnung sorgte die Zentralheizung. Aus Shannons Zimmer drang nun kein Laut mehr.

Dunn legte die Füße auf den Hocker, der passend zum Sessel mit kariertem Stoff bezogen war.

Früher hatte er stets am Weihnachtsabend gut sichtbar eine Kerze ins Fenster gestellt. Auch das war lange her. Immerhin sorgte seine Mutter alljährlich für den Adventskranz, der traditionell mit fünf Kerzen geschmückt war. Drei waren lila, eine war rosa und in der Mitte des Kranzes stand eine weiße Kerze.

An den ersten beiden Adventssonntagen wurden die zwei lila Kerzen als Zeichen der Besinnung und Buße entzündet. Am dritten Advent war die rosa Kerze dran, zum Zeichen der Vorfreude auf das Fest. Am vierten Advent folgte die letzte lila Kerze und an Weihnachten und in der Zeit danach zündete man die weiße Kerze in der Mitte an.

Dunn spürte, wie er schwermütig wurde. Er nahm die Füße vom Hocker, stemmte sich aus dem Sessel und ging in der Flur. Dort hing sein gefütterter Parka am Garderobenhaken, darunter standen die warmen schwarzen Schnürschuhe. Er überlegte, ob er sich von Shannon verabschieden sollte, aber eine weitere Störung würde sie ihm sehr übel nehmen. Er legte sich den hellgelben Schal um den Hals, tippte eine WhatsApp-Nachricht an seine Tochter, dass er auf ein Bier in den Pub ging, und verließ das Haus.

Draußen war es kalt und der Schnee fiel in dicken, dichten Flocken vom Himmel. Dunn beschloss, zu Fuß zu gehen. Zu der von ihm angestrebten Kneipe würde er etwa eine halbe Stunde brauchen.

35 Minuten später betrat er *Finbar's Pub.*

Am Tresen saßen und standen dicht gedrängt die Gäste und auch an den Tischen war fast jeder Stuhl besetzt.

Dunn sah, dass am letzten Tisch ganz hinten im Lokal eine junge Frau saß, möglicherweise alleine. An ihrem Tisch waren noch zwei Plätze frei. Er schob sich durch die Menge.

»Guten Abend«, grüßte er höflich. »Darf ich mich setzen?«

Die Frau sah zu ihm hoch. Trotz des in der Kneipe gedämpften Lichtes erkannte er, dass die Haut ihrer linken Wange unterhalb des Auges, seltsam fleckig aussah. Eine Pigmentstörung, diagnostizierte er im Stillen.

»Sicher«, antwortete sie und senkte wieder den Blick. Auf der Tischplatte vor sich hatte sie ein Handy liegen, daneben standen ein Glas mit einer hellen Flüssigkeit und eine Flasche, noch fast voll.

Cider, wusste Dunn. Viele Frauen tranken gerne dieses Apfelweingetränk, das nur einen geringen Alkoholgehalt hatte.

Ein kräftiger Mann mit schlohweißem Haar näherte sich dem Tisch. Finbar Walsh, dem der Pub gehörte, machte seinem Namen alle Ehre. Er hatte Dunn vor einiger Zeit wissen lassen, dass sein Vorname für ›der mit dem weißen Haar‹ stand, und er hatte ihm, im Zusammenhang mit dem vertraulichen Gespräch, auch das ›Du‹ angeboten.

Nun begrüßte er Dunn und fragte: »Wie immer?«

»Wie immer«, bestätigte Dunn. »Und dazu bitte eine Baked Potato mit Gemüse.«

Er hatte inzwischen richtig Hunger, aber keinen Appetit. Vielleicht würde ihm die gebackene Kartoffel schmecken.

Finbar nickte und schlurfte Richtung Theke.

Wenige Minuten später stand ein frisch gezapftes Guinness vor Dunn, kurz darauf brachte der Wirt das Essen. Dunn überlegte, ob er seiner unfreiwilligen Tischdame zuprosten sollte. Doch so geistesabwesend und unnahbar, wie sie sie wirkte, ließ er es.

So saßen sie stumm beisammen. Dunn stocherte in seiner Kartoffel. Es wollte ihm nicht schmecken. Er dachte an Shannon, die wieder einmal mit ihm schmollte. Seine Vorstellungen von einem friedlichen Weihnachten zu dritt gefielen ihr überhaupt nicht. Stattdessen wollte sie mit ihrer Freundin

Lucy und deren Eltern in die Schweiz, zum Skifahren. Dunn schob seinen Teller zurück. Finbar würde beleidigt sein, er hatte noch nicht einmal die Hälfte gegessen. Vielleicht sollte er sich den Rest einpacken lassen.

Die junge Frau ihm gegenüber nippte an ihrem Cider, ohne dass das Glas sichtbar leerer wurde.

Um halb elf winkte Finbar ihm zu.

»Ich mach Feierabend. Zoe übernimmt für die letzte Stunde. Kommt gut heim, Frederick.«

Dunn grüßte zurück und bestellte bei Zoe, Finbars Nichte, das nächste Bier.

Inzwischen hatten viele Gäste die Kneipe verlassen. Zoe hatte mittlerweile seinen halbvollen Teller abgeräumt. Dunn hatte sich entschlossen, die zermatschten Reste doch nicht mitzunehmen. Die Kartoffel und das Gemüse hatten nicht mehr sehr appetitlich ausgesehen.

Kurz vor halb zwölf beschloss auch er nach Hause zu gehen. Mittlerweile saß ihm der Alkohol schwer in Kopf und Körper. Er winkte Zoe, die sofort kam.

»Ich möchte zahlen«, sagt er.

»Ich auch«, schloss sich seine Tischdame an, die die vergangenen drei Stunden kein Wort gesprochen hatte.

Zoe nickte und zog ihr Portemonnaie aus der Schürze.

»Macht vier Euro«, sagte sie zu der Frau gewandt.

»Und bei Ihnen«, fuhr sie fort und sah auf ihren abgegriffenen Kellnerblock. »22 Euro genau.«

Dunn wandte sich zu seiner Jacke, die er über die Lehne des Stuhls gehängt hatte, griff in die innere Brusttasche und stutzte. Sie war leer. Er tastete seine Hosentaschen ab, obwohl er sicher war, auch hier seinen Geldbeutel nicht zu finden, was sich bestätigte. Verdammter Mist. Er war ohne Geld aus dem Haus gegangen.

»Zoe«, begann er. »Es tut mir wirklich leid, aber ich habe mein Portemonnaie vergessen.«

Zoe zog die Augenbrauen hoch.

»Sorry«, wiederholte er seine Entschuldigung. Es war jetzt halb zwölf. Um diese Uhrzeit schloss der Pub. Es war unmöglich, noch schnell nach Hause zu gehen und das Geld zu holen.

»Ich muss aber die Kasse schließen. Wenn da der Betrag fehlt…« Sie ließ den Satz offen und sah ihn vorwurfsvoll an.

»Grüßen Sie Ihren Onkel von mir. Von Frederick. Ich bring das Geld morgen Abend vorbei, versprochen.« Was sonst sollte er auch tun? Die Vorstellung, dass sie ihm mit der Polizei drohen würde, reizte ihn zum Lachen. Er beherrschte sich.

»Da kann ja jeder kommen«, regte sich Zoe auf.

»Entschuldigung«, meldete sich die junge Frau zu Wort, die während des Disputs mit einem Zehneuroschein in der Hand gewartet hatte, ihre Rechnung zu begleichen.

»Ich helfe Ihnen gerne aus«, fuhr sie fort.

»Echt?« Dunn war so überrascht wie auch erleichtert.

»Natürlich«, antwortete sie und legte dreißig Euro auf den Tisch.

Mit finsterer Miene gab Zoe ihr vier Euro Wechselgeld heraus, wünschte schnippisch einen schönen Abend und wandte sich den Gästen am nächsten Tisch zu, um abzurechnen.

»Vielen Dank«, sagte Dunn und lächelte seinem Gegenüber zu. Die Frau zog die Mundwinkel auseinander, als wollte sie die Freundlichkeit erwidern, doch recht gelingen mochte es nicht.

»Keine Ursache«, antwortete sie und stand auf. Dunn erhob sich ebenfalls.

»Bitte geben Sie mir Ihre Adresse. Ich bringe Ihnen das Geld morgen vorbei«, sagte er.

»Das ist nicht nötig. Ich habe es gern getan«, gab sie zurück und schlüpfte so schnell in ihre Jacke, dass er keine Gelegenheit hatte, ihr hinein zu helfen.

»Aber das geht doch nicht! Es waren immerhin 22 Euro, die will ich Ihnen zurückzahlen.«

Jetzt lächelte sie wirklich und ihm fiel auf, wie hübsch sie war. Dunkelbraune Augen, ebenmäßige Gesichtszüge und schulterlanges leicht gewelltes Haar. Sicher war sie traurig über die Pigmentflecken, die sie offensichtlich versucht hatte zu überschminken.

»Wie gesagt, gern geschehen. Kommen Sie gut nach Hause.«

Perplex sah er ihr nach. Für einen Augenblick wollte er ihr hinterherlaufen, doch dann bekam er Bedenken, sie könnte sich verfolgt fühlen. Dennoch, er war nicht einverstanden, dass sie ihm den Betrag quasi schenkte. Er würde morgen Finbar fragen, ob er die Frau kannte. Vielleicht war sie öfter hier. Eventuell konnte er bei dem Wirt das Geld für sie hinterlegen.

KAPITEL 3

AARON CASEY VERLIESS DEN *WILD PUB* MIT unsicheren Schritten. Er hatte zu viel getrunken. Der Schnee rieselte noch immer vom Himmel, jetzt in dichten kleinen Flocken, die ihm zwischen Hals und Schal fielen und dort zerschmolzen. Eine hauchfeine Schneedecke hatte sich auf die Straßen und Gehwege gelegt. Das kam nicht oft vor in Irland.

Casey sah die verlassene Straße auf und ab und betrachtete auch jetzt wieder die Flockenwirbel im Licht der Laternen, ehe er sich auf den Weg machte.

Vielleicht sollte er Galway verlassen. Er konnte seine Praxis verkaufen und verschwinden. Damit hatte sich auch das Georgia-Problem erledigt. Die Affäre, die er anfangs so genossen hatte, war ihm längst zur Last geworden. Wenn er ehrlich war, hatte er eine Trennung bisher vor sich hergeschoben, weil er die Szene fürchtete, die Georgia ihm machen würde. Er war sicher, sie hoffte, er würde sie aus ihrer unglückseligen Ehe befreien.

Casey wickelte den Schal enger um den Hals. Sein Kragen war bereits nass. Die kalte Nachtluft half seinem alkoholschweren Kopf nicht, wieder nüchterner zu werden. Plötzlich stutzte er und hielt den Atem an.

Da war was. Ein Geräusch, irgendwo hinter ihm. Schritte.

Ein Schauer rann ihm über den Rücken. Eilig lief er weiter. Er wagte es nicht, sich umzudrehen oder gar stehen zu bleiben. Vielleicht war er inzwischen paranoid, möglicherweise hatte der- oder diejenige auch nur den gleichen Weg.

Die Schritte hinter ihm beschleunigten sich.

Er war nicht paranoid. Er wurde verfolgt. Casey lief noch schneller, die Person hinter ihm auch. Casey fing an zu rennen, taumelte, fing sich wieder. Er schnaufte, bekam Seitenstechen und hatte ständig Angst zu stürzen. Dort vorne an der Ecke war die St.-Anna-Street zu Ende und an der Kreuzung ging es links in die Baker Street. Dann war seine Praxis bereits in Sichtweite. In der konnte er Zuflucht suchen. Endlich hatte er die Ecke erreicht. Beinahe wäre er ausgerutscht, als er eine Art Haken in die Baker Street schlug. Er hatte es gleich geschafft. Das Aufsperren der Haustür würde ihn wertvolle Zeit kosten. Im Rennen steckte er die Hand in die Manteltasche und griff nach seinem Schlüssel. Sein eigenes Keuchen dröhnte ihm in den Ohren, sein Verfolger war jetzt dicht hinter ihm.

Heißer Atem streifte sein Ohr und seine Wange. Vor Caseys Augen flimmerte es, blanke Panik schüttelte ihn. Jemand packte ihn an der Schulter. Gleich darauf spürte er einen spitzen Druck gegen seinen Mantel und im nächsten Moment einen unglaublichen Schmerz, der durch sämtliche Eingeweide jagte. Er wollte schreien, doch das ging nicht. Etwas in seinem Inneren schwoll an, drückte nach oben Richtung Kehle. Ein Reißen in seinem Rücken, ein neuerlicher stechender Schmerz. Blut schoss aus seinem Mund, quoll aus seiner Nase. Er konnte nicht mehr atmen, seine Knie gaben nach, vor seinen Augen wurde es dunkel. Ein ganz anderes Dunkel als das der Nacht. Ein ewiges Dunkel. Er schlug der Länge nach hin auf den gepflasterten Gehweg. Raue kalte Steinplatten, überzogen von eisiger Nässe berührten seine Wange. Es war das Letzte, was er spürte.

***

Cecilia Graves sah die beiden Gestalten kurz hintereinander um die Ecke rennen. Sie kniff die Augen zusammen, um besser zu sehen. Neugierig hielt sie ihr Gesicht so dicht am Fenster, dass ihre Nase die kalte Scheibe berührte. Die vordere Gestalt war ein Mann, da war sie sicher. Er war groß, hatte breite Schultern und kurze Haare. Bei der hinteren Person war sie nicht sicher. Sie war kleiner und zierlicher und die Haare waren unter einer Mütze verborgen. Hatten die beiden was angestellt und rannten jetzt davon? Oder liefen sie einfach um die Wette? Vielleicht verfolgte auch einer den anderen?

Die zweite Person legte der ersten die Hand auf die Schulter.

›Also doch ein Wettrennen‹, dachte Cecilia, zufrieden, dass ihre Annahme stimmte. Trotz Dunkelheit und Entfernung beobachtete sie, wie der rechte Arm der hinteren Gestalt nach vorne stieß.

›Wie gemein‹, dachte Cecilia. ›Gleich fällt er hin.‹

Sie erstarrte. Im Schein der Laterne sah sie etwas in der Hand der zweiten Person aufblitzen. Eine Klinge, die das Licht der Straßenbeleuchtung reflektierte? Es ging alles unglaublich schnell.

Zwei weitere Male schnellte der Arm nach vorne.

Der vordere Mann sackte in die Knie, schlug auf dem Pflaster auf und blieb liegen. Die zweite Gestalt geriet ins Straucheln, fing sich wieder, rannte an ihm vorbei und verschwand wie ein Schatten, den die Nacht verschluckte.

Fassungslos blickte die alte Frau hinunter auf die Straße. Ihr Verstand weigerte sich zu verstehen, was sie vor sich sah.

Dort unten lag jemand. Derjenige war … möglicherweise … Nein. Vielleicht war er nur bewusstlos. Oder er war so schlimm gestürzt, dass er nicht mehr aufstehen konnte. Er war überfallen worden, eindeutig. Der Angreifer hatte auf ihn eingestochen, vielleicht hatte er ihn auch bestohlen, das hatte sie nicht erkennen können.

Cecilia wagte weder sich zu rühren, noch den Mann, der dort unten auf der Straße lag, aus den Augen zu lassen. Trotzdem war ihr klar, sie musste etwas tun.

Einen Arzt anrufen vielleicht. Am besten Doctor Casey, der hatte seine Praxis schräg gegenüber. Aber dort war alles dunkel und inzwischen war ja auch schon fast Mitternacht. Sie konnte den Notruf wählen. Ja, das war eine Idee.

Sie riss sich von dem erschreckenden Anblick, der sich ihr bot los und machte sich eilig auf dem Weg zum Telefon, das auf einem Beistelltisch neben dem Sofa stand.

Dass sie vor Aufregung ganz zittrig war, merkte sie erst, als ihr der Hörer entglitt. Sie hangelte ihn an dem geringelten Telefonkabel wieder nach oben und tippte mit zuckendem Zeigefinger die 112 ein. Die Leitung blieb tot. Cecilia drückte die Gabel ihres Festnetz-Apparates nieder und lauschte. Das Freizeichen ertönte. Ihr Telefon war in Ordnung. Sie ging auf Wahlwiederholung. Auch jetzt blieb die Leitung stumm. Ihr Herz fing an zu rasen. Was war hier los? Sie brauchte Hilfe und der Mann dort unten auf der Straße auch. Der würde sich eine Lungenentzündung holen oder gar erfrieren, wenn ihm nicht rasch jemand zur Seite stand. Sie überlegte, mit einer Wolldecke hinunter zu gehen. Doch die Furcht, was sie auf der Straße erwartete, war zu groß. Vielleicht war er ja doch …

Hastig drückte sie die Kurzwahl ihrer Freundin Meta, die nur zwei Häuser weiter wohnte. Meta würde längst schlafen und böse auf sie sein, weil sie sie geweckt hatte. Im Gegensatz zu ihr hatte Meta einen gesegneten Schlaf. Aber das Telefon stand neben ihrem Bett und Cecilia brauchte jemanden, mit dem sie sich beraten konnte.

Meta meldete sich schlaftrunken nach dem dritten Läuten.

»Winfield«, brummte sie vorwurfsvoll.

»Meta, ich bin es. Cecilia.«

»Cecilia. Um die Uhrzeit. Ist was passiert?«, erkundigte sich ihre Freundin, die allmählich wacher klang.

»Allerdings ist was passiert«, erwiderte sie aufgeregt.

So schnell sie konnte, fasste sie zusammen, was sie gesehen hatte.

»Ich ruf die Polizei und den Notarzt«, unterbrach Meta sie entschlossen, nachdem Cecilia ihr das Wichtigste erzählt hatte. »Und ich komm zu dir. Bis gleich.«

Cecilia legte den Hörer auf. Sie war ungeheuer erleichtert, dass Meta die Sache in die Hand nahm.

***

Meta Winfield stieg in ihre Winterstiefel, schlüpfte in die gefütterte Jacke und legte ihr Kopftuch um. Die Treppenstufen von der Haustür zum Gehweg waren ein wenig mühsam, seit vielen Jahren plagte sie die Hüfte. Aber wenn sie sich am Geländer festhielt und langsam machte, dann ging es. Unter einem Verschlag in dem winzigen Vorgarten ihres Hauses stand der Rollator.

Mit ihm machte sie sich auf den Weg.

Bis zu Cecilia waren es höchstens 300 Fuß und gegenüber von ihrem Haus sollte der Mann liegen. Es hatte aufgehört zu schneien, die feine Schneedecke auf dem Gehweg und auf der Straße löste sich bereits in Wasser auf.

Meta hatte gute Augen.

Sie sah den Mann liegen, kaum dass sie die Hälfte der Strecke zu Cecilia geschafft hatte. Eilig schob sie voran. Sie hätte ihre Wolldecke mitnehmen sollen, es war ja nicht mitanzusehen, wie er da in der Kälte lag.

Der Weg über die Straße war beschwerlich, daran war hauptsächlich der Gehweg schuld. Erst musste sie auf ihrer Seite den Rollator runter auf die Straße bekommen, ohne ins Straucheln zu geraten, und auf der anderen Seite wieder hoch. Aber Meta war darin geübt. Sie hatte den Mann eben erreicht, als in der Ferne die Sirenen von Polizei und Notdienst erklangen. Blaues Licht flackerte durch die Nacht. Rasch kamen Licht und Geräusche näher. Sie beeilte sich, um vor den Helfern vor Ort zu sein.

Der Mann lag auf dem Bauch, das Gesicht zur Seite gewandt. Seine Augen standen halb offen, Blut lief ihm aus Mund und Nase und seitlich von seinem Bauch hatte sich ebenfalls eine große glänzende Lache gebildet.

Das Entsetzen fuhr Meta bis in den Magen, als sie in das Gesicht des Mannes sah. Hier lag ihr Hausarzt, Doctor Aaron Casey. Und er war, wenn sie nicht alles täuschte, nicht mehr am Leben.

KAPITEL 4

DETECTIVE CONSTABLE THOMAS SMITH fror in seiner zu dünnen Jacke und den ungefütterten Schuhen, in die er eine Viertelstunde zuvor in aller Eile geschlüpft war. Er konnte es nicht fassen. Seit Monaten war in Galway kaum etwas passiert, außer einer Rauferei in einer Kneipe, bei der einem der Kontrahenten die Nase gebrochen worden war, sowie einen Fahrraddiebstahl, und kaum war der Chef in Urlaub, wurde er mitten in der Nacht zu einem Mord gerufen.

Zu einem Mord! Es drängte ihn, Dunn aus dem Bett zu klingeln. Schließlich hatte ihm der Inspector vor zwei Tagen, als er sich für knapp vier Wochen verabschiedet hatte, zugesichert, ansprechbar zu sein, falls etwas geschah, wobei Smith seinen Rat brauchen konnte.

Während Smith noch mit sich kämpfte, ob er die Ermittlungen alleine aufnehmen oder Dunn doch zumindest in Kenntnis setzen sollte, kam der Rechtsmediziner Liam Fraser auf ihn zu, seinen Koffer in der Hand.

»Ich bin fertig, Tom. Drei Stiche in den Rücken. Er ist entweder verblutet oder erstickt, das kann ich erst nach der Obduktion sagen. Die Tatwaffe ist vermutlich ein Schraubenzieher. Bailey hat einen in der Rinne neben dem Gehweg gefunden, da ist noch Blut dran. Wegen mir kann er in die Rechtsmedizin. Also, der Tote. Nicht der Schraubenzieher.«

Smith straffte die Schultern und sammelte sich. Seit Jahren stand er dem Inspector zur Seite. Sie hatten gemeinsam etliche Fälle gelöst, die anfangs undurchschaubar schienen. Flüchtig musste er an letzten Sommer denken, als ein namhafter Anwalt in einen Entführungsfall verwickelt gewesen war. Oder den Sommer davor, als ein Student seine Großmutter vermisst gemeldet hatte.

»Tom?«, riss ihn Fraser aus seinen Erinnerungen.

»Sorry, Liam. Ich habe eben an ein paar alte Fälle gedacht. Wann ist der Tod eingetreten?«, erkundigte er sich und kam sich sehr souverän und fachmännisch vor. Das war eine der Fragen, die Dunn an einem Tatort meist als Erstes stellte.

»Nach Körpertemperatur und Ausbildung der Leichenflecken vor etwa einer Stunde, wenn man die Außentemperatur berücksichtigt«, gab Liam Fraser Auskunft. »Ich melde mich morgen bei dir, wenn ich mehr weiß«, fuhr er fort.

Smith nickte bedächtig. Er zog ein Paar Plastikhandschuhe aus seiner Tasche und bückte sich zu dem Toten. Er glaubte in den wächsernen Zügen des Mannes entsetzliche Angst zu sehen, vielleicht auch die Schmerzen, die er durch die Stiche gehabt haben mochte.

Vorsichtig griff er in die Taschen des schwarzen Wollmantels. Er fand einen Schlüsselbund und ein halbes Päckchen Papiertaschentücher in der einen Tasche, ein Handy in der anderen. Smith steckte die Gegenstände in eine Asservaten-Tüte. Um die Innentaschen des Mantels zu durchsuchen, so es welche gab, musste die Leiche umgedreht werden. Noch war die Spurensicherung bei der Arbeit und solange durfte der Tote nicht bewegt werden.

Vorsichtig schlug er den Saum des Mantels nach oben und fasste in die hinteren Hosentaschen des Mannes. In einer steckte ein Portemonnaie. Er fand ein wenig Bargeld, Plastikkarten für zwei Banken, eine Versichertenkarte und einen Personalausweis. Letzterem nach handelte es sich bei dem Toten um Doctor Aaron Casey.

Smith erhob sich. Auch der Geldbeutel kam in eine Asservatentüte. Sein Blick ging zu der alten Frau, die den Notruf an die Zentrale des Reviers geschickt hatte. Sie hatte sich auf dem Sitzplatz ihres Rollators niedergelassen und wartete außerhalb des Absperrbandes.

Es war kalt und mitten in der Nacht. Sie fror bestimmt. Er hätte längst mit ihr reden müssen. Außerdem, so sagte er sich jetzt, wäre es nicht verkehrt gewesen, Detective Sergeant Reid mit zum Tatort zu bitten, der hatte schließlich Bereitschaft. Allerdings war Reid von der Sitte und im Grunde genommen kratzte es Smith an der Ehre, sich gleich beim ersten Einsatz Hilfe zu holen. Er wollte zumindest versuchen, Dunn würdig zu vertreten.

Molly Cooper, die Nachtdienst an der Zentrale des Reviers in Galway hatte, hatte ihn vor einer halben Stunde verständigt, dass ein Notruf eingegangen war. Ein Mann war verletzt worden, vermutlich bei einem Überfall.

Er war schlaftrunken aus dem Bett getaumelt und in höchster Eile hierhergefahren. An Reid hatte er sofort gedacht. Dennoch hatte er sich erst einen Überblick verschaffen wollen, ehe er um Unterstützung bat. Bis er am Tatort angekommen war, hatte er zudem gehofft, dass der Überfallene noch am Leben war.

Er drückte die bei dem Toten gefundenen Gegenstände einem Constable mit dem Hinweis in die Hand, er sollte alles, bis auf das Handy, später auf dem Revier in das kriminaltechnische Labor zur forensischen Analyse geben, schlüpfte unter dem Absperrband durch und ging zu der alten Frau.

»Und was mach ich mit dem Handy?«, rief ihm der Constable hinterher.

»Das legen Sie auf meinen Schreibtisch. Das sehe ich mir selbst an«, rief Smith über die Schulter.

»Guten Abend, Ms. …«, sagte er zu der Zeugin.

»Winfield. Meta Winfield.« Die alte Dame machte Anstalten sich von ihrem Rollator zu erheben.

»Bleiben Sie ruhig sitzen, Ms. Winfield. Ich bin DC Thomas Smith vom Revier in Galway.« Er zog seinen Ausweis hervor und hielt ihn der Frau vor die Nase.

»Ohne meine Brille seh ich nix. Schon gut, ich glaube Ihnen.«

»Sie sind also Zeugin des … ähm … Überfalls geworden. Erzählen Sie bitte, was genau Sie gesehen haben.«

Er fror erbärmlich.

»Ich bin keine Zeugin. Ich hab gar nix gesehen. Ich hab Sie nur angerufen«, erklärte Meta Winfield.

Smith rieb sich die Hände, um sie zu wärmen.

»Wie darf ich das verstehen?«, fragte er.

»Die Cecilia hat alles gesehen.« Meta Winfield zeigte über die Schulter zu dem Haus auf der gegenüberliegenden Straßenseite. Hinter den Fenstern im ersten Stock brannte Licht. Hinter einem sah Smith eine füllige Frau stehen.

»Sie wohnt dort drüben in Haus Nummer fünf. Sie hat mich angerufen und war sehr aufgeregt. Sie kann so schlecht schlafen, wissen Sie. Dann stellt sie sich immer ans Fenster und guckt nach draußen. Als ob es da was zu sehen gibt, schon gleich nachts. Naja, heute ist ja wirklich was passiert. Ausgerechnet der Doktor! Zu wem soll ich denn jetzt gehen, wenn ich meine Tabletten brauche?«

»Sie kennen den Mann?«, fragte Smith und ignorierte die Frage von Ms. Winfield.

»Ja, natürlich. Das ist Doctor Casey. Aaron Casey. Wir sind Patienten von ihm, die Cecilia und ich. Er hat seine Praxis gleich dort drüben.«

Sie zeigte mit dem Finger die dunkle Straße entlang. Smith nickte. Wer der Tote war, wusste er ja schon.

»Wie heißt Ihre Freundin genau?«, erkundigte er sich.

»Cecilia Graves. Am besten reden Sie mit ihr.« Meta Winfield sprach ohne Vorwurf. »Ich möchte jetzt eigentlich auch wieder ins Bett. Sagen Sie, ist der Doctor wirklich tot?«, fuhr sie fort.

»Ja«, bestätigte Smith.

»Woran ist er denn gestorben?« Neugierig sah sie ihn an, wobei sie den Kopf nach hinten biegen musste.

»Das darf ich Ihnen leider nicht sagen. Wegen der Ermittlungen«, antwortete Smith bedauernd.

»Aber da war so viel Blut. Er muss sich schlimm verletzt haben, bei dem Sturz. Vielleicht hat ihn der andere … der hinter ihm hergerannt ist, wissen Sie? Vielleicht hat ihn der … Die Cecilia hat nichts von einem Schuss gesagt. Dann ist er vielleicht erstochen worden?«, forschte Meta Winfield weiter.

»Wir stehen noch ganz am Anfang der Ermittlungen, Ms. Winfield. Ein Kollege von mir nimmt Ihre Personalien auf, falls wir noch Fragen haben. Dann können Sie natürlich nach Hause. Vielen Dank, dass Sie uns informiert haben.«

Er musste mit dieser Cecilia reden.

Smith wandte sich wieder dem Tatort zu und überlegte, wen er zu Ms. Winfield schicken konnte. Er entschied sich für einen sehr jungen Kollegen, der etwas abseits des Geschehens stand und offenbar nicht recht wusste, ob und wie er sich nützlich machen konnte.

Wenige Minuten darauf klingelte er an Haus Nummer fünf. Neben der Glocke hing ein kleines ovales Türschild. Darauf stand: C. Graves.

Ein Türsummer ertönte und Smith trat in einen schmalen Flur. Eine Armlänge vor ihm ging eine steile Holztreppe hinauf in das obere Geschoss.

»Kommen Sie herauf«, hörte er die Stimme einer älteren Frau.

Cecilia Graves war klein und rundlich, trug einen knöchellangen dunkelblauen Morgenmantel mit Blümchenstickerei und hatte ihr dünnes graues Haar am Hinterkopf zum Knoten gefasst. Sie stützte sich auf einen Gehstock, an den Füßen trug sie rote Hausschuhe aus Filz.

Smith begrüßte sie und stellte sich vor.

»Gut, dass Sie hier sind. Dort unten ist ja so viel los. Kommen Sie mit.«

Er vernahm die Aufregung in ihrer Stimme.

Mit ungleichmäßigen Schritten ging sie voran, lotste ihn in ein kleines Wohnzimmer und trat mit ihm ans Fenster.

»Von hier aus hab ich alles gesehen«, begann sie.

Er stellte sich neben sie und sah hinunter auf die Straße. Wechselweise säumten Laternen und Laubbäume die Fahrbahn. Der Doctor war auf Höhe einer Laterne niedergestochen worden.

»Der, der jetzt da unten liegt, ist ein Mann, da bin ich sicher. Bei der Person, die ihm nachgelaufen ist, weiß ich es nicht. Die war kleiner und zierlicher. Es hätte auch eine Frau sein können.«

Smith überlegte, ob er mitschreiben sollte oder ob er sich alles merken konnte.

»Erst dachte ich, die beiden laufen um die Wette«, fuhr Cecilia Graves fort. »Oder sie rennen vor was davon. Vielleicht haben sie Zeche geprellt, oder was geklaut. Um die Ecke in der St.-Anna-Street sind doch ein paar Kneipen. Naja. Und dann stößt der Hintere plötzlich zu und ich hab in seiner Hand was blitzen sehen. Oder in ihrer.«

›Die Klinge vom Schraubenzieher‹, dachte Smith. Er hörte zu, ohne die alte Dame zu unterbrechen.

»Ich wollte den Notruf wählen«, erzählte sie weiter. »Aber das hat nicht geklappt. Ich hab es zweimal versucht und immer war die Leitung tot.«

»Von diesem Apparat aus?«, fragte der Constable und zeigte auf das schwarze Telefon mit Display und großen Drucktasten, das auf dem Beistelltisch neben dem Sofa stand.

»Ja.«

Er ging hin, nahm den Hörer ab, drückte die Rückspeichertaste. Der letzte Anruf ging an ›Meta‹, wie auf dem Display erschien, der Anruf davor an die Nummer zwölf. Er legte den Hörer wieder auf.

»Sie haben in der Aufregung nicht die 112 gewählt, sondern die zwölf«, erläuterte er.

»Ach du liebe Zeit«, rief Cecilia Graves bestürzt aus und legte die Fingerspitzen an den Mund. »Aber ich hab doch zweimal …« Sie brach ab und schüttelte den Kopf.

»Ich hab beim zweiten Versuch auf Wahlwiederholung gedrückt. Kein Wunder, dass es nicht geklappt hat. Ach, wie furchtbar. Das kann ich ja nicht wiedergutmachen.« Erschüttert betrachtete sie das Telefon.

»Sie haben rasch gehandelt, Ms. Graves. Wir sind alle nur Menschen und in so einer Situation kann das passieren«, bemühte er sich sie zu trösten.

Cecilia Graves schüttelte unglücklich den Kopf.

»So was *darf* einfach nicht passieren.« Sie bohrte das Ende ihres Gehstockes in den Teppich. »Meinen Sie, er wäre noch am Leben, wenn ich mich nicht verwählt hätte? Dann wäre doch der Notarzt früher bei ihm gewesen, nicht wahr?«, fuhr sie fort.

»Nein, Ms. Graves. Machen Sie sich keine Gedanken. Sie sind an gar nichts schuld«, versicherte Smith, obgleich er sich dessen alles andere als sicher war. Das wusste er erst, wenn er die endgültigen Ergebnisse von Fraser hatte.

Die alte Dame nickte und bewegte sich wieder zum Fenster. Allmählich schien sie sich wieder zu fassen.

»Jetzt nehmen Ihre Kollegen den Mann mit«, informierte sie Smith. Der gab keine Antwort, sondern entschloss sich in dem Augenblick, am nächsten Morgen Dunn zu informieren. Trotz Urlaub konnte es nicht schaden, wenn sein direkter Vorgesetzter auf dem Laufenden war.

»Wer ist denn der Tote?«, erkundigte sie sich und drückte die Nase an die Scheibe, um ja alles mitzubekommen.

Ihr Telefon begann zu läuten. Smith, der noch immer neben dem Apparat stand, warf einen Blick auf das Display. ›Meta‹ las er.

»Entschuldigen Sie«, sagte Cecilia Graves und machte Anstalten, das eingehende Gespräch anzunehmen.

»Kein Problem«, versicherte Smith, der froh war, ihre letzte Frage nicht beantworten zu müssen. Das würde jetzt Ms. Winfield übernehmen.

»Gehen Sie ruhig ran. Ich finde alleine raus«, sagte er, hob grüßend die Hand und war noch nicht an der Tür, als die alte Dame schon den Hörer abhob.

KAPITEL 5

SCHWER ATMEND NAHM HENRY DWYER DIE letzten Stufen zu seiner Wohnung im zweiten Stock des Mehrfamilienhauses in der Northern Street 14. Keuchend erreichte er die Wohnungstür. Er hatte Seitenstechen vom schnellen Laufen und krümmte sich, während er den Schlüssel aus der Jackentasche zog.

Er hatte schon zu lange keinen Sport mehr getrieben. Das musste anders werden, wie so manches in seinem Leben.

Geräuschvoll betrat er die Wohnung, die Tür ließ er unsanft ins Schloss fallen. Es war ihm völlig gleich, dass er womöglich die Mieter über und unter ihm störte und vermutlich auch Ellen weckte.

Er streifte die Schuhe von den Füßen und hängte seine Jacke an die Garderobe. Er sehnte sich nach einer Dusche, einem Bier und einer Kleinigkeit zu essen.

Im Kühlschrank stand noch eine große Portion Kartoffeleintopf mit Grünkohl.

Dwyer stutzte. Wo waren Ellens neue, heiß geliebten Schuhe? Die viel zu weißen Sneakers mit den rosa Neonstreifen an den Seiten? Sein Blick ging zu den Garderobenhaken über der Reihe an Schuhen, die dicht an der Wand nebeneinanderstanden. Ihr gefütterter hellgrauer Anorak fehlte auch, ebenso der graue Schal. In Dwyer krampfte sich etwas zusammen und ihn überfiel eine entsetzliche Ahnung. Er sah auf seine Armbanduhr. Kurz nach Mitternacht.

Mit großen Schritten durchquerte er den Flur und stieß die Tür zu Ellens Zimmer auf. Ungläubig starrte er im Lichtschein, der durch die Diele hereinfiel, auf das unberührte Bett seiner 15-jährigen Tochter.

Er konnte es nicht fassen. Das Kind war weg.

Dwyer knipste das Licht im Zimmer seiner Tochter an. Ihre Reisetasche, die üblicherweise in dem Spalt zwischen dem Fußende des Bettes und ihrem Kleiderschrank stand, war verschwunden, ebenso ihr Schlafanzug, der immer auf der Bettdecke lag.

Dwyer eilte ins Bad. Auch hier fehlte einiges, was Ellen gehörte. Ihr Zahnputzzeug, die blaue Haarbürste, ein paar Cremetuben.

So schnell er konnte, eilte er von Raum zu Raum, auf der Suche nach seiner Tochter, gleichwohl er längst wusste, das Mädchen hatte die Flucht ergriffen. Die Flucht vor ihm und seinem Zorn, ob der Situation, in die sie sich gebracht hatte. Er war außer sich und wusste vor Entsetzen nicht, was er tun sollte.

Mehrmals versuchte er Ellen auf dem Handy zu erreichen, doch die Leitung blieb tot. Sie mochte es ausgeschaltet haben.

Erschöpft setzte er sich auf die Kante des Sessels im Wohnzimmer und stützte den Kopf in die Hände.

Wie konnte sie ihm das antun? Er hatte es doch nicht so gemeint. Obwohl ... Doch, er hatte es durchaus so gemeint. Schuld war zwar der Kerl, aber Ellen hatte mitgemacht. Und so vehement und heißblütig, wie sie ihre erste Liebe verteidigt hatte, hatte sie wohl tatsächlich geglaubt, der Lump würde es ernst meinen. Sie war 15 Jahre, Himmel noch mal!

Dwyer schnürte es die Kehle zu und ein Frösteln rann über seinen Rücken. Nicht einmal eine Nachricht hatte sie ihm hinterlassen.

Den Kerl würde er sich schnappen. Er würde dafür sorgen, dass er für den Rest seines Lebens daran dachte, was er getan hatte. Und Ellen musste zurück nach Hause, in seine Obhut. Sofort. Notfalls mit Hilfe der Polizei, schließlich war sie minderjährig.

Dwyer rieb sich mit den Handballen die Schläfen. Eine winzige Hoffnung hatte er, sein Kind würde zeitnah reumütig vor der Tür stehen. Vielleicht sogar noch heute Nacht. Sie konnte noch nicht allzu lange unterwegs sein.

Gegen halb neun Uhr war es gewesen, als er nach kurzem Klopfen ihr Zimmer betreten hatte, ohne ihre Aufforderung zum Eintreten abzuwarten. Einerseits war das ein Fehler gewesen, andererseits hatte ihm ihr Anblick die Augen für etwas geöffnet, was er bisher noch nicht gemerkt hatte.

Seine Tochter war dabei gewesen, sich bettfertig zu machen, viel zeitiger, als es bis vor einigen Monaten der Fall gewesen war. Irgendwann im vergangenen Herbst hatte es angefangen, dass sie nicht mehr wie sonst vor elf, halb zwölf nicht in Bett zu schicken war, sondern sich freiwillig beizeiten zurückgezogen hatte. Manchmal sogar vor neun Uhr.

Der Schock war ihm in sämtliche Glieder gefahren, bei dem, was er gesehen hatte.

Nach einem heftigen Streit, der sich über eine Stunde hingezogen hatte, hatte er wutentbrannt die Wohnung verlassen. Er brauchte frische Luft.

Auf die Idee, dass sein Kind in der Zwischenzeit davonlaufen könnte, war er wahrhaftig nicht gekommen.

Dwyer sprang auf. Es war völlig unverantwortlich von ihm, hier zu sitzen und zu grübeln. Ellen selbst zu suchen, traute er sich nicht zu. Er musste die Polizei verständigen. Aber nicht telefonisch. Es war besser, er fuhr zum Revier. Sein persönliches Erscheinen würde die trägen Diener des Staates eher in Bewegung bringen als ein Anruf. Davon war er überzeugt.

***

Smith hatte sich entschieden nach der Tatort-Besichtigung und dem Abtransport des Toten zum Revier zu fahren. Er würde jetzt sofort alles schriftlich festhalten, was er bislang wusste, damit er nichts vergaß. Fraser würde ihm im Lauf des nächsten Tages erste Ergebnisse liefern, ebenso die Spurensicherung. Hatte er alles beisammen, würde er Dunn anrufen. Ganz beiläufig, als wollte er ihn lediglich auf dem Laufenden halten. Fühlte der Inspector sich gestört, würde er ihm das mitteilen, dessen war sich Smith sicher. Dann wiederum blieb ihm nichts anderes übrig, als seinen Vorgesetzten so gut wie möglich zu vertreten. Sollten ihn die Ermittlungen überfordern, blieb ihm immer noch der Weg zu Superintendent Max Grant.

Smith betrat das Revier. Es war kurz nach ein Uhr in der Nacht. Molly Cooper, die in ihrem Glaskasten links des Eingangs saß und ihr Strickzeug in der Hand hielt, ließ die Nadeln sinken und winkte ihn zu sich heran.

»Gut, dass Sie kommen, Constable. Hier ist ein Vater, der seine Tochter vermisst melden möchte. Er ist furchtbar aufgeregt.«

Smith runzelte die Stirn.

»Eine Vermisstenmeldung? Was ist mit Reid? Der hat doch Bereitschaft. Ich habe keine Zeit.«

»Reid hat sich kurzfristig abgemeldet. Seine Frau musste mit dem Sohn in die Klinik und es hat sich auf die Schnelle niemand gefunden, der auf das Baby aufpasst«, informierte ihn Molly Cooper.

»Schöne Zustände«, murrte Smith. Dunn hatte Urlaub, Reid machte in Familie und er musste die Stellung halten.

»Haben Sie versucht, Gibson zu erreichen?« Nachtschlafende Zeit hin oder her. Bei dem Personalmangel war es durchaus legitim, den Kollegen der Vermisstenabteilung aufs Revier zu zitieren.

»Geht nicht ans Telefon«, gab Molly Cooper gelangweilt zurück und nahm ihre Stricknadeln wieder auf.

»Super. Läuft ja wieder alles. Okay, schicken Sie den Mann in mein Büro.«

Sein Büro. Das klang ziemlich gewichtig. Eigentlich war es das Büro, dass er sich mit Dunn teilte. Aber nachdem der ja nicht da war ... Smith eilte mit gesenktem Kopf den Gang entlang. Auf der Treppe in den ersten Stock nahm er stets zwei Stufen gleichzeitig.

Die Vermisstenmeldung passte ihm überhaupt nicht. Bis er mit dem vermutlich aufgeregten Vater gesprochen und die Angaben aufgenommen hatte, hatte er sicher ein paar Dinge vergessen, die den Mord betrafen. Schlimmstenfalls wesentliche Dinge. Es lief nicht gut.

***

Erst als Henry Dwyer DC Thomas Smith gegenübersaß, wurde ihm bewusst, dass Ellen wirklich verschwunden war. Bisher hatte er sich wie in einem Alptraum gefühlt, aus dem er jeden Moment aufwachen würde.

Der Constable war jung und sah erschöpft aus.

»Seit wann genau ist Ihre Tochter verschwunden?«, erkundigte er sich jetzt, nachdem Dwyer in seiner Aufregung mehrfach wiederholt hatte, dass Ellen erst 15 Jahre alt war und nach einem Streit am vergangenen Abend mit einer gepackten Tasche Reißaus genommen hatte.

»Ich nehme an, gegen 22 Uhr«, antwortete Dwyer.

»Sie nehmen an?«, wiederholte der Constable und musterte ihn, sodass ihm unangenehm warm wurde.

»Wir haben gestritten. Um etwa halb zehn bin ich aus der Wohnung, weil ich frische Luft gebraucht habe.«

Smith nickte. Dwyer registrierte seinen abwartenden Blick. Es half nichts, er musste ihm alles erzählen, auch wenn er sich in Grund und Boden schämte.

»Haben Sie Kinder, Constable?«, fragte er und seine Wangen wurden heiß.

»Nein«, gab Smith knapp Auskunft.

Umso schlimmer. Wahrscheinlich kapierte dieser Jungspund gar nicht, worum es ging.

»Nachdem ich etwa um halb zehn aus der Wohnung bin und Ellen eindeutig noch einige Sachen zusammengepackt hat, wird sie wohl vor zehn Uhr nicht gegangen sein. Vorausgesetzt, sie ist gleich nachdem ich…« Er brach ab. Ihm brach der Schweiß aus sämtlichen Poren. Er sah sein Kind mit der geblümten Reisetasche in der Hand, mit Anorak, Schal und den geliebten Sneakers die Wohnung verlassen. Eigentlich konnte sie nur bei ihm sein. Aber der Kerl war verheiratet. Ob sie dennoch bei ihm vor der Tür gestanden hatte?

»Herr Dwyer, bitte. Ich brauche konkrete Angaben, um nach Ihrer Tochter suchen zu können. Erzählen Sie, was passiert ist. Außerdem brauche ich eine Personenbeschreibung und ein Bild Ihrer Tochter.«

»Das habe ich. Auf dem Handy.« Er wollte in seine Tasche fassen, doch Smith schüttelte den Kopf.

»Später. Erst erzählen Sie bitte.«

»Also gut.« Henry Dwyer lehnte sich im Stuhl zurück und verschränkte die Arme vor der Brust.

»Wie gesagt, Ellen ist 15 Jahre.« Trotz seiner Anspannung sah er, dass dem Constable langsam die Geduld ausging. Letzten Endes kein Wunder, er wiederholte sich ständig, als könnte er damit vermeiden auszusprechen, was unbedingt gesagt werden musste.

»Mir ist schon in den letzten Wochen aufgefallen, dass Ellen irgendwie anders ist. Ich hätte sie vielleicht darauf ansprechen sollen, aber ich dachte, es ist die Pubertät und ihr fehlt die Mutter.«

»Hat Ihre Tochter keinen Kontakt zu ihr?«, unterbrach ihn der Constable.

»Nein. Meine Frau ist gestorben, kurz nachdem Ellen geboren war.« Er fuhr sich mit dem Finger zwischen Pullover und Hals und verschränkte gleich darauf wieder die Arme vor der Brust.

»Jedenfalls ist sie in letzter Zeit immer sehr früh zu Bett gegangen. Ich wollte noch eine Runde joggen gehen und hab an ihre Zimmertür geklopft, um ihr Bescheid zu sagen. Ellen hat nicht geantwortet und ich bin einfach rein. Und da stand sie.«

Er hätte nicht erklären können, warum es ihm derart schwerfiel auszusprechen, was sowohl auf der ganzen Welt als auch bei sehr jungen Frauen immer wieder vorkam.

»Sie war dabei, sich bettfertig zu machen«, fuhr er fort, unter dem Zwang weiterzureden, weil ihn dieser Constable unentwegt ansah.

»Sie trug eine Schlafanzughose und einen BH.«

Smith nickte.

»Da habe ich es gesehen.« Seine Zähne drohten aufeinander zu schlagen.

»Was?«, fragte der Constable und spielte mit einem Kugelschreiber. Dwyers Augen brannten und hinter seinen Schläfen stach es.

»Ellen ist schwanger. Womöglich schon ... ziemlich weit.« Seine Stimme drohte zu kippen. Behutsam atmete er ein und aus.

»Okay«, sagte der Constable und Dwyer fragte sich, ob ihm danach war, den Mann am Kragen zu packen und zu schütteln. Offenbar verstand er die Tragweite nicht.

»Ihre Tochter ist natürlich noch sehr jung für eine Schwangerschaft«, fuhr Smith fort und ein winziges bisschen besänftigten diese Worte Dwyers aufgebrachtes Gemüt.

»Ich nehme an, es ist deswegen zwischen Ihnen und Ihrer Tochter zum Streit gekommen?«, fragte Smith.

Dwyer nickte heftig.

»Natürlich. Ich fasse es nicht! Wie kann sie sich mit einem so viel älteren Mann einlassen! Sie hat abgestritten, dass er der Vater ist. Sie will ihn schützen, schon klar. Aber es kann nur er gewesen sein!«

»Von wem sprechen wir?«, erkundigte sich Smith.

»Von Jeff Hayes. Der ist Lehrer am *St.-Elisabeth-College* und gibt nebenher Nachhilfe. Ellen ist zweimal in der Woche bei ihm, wegen Mathe.«

»Sie sind sicher, dass er der Vater des Kindes ist?«, unterbrach ihn der Constable.

»Es kann niemand anderes sein. Ellen hat keine Kontakte zu … ähm, Männern oder Jungs.« Wieder drohte ihm der Kragen seines Pullovers zu eng zu werden.

Der Constable machte sich Notizen.

»Vielleicht ist ein Mitschüler der Vater«, sagte er.

»Unsinn!«, brauste Dwyer auf. »Das sind alles kleine Jungs. Ich hab die gesehen, auf einem Schulfest vor ein paar Monaten.«

»Wo findet die Nachhilfe statt?«, fragte der Constable weiter, ohne auf seine Antwort einzugehen.

»In *Marys College*. Dort geht Ellen zur Schule. Hayes kommt dorthin und unterrichtet sie in einem der Lehrerzimmer. Constable! Der Mann ist über vierzig! Außerdem … ist das nicht Missbrauch Abhängiger oder wie das heißt?«

»Unter Umständen ja«, gab Smith eine Antwort, aus der Dwyer nur das ›Ja‹ heraushörte.

»Ich zeig den Kerl an. Jetzt gleich. Sie können sofort die Anzeige aufnehmen.«

Der Constable stützte die Ellbogen auf den Schreibtisch und beugte sich vor.

»Mister Dwyer. Ich würde sagen, wir gehen der Reihe nach vor. Zunächst ist es wichtig, Ihre Tochter wieder zu finden.«

»Sie kann nur mit dem Schwein zusammen sein.« Dwyer kochte vor Zorn und ihm drohte übel zu werden.

»Ich kann Sie durchaus verstehen, aber bitte, versuchen Sie, Ruhe zu bewahren.«

Dwyer stieß einen schnaubenden Ton aus.

»Haben Sie die Adresse von Mister Hayes?«

»Nein«, gab er zu und fühlte sich plötzlich wie ein Trottel. Der Constable hatte recht, die Adresse hätte er als erstes ausfindig machen müssen, vielleicht auch bei ihm vorbeifahren. Ihm ging zu viel im Kopf herum, er konnte sich gar nicht mehr konzentrieren.

»Ich glaube aber nicht, dass Ellen bei ihm zu Hause ist«, fuhr er fort. »Der Mann ist verheiratet. Die beiden haben bestimmt woanders Unterschlupf gesucht. Vielleicht in einem Hotel oder so.«

Smith kritzelte wieder auf seinem Papier.

»Ich gehe davon aus, dass er meine Tochter nur … Also ich glaube nicht, dass er ihr in irgendeiner Form zur Seite steht. Wenn sie zu ihm gefahren ist oder ihn verständigt hat, übers Handy zum Beispiel, dann … Lieber Himmel. Er wird ihr nicht helfen, er hat sie bestimmt zurückgewiesen. Meinen Sie, sie … tut sich was an?«

Die Worte waren ihm förmlich aus dem Mund geflossen. Nun überlief Dwyer ein eisiger Schauer. Soweit hatte er bisher noch gar nicht gedacht.

»Haben Sie schon versucht, Freundinnen Ihrer Tochter zu erreichen?«, fuhr Smith fort, ohne auf seine Frage einzugehen.

»Freundinnen? Nein. Ellen hat keine … Freundinnen.«

Er sah den Constable nicht an.

»Nicht? Aber ein Mädchen von 15 Jahren hat doch normalerweise …«

Dwyer zerrte am Kragen seines Pullovers.

»Ellen kennt ein paar Mädchen, ja. Aus der Schule. Aber sie ist mit keiner befreundet. Sie kommt immer gleich nach dem Unterricht nach Hause, es sei denn, sie hat Nachhilfe bei dem … Typen. Manchmal lernt sie daheim noch, sie ist sehr fleißig.«

»Hat Ihre Tochter ein Handy?«

»Ja, selbstverständlich. Aber es ist ausgeschalten oder der Akku leer. Ich hab es mehrfach versucht.«

»Geben Sie mir die Nummer, bitte.«

Smith schrieb mit, während Dwyer sie ihm diktierte.

»Was macht Ihre Tochter in ihrer Freizeit?«, fuhr der Constable fort.

»Lesen. Außerdem singt sie im Kirchenchor. Einmal in der Woche geht sie zum Üben ins Gemeindehaus. Der Pastor war es nicht, den kenn ich. Das ist ein grundsolider Mensch. Obwohl … was weiß man schon, nicht wahr?«

Er stieß ein kurzes hysterisches Lachen aus und griff sich gleich darauf mit beiden Händen in die Haare.

»Nein, es war dieser Nachhilfelehrer. Finden Sie mein Kind, Inspector!«

»Constable«, verbesserte ihn der Staatsdiener. »Gut, Mister Dwyer. Jetzt brauche ich noch das Foto Ihrer Tochter. Wissen Sie zufällig, was sie anhat?«

Dwyer erzählte von dem grauen Anorak und den Lieblingsschuhen und zeigte Smith das Handyfoto von Ellen. Smith ließ es sich auf sein Diensthandy schicken.

»Wir geben Ihre Tochter in die Fahndung«, informierte er Dwyer.

»Und was ist mit dem Kerl, dem Lehrer?«, drängte der Vater.

»Zunächst gar nichts. Sie sagten, dass Ihre Tochter abgestritten hat, dass Hayes der Vater ist. Wir müssen für den Augenblick in Erwägung ziehen, dass sie die Wahrheit gesagt hat. Sobald wir mit Ellen gesprochen haben, sehen wir weiter. Ich bin sicher, wir finden sie.«

Dwyer blieb sitzen.

»Der darf nicht so einfach davonkommen«, beharrte er.

Der Constable stand auf, ging zur Tür und öffnete sie.

»Bitte, Mister Dwyer. Versuchen Sie, Ruhe zu bewahren. Denken Sie nach, wo Ihre Tochter sein könnte. Falls sie sich meldet, sagen Sie uns umgehend Bescheid.«

Dwyer nickte stumm. Dieser Smith ließ keinen Zweifel daran, dass er das Gespräch als beendet betrachtete.

KAPITEL 5

DUNN ERWACHTE VON EINEM GERÄUSCH und ein paar Sonnenstrahlen, die ihm direkt ins Gesicht fielen. Er blinzelte und versuchte mühsam, sich zurechtzufinden.

Das Geräusch kam nicht, wie in den ersten Sekunden nach dem Aufwachen vermutet, von seinem Wecker, sondern von seinem Handy.

Er rappelte sich hoch, um dem Blenden der Sonne auszuweichen. Normalerweise schloss er abends die Jalousien, ehe er ins Bett ging. Das hatte er gestern glattwegs vergessen. Ein Blick auf seinen Wecker sagte ihm, dass es gleich zehn Uhr am Vormittag war. Das Handy läutete immer noch. Er erkannte Smith' Nummer auf dem Display und nahm das Gespräch an.

»Guten Morgen, Smith. Ist was passiert?«

»Guten Morgen, Inspector. Hoffentlich habe ich Sie nicht geweckt.«

›Doch‹, dachte Dunn.

»Nein, nein. Ist ja schon mitten am Vormittag«, behauptete er und setzte sich aufrecht. Smith hatte definitiv einen Grund, wenn er anrief. Smalltalk hielten sie in der Regel nicht und obgleich sie gut miteinander auskamen, waren sie nicht befreundet.

»Ich wollte Sie auf dem Laufenden halten«, begann Smith.

Wenige Minuten später war Dunn im Bild, was letzte Nacht passiert war. Er schob die Beine über die Bettkante.

»Ich breche meinen Urlaub ab, Smith«, sagte er. »In spätestens einer Stunde bin ich auf dem Revier.«

»Nein, Inspector«, widersprach Smith eilig. »Ich wollte Sie wirklich nur informieren. Ich versuche jetzt mehr über das Opfer herauszufinden, befrage seine Angestellten, die Nachbarn und so weiter. «

»Hm«, machte Dunn, nicht wirklich überzeugt. Er traute es Smith durchaus zu, den Fall alleine zu lösen. Andererseits wusste er mit seinem Urlaub nichts anzufangen. Er hatte so viel Zeit wie möglich mit Shannon verbringen wollen, die schon wieder derart gegen ihn rebellierte, dass ihm die Lust vergangen war. Außer dem vorgeschlagenen Abendessen gestern hatte sie auch schon einen Einkaufsbummel abgelehnt, genauso wie einen gemeinsamen Fernsehabend. Nicht einmal auf einem Spaziergang mit Callum hatte sie ihn begleiten wollen.

»Wirklich, Inspector«, versicherte Smith. Dunn hörte aus der Stimme des Constables, dass dieser nicht überzeugt war, es sich aber nicht anmerken lassen wollte. Vermutlich hatte er ihn angerufen, um sich seine geplanten Arbeitsschritte von ihm bestätigen zu lassen.

»Haben Sie die Angehörigen von dem Arzt verständigt?«, fragte Dunn.

»Ich weiß noch gar nicht, ob es welche gibt«, gab Smith zu. »Ich habe letzte Nacht noch am Privathaus von Casey geklingelt, aber es hat keiner aufgemacht.«

Dunn nickte, was sein Mitarbeiter nicht sehen konnte.

»Okay, Smith«, stimmte er widerstrebend zu. »Halten Sie mich weiterhin auf dem Laufenden, ja? Ich will alles wissen, egal ob ich Urlaub habe oder nicht.«

»Versprochen«, erwiderte Smith und nun glaubte er einen Funken Erleichterung durchzuhören.

»Gut. Sie können mich jederzeit erreichen«, versicherte Dunn.

»Alles klar. Ach, noch was. Heute Nacht war ein sehr aufgeregter Vater hier und hat seine Tochter vermisst gemeldet.«

Smith erstattete auch hierzu Bericht.

»Geben Sie das ruhig an Gibson weiter«, sagte Dunn. »Vermisstenfälle sind seine Sache.«

»Gibson hat sich heute Morgen krankgemeldet. Er hat entweder einen schlimmen Infekt oder gar die Grippe. Er fällt mindestens eine Woche aus«, informierte ihn Smith.

Dunn überlegte, ob er unter diesen Umständen nicht doch zur Arbeit gehen sollte.

»So, Inspector, jetzt wissen Sie alles. Ich mach mich auf den Weg zu der Praxis von diesem Doctor Casey. Die Angestellten können mir sicher auch sagen, ob er Familie hat. Ich melde mich wieder.«

Dunn brummte einen Abschiedsgruß und legte das Handy beiseite. Grübelnd blieb er im Bett sitzen. Was machte er jetzt mit dem angebrochenen Tag? Duschen und frühstücken vielleicht. Er konnte zu seiner Mutter nach oben gehen. Shannon war hoffentlich in der Schule. Ein Funken schlechtes Gewissen regte sich in seinem Bauch. Wenn er schon frei hatte, hätte er zumindest versuchen können, mit ihr in den Tag zu starten. Stattdessen hatte er den halben Vormittag verschlafen und würde dies womöglich auch jetzt noch tun, hätte ihn der Anruf von Smith nicht geweckt.

Dunn schlug die Bettdecke zurück und stand auf.

Eine halbe Stunde später klingelte er ein Stockwerk höher an der Wohnungstür seiner Mutter.

Gleich darauf saß er am Küchentisch von Helen Dunn und

sah ihr zu, wie sie Speck in einer Pfanne ausließ und drei Eier darüber schlug. Die Kaffeemaschine blubberte und im Toaster steckten zwei Scheiben Brot. Es duftete verführerisch und ihm lief das Wasser im Mund zusammen.

Seine Mutter stellte einen randvollen Teller vor ihn, legte die beiden Scheiben Toast dazu und brachte ihm noch eine große Tasse Kaffee mit Milch und Zucker.

»Danke«, sagte Dunn. Wie stets, wenn ihn seine Mutter mit einer Mahlzeit versorgte, war er hin und her gerissen zwischen dem Wunsch, es einfach nur zu genießen, und der Sorge, wieder zum Kind zu werden.

Sie setzte sich ihm gegenüber und legte die Fingerspitzen aneinander. So gut die Eier mit Speck auch schmeckten, schon in dem Augenblick wusste er, sie hatte etwas zu sagen, was ihm nicht passte.

»Schmeckt‹s?«, erkundigte sie sich beiläufig. Er nickte. Antworten konnte er nicht, er hatte zu viel in den Mund geschoben.

»Shannon hat gestern Abend bei mir gegessen«, informierte ihn seine Mutter. Wieder nickte er. Er hatte es vermutet. Shannon war schlichtweg zu faul, sich aufzuwärmen, was im Kühlschrank stand, oder eine Pizza in den Ofen zu schieben. Wobei derzeit nicht wirklich etwas im Kühlschrank lag.

»Zum Frühstück war sie auch hier«, fuhr Helen Dunn fort. Dunn nahm einen großen Schluck Kaffee.

»Schön«, brummte er und widmete sich wieder seinem Teller.

»Du hast Urlaub, Freddy. Ich gönne es dir wirklich auszuschlafen, aber dein Kind braucht dich. Nachdem Ella schon alles hinter sich gelassen hat und sich kaum meldet …«

»Das ist auch gut so«, unterbrach Dunn seine Mutter.

»Wie dem auch sei. Nimm dir Zeit für sie.«

»Das will ich ja.« Dunn wischte mit einem Stück Brot den Teller ab. »Aber sie will nicht.«

Helen Dunn hob die Augenbrauen.

»Wenn du von gestern Abend sprichst ... Es hat ihr schon wieder leidgetan, weil sie deine Einladung nicht angenommen hat.«

Dunn schob seinen Teller zurück und griff nach seiner Kaffeetasse. Nach ein paar gemächlichen Schlucken setzte er sie ab.

»Sie ist wütend auf mich, weil sie mit Lucy und deren Eltern in einen Ski-Urlaub in die Schweiz fahren will. Ich hatte mich darauf gefreut, mit dir und ihr gemeinsam Weihnachten zu feiern. So wie früher. Mit gutem Essen, einem Baum und so weiter.«

Während er sprach, merkte er, wie sehr es ihn frustrierte. Sein Kind wurde groß und er bekam kaum etwas von ihr mit.

»Ich weiß. Begeistert bin ich von der Idee auch nicht«, schlug seine Mutter sich auf seine Seite. Ein wenig überraschte ihn das. Bisher hatte sie meist die Partei ihrer Enkeltochter ergriffen, wenn es um Differenzen ging.

»Vielleicht solltest du mit ihr ein paar Tage wegfahren«, sagte sie nun.

»Jetzt? Sie hat doch Schule«, hielt er dagegen.

»Unsinn. In den Ferien natürlich.«

»Ich glaube nicht, dass sie das will«, sagte er, nachdem er kurz nachgedacht hatte.

»Fragen kannst du sie doch. Versuch es wenigstens.«

»Ja, vielleicht«, brummte Dunn. Seine Laune wurde nicht

besser. Es war endlos her, dass er in Urlaub gefahren war. Das letzte Mal mit Ella, vor über 17 Jahren. Während der Reise war sie mit Shannon schwanger geworden.

Wenn er und seine Tochter tagelang miteinander auskommen und zeitweise ein womöglich enges Hotelzimmer teilen mussten, war der Streit vorprogrammiert.

Er warf einen Blick auf die Küchenuhr, die neben der Tür hing. Halb zwölf.

Finbar öffnete seinen Pub täglich um elf Uhr vormittags.

Dunn sah aus dem Fenster. Das Wetter war herrlich. Die Sonne schien und der Himmel war klarblau. Er würde einen Spaziergang zum Pub machen und bei Finbar die 22 Euro für die Frau hinterlegen, die ihm gestern ausgeholfen hatte.

KAPITEL 6

DETECTIVE CONSTABLE THOMAS SMITH BEtrat die Praxis von Doctor Aaron Casey.

Am Empfang saßen drei Frauen, zwei um die zwanzig, die Dritte etwa vierzig Jahre alt.

»Guten Morgen«, grüßte er und trat an den Tresen.

»Guten Morgen«, erwiderte die älteste der drei Frauen. Sie trug an ihrem weißen Kittel ein Namensschild, auf dem »Samantha« stand.

Aus den Augenwinkeln sah er, dass die Tür zum Wartezimmer offenstand und vier Patienten drinnen saßen. Smith zog seinen Dienstausweis aus der Tasche und stellte sich vor.

Samantha wurde sichtlich blass und die anderen beiden Empfangsdamen reckten den Hals, um ebenfalls den Ausweis zu sehen, und tauschten betroffene Blicke.

»Ist was passiert?«, erkundigte sich die junge Frau, auf deren Namensschild »Hedda« stand.

Smith senkte die Stimme.

»Ich muss Sie bitten, die Patienten nach Hause zu schicken und die Praxis zu schließen. Doctor Casey ist letzte Nacht einem Gewaltverbrechen zum Opfer gefallen.«

Samantha schlug erschrocken die Hand vor den Mund, Hedda riss die Augen auf und auch die dritte Arzthelferin verlor deutlich an Farbe im Gesicht. Reglos stand sie hinter dem Tresen.

»Aber … es kommen doch noch einige«, sagte Hedda.

»Tut mir leid, es geht nicht anders. Sagen Sie den Patienten ab und schicken Sie die Wartenden nach Hause. Danach möchte ich mit Ihnen reden, jeweils unter vier Augen. Bitte.« Er machte eine Handbewegung zum Wartezimmer.

Wenige Minuten darauf saß er mit Samantha in der kleinen Küche der Praxis, während Hedda versuchte, die Terminpatienten zu erreichen, um ihnen abzusagen.

Smith hatte gebeten, den Tod des Arztes zunächst nicht publik zu machen. Die Presse war erst am frühen Morgen informiert worden, ein Artikel zu dem Verbrechen würde erst morgen in der Zeitung stehen. Ob diese Entscheidung die richtige war, wusste er nicht. Vielleicht entgingen ihm wertvolle Informationen, vielleicht war es für die Ermittlungen aber auch besser, zunächst diskret vorzugehen.

In wenigen Sätzen fasste er für Samantha zusammen, was letzte Nacht geschehen war. Die Arzthelferin war erschüttert.

»Das ist einfach unglaublich. Der Doctor war so ein ruhiger freundlicher Mensch, immer für seine Patienten im Einsatz. Ich kann mir nicht vorstellen, wer ihm das angetan haben soll«, sagte sie und knetete ihre Hände.

»Hat Doctor Casey Familie?«, fragte Smith. Der Punkt lag ihm gewaltig auf der Seele. Sollte das der Fall sein, so hätten die Angehörigen längst verständigt werden müssen. Dass er vergangene Nacht in der Helena Street Nummer 13, wo das Privathaus des Arztes stand, niemanden angetroffen hatte, musste ja nicht heißen, dass Casey alleinstehend gewesen war.

Samantha schüttelte zögerlich den Kopf.

»Soweit ich weiß, nicht. Ich glaube, es gibt oder gab schon irgendwen. Eine Frau, meine ich. Aber der Doctor hat wenig über Privates gesprochen.«

Smith machte sich eine Notiz. Tatsächlich hatte er letzte Nacht, nachdem er Dwyer endlich losgewesen war, eine ganze

Weile gebraucht, um zu Papier zu bringen, was er bereits über den Toten und zum Tathergang wusste. Von daher war es besser, gleich alles schriftlich festzuhalten.

»Gibt es irgendetwas, was Sie mir über Ihren Vorgesetzten erzählen können? Welche Hobbys hatte er, gab es Ärger mit irgendeinem Patienten, war er in letzter Zeit anders als sonst?«

»Nichts, Constable, wirklich nichts. Vielleicht war er die letzten Tage ein wenig nachdenklich. Das ist er oft, wenn er einem Patienten nicht mehr helfen kann. Aber sonst … alles wie immer.«

Samantha sah an ihm vorbei und aus dem Fenster. Die Sonne schien heute strahlend vom klarblauen Himmel, doch es war für Irlands Verhältnisse sehr kalt. Minus acht Grad hatte das Thermometer auf Smith' Handy heute Morgen angezeigt.

»Gibt es im Augenblick einen solchen Patienten?«, fragte Smith. Die Arzthelferin wandte den Blick vom Fenster ab und zu ihm.

»Ja.«

»Und worum genau geht es?« Er wurde ungeduldig. Wenn die Gespräche in diesem Tempo weitergingen, war er mittags noch nicht in der Praxis fertig.

»Das darf ich Ihnen nicht sagen. Wir müssen mit den Patientendaten sehr diskret umgehen. Arztgeheimnis, verstehen Sie.«

Samantha verschränkte die Arme vor der Brust.

»Nein, Samantha.« Er beschloss spontan sie mit dem Vornamen anzureden. »Es ist ein Mord geschehen. Um die Ermittlungen nicht zu behindern, müssen Sie uns alles sagen, was in irgendeiner Form mit Casey und der entsetzlichen Tat zu tun haben könnte. Also bitte.«

Samantha löste die verschränkten Arme und hob in einer hilflosen Geste die Hände.

»Aber ich kann doch nicht … ich komme in Teufels Küche, wenn das rauskommt. Ich brauche einen neuen Job. Wenn ich Ihnen jetzt vertrauliche Informationen gebe und das spricht sich herum …«

Smith musterte die Arzthelferin mit unbewegter Miene.

»Schon gut.« Resigniert ließ sie die Arme sinken.

Wenige Minuten später wusste Smith, dass ein Patient namens Matthew Hogan an Lungenkrebs gelitten hatte. Er hatte vom Moment der Diagnose an jede Behandlung verweigert und war vor etwa drei Wochen verstorben. Seither verfolgte die Witwe den Doctor mit Anklagen, Vorwürfen und regelrechtem Hass.

»Sie wusste nicht, wie schwer krank ihr Mann war«, informierte ihn Samantha. »Er wollte die Zeit, die er noch hatte, so verbringen, als wäre er gesund. Zumindest soweit das möglich war. Lynn Hogan gibt dem Doctor die Schuld am Tod ihres Mannes. Sie ist sicher, sie hätte ihn zu einer Behandlung überreden können, wenn sie von seiner schrecklichen Krankheit gewusst hätte.«

Smith nickte. Er ließ sich Namen und Anschrift der Hogans geben und beschloss, mit der Witwe zu reden.

Das nächste Gespräch führte er mit Hedda, die inzwischen die meisten Patienten erreicht hatte.

Hedda erzählte ihm, dass Doctor Casey bei den Frauen sehr beliebt gewesen sei.

»Er war ein attraktiver Mann und bei einem Arzt bekommen viele Frauen weiche Knie«, sagte sie. Er glaubte, Missbilligung in ihrer Stimme zu hören, und fragte sich, ob Hedda auch ein Auge auf ihren Chef geworfen hatte. Vielleicht hatte er sie zurückgewiesen.

»Fragen Sie Elena. Ich glaube, die kannte den Doctor besser«, setzte sie nach.

»Elena?«, fragte Smith.

»Ja. Die Kollegin, mit der Sie noch nicht gesprochen haben«, gab Hedda Auskunft.

»Gut. Schicken Sie sie bitte zu mir«, bat Smith.

Elena war schlank, mit üppiger Oberweite und kinnlangen schimmernden kupferfarbenen Haaren, die sie sorgfältig zum Bob geföhnt trug. Er fragte sich, ob die Farbe echt war.

Elena hatte gerötete Augen und ein benutztes Papiertaschentuch in der Hand.

»Es ist so schrecklich«, schluchzte sie, noch ehe er etwas gesagt hatte.

»Das ist es«, bestätigte Smith sanft. »Kannten Sie Ihren Chef besser? Also auch privat, meine ich.«

Elena zuckte mit den Schultern und die helle sommersprossige Haut ihrer Wangen rötete sich.

»Wir sind ein paar Mal miteinander ausgegangen. Ich mochte ihn wirklich sehr, aber er … nun, er wollte nichts Festes. Deswegen habe ich mich bald nicht mehr mit ihm getroffen.«

»Hatten Sie eine Affäre?«, fragte Smith. Elena wich seinem Blick aus.

»Wir haben … nur einmal«, sagte sie schließlich. »Danach hat er mir gesagt, dass er sich nicht binden will.« Ein trotziger Zug erschien in ihrem Gesicht.

»Wie lange ist das her?«, erkundigte er sich.

Sie winkte ab.

»Monate. Ich arbeite seit einem dreiviertel Jahr hier. Er hatte mich zu einem Konzert eingeladen, gleich nachdem ich hier angefangen hatte. Zwei Wochen später war es schon wieder vorbei.«

Er versuchte in ihrer Miene zu lesen, wie sehr sie das Verhalten des Doctors gekränkt hatte. Genug, um ihn niederzustechen? Aber warum erst jetzt, wenn die Affäre schon so lange her war?

»Wo waren Sie letzte Nacht in der Zeit von 23 Uhr bis etwa ein Uhr?«, fragte er unvermittelt. Elena zuckte erschrocken zusammen.

»Verdächtigen Sie etwa mich?«

Smith überlegte, ob er einfühlsamer nach ihrem Alibi hätte fragen sollen, kam aber zu dem Schluss, dass er Fakten brauchte und Zaudern ihn nicht weiterbrachte. Er hatte immerhin zwei Fälle zu klären und das allein.

»Reine Routine«, wich er aus.

»Ich habe kein Alibi. Ich lebe allein und habe um die Zeit geschlafen«, erwiderte die Arzthelferin.

»In Ordnung. Ich würde mir gerne noch die Räume der Praxis ansehen«, informierte er sie und überlegte, ob er auch Einsichtnahme in die Patientenakten nehmen sollte. In dem Fall brauchte er Unterstützung, das war alleine nicht zu bewältigen. Er würde Dunn fragen, wie er darüber dachte. Oder er wandte sich gleich an Grant, damit der ihm jemanden zur Seite stellte. Darüber musste er noch nachdenken.

Eine halbe Stunde später verließ er die Praxis. Er hatte den Schreibtisch des Arztes durchwühlt, in jede Ecke und jeden Winkel des Sprechzimmers und des Büros gesehen und schließlich den Computer von Doctor Aaron Casey mitgenommen.

Mit ihm sollte sich das Technische Büro befassen, vielleicht ergab das etwas.

Er hatte das ungute Gefühl, komplett im Trüben zu fischen.

KAPITEL 7

DUNN BETRAT FINBAR'S KNEIPE MIT ROT GEfrorener Nase und kalten Füßen. So schön das Wetter war, so kalt war es auch.

Am Ende des Tresens, links von der Eingangstür, saßen zwei ältere Männer beim Frühschoppen. Beide musterten ihn, als er eintrat. Mehr Gäste waren um diese Zeit noch nicht in dem Pub.

Finbar stand hinter der Theke und spülte Gläser. Er grinste Dunn entgegen.

»Morgen, Frederick«, begrüßte er ihn. »Was treibt dich um die Uhrzeit her? Stress zu Hause?«

Dunn grinste zurück und gab keine Antwort auf die Frage.

»Morgen, Fin«, sagte er stattdessen.

»Ich habe eine Bitte«, fuhr er fort und erzählte Finbar, dass er gestern Abend kein Geld dabeigehabt hatte und seine Tischdame seine Rechnung übernommen hatte.

»Ich will ihr das Geld unbedingt wiedergeben. Kann ich es bei dir hinterlegen und du gibst es ihr, wenn sie wiederkommt?«, bat er.

Finbar schüttelte den Kopf.

»Sorry, Frederick. Ich kenn die Frau nicht. Sie war zum ersten Mal hier und ich habe keine Ahnung, wer sie ist und ob sie überhaupt noch mal kommt.«

Dunn zog die Nase kraus. Die Auskunft gefiel ihm nicht, zumal ihm in dem Augenblick klar wurde, dass er sie eigentlich gerne wiedergesehen hätte.

Die Schwingtür hinter dem Tresen, durch die es in die Küche ging, öffnete sich und Sophie, Finbars Gemahlin, betrat den Schankraum.

»Morgen, Freddy«, grüßte sie ihn und lächelte. »Ich habe gehört, du suchst die Frau, die gestern Abend mit dir am Tisch saß.«

»Ja«, bestätigte er und überlegte, ob es ihm tatsächlich noch um die 22 Euro ging oder um ein Wiedersehen.

»Wie sie heißt, weiß ich auch nicht. Aber ich kann dir sagen, wo sie wohnt, zumindest in etwa.«

»Wie das denn?« Überrascht sah Fin seine Frau an.

»Weil ich neulich bei Cara Lyon zum Tee war. Auf dem Weg von der Bushaltestelle zu Cara bin ich über eine schiefe Gehwegplatte gefallen, direkt vor einem der Einfamilienhäuser in der Letter Road. Eine Frau ist aus dem Garten gekommen und hat mir wieder aufgeholfen. Ich bin sicher, es war die von gestern.«

Dunn nickte zufrieden. Letter Road. Das war doch ein Hinweis und die Straße lag auch nicht weit entfernt.

»Weißt du die Hausnummer?«, fragte er.

»Nein.« Bedauernd schüttelte Sophie den Kopf. »Aber im Vorgarten stand eine potthässliche Vogelscheuche aus rostigem Metall. Du findest das Haus bestimmt.«

***

Durch die unbelaubten Zweige der Bäume sah Dunn die Vogelscheuche schon aus etlichen Fuß Entfernung. Im Garten des kleinen Einfamilienhauses stand eine Frau und warf eine Tüte in einen Mülleimer. Dunn lief schneller. Wenn ihn nicht alles täuschte, war es tatsächlich seine Tischgefährtin von gestern Abend. Die Statur passte, die Haare auch, soweit er es auf den Abstand beurteilen konnte.

Sie klappte den Deckel der Mülltonne herunter, wandte sich ab und ging Richtung Haustür.

»Hallo, Miss«, rief Dunn und hob winkend den Arm. Er unterdrückte ein Keuchen. Wenn er weiter so rasch lief, würde er, statt souverän und entspannt, völlig außer Atem bei ihr ankommen.

Die Frau blieb stehen und drehte sich um.

»Miss.« Er hatte das Gartentürchen erreicht. Sie war es in der Tat. Sie trug Jeans, flache Stiefeletten und eine dünne rosa Strickjacke über einer hellen Bluse. Sie musste erbärmlich frieren.

»Miss. Entschuldigen Sie. Ich wollte Ihnen … also, mein Name ist Dunn. Frederick Dunn. Sie waren gestern Abend so freundlich und haben meine Rechnung bei Finbar beglichen. Ich möchte Ihnen das Geld erstatten.«

Er griff in die Innentasche seines Parkas und zog sein Portemonnaie hervor.

Die Frau kam zur Gartentür.

»Guten Morgen«, sagte sie. Er war nicht sicher, ob sie versuchte, ihn anzulächeln. Ihre Mundwinkel gingen kaum sichtbar nach oben. »Wie haben Sie mich gefunden?«

Ihm lag auf der Zunge zu sagen, dass er bei der Polizei arbeitete und er sie auf diesem Weg ausfindig gemacht hatte. Ihm blieb der Scherz im Hals stecken. Mit seinem Geldbeutel in der Hand betrachtete er sie. Sie hatte etliche Flecken auf der linken Wange, bläulich, lila und gelblich.

Das, was er gestern Abend für eine Pigmentstörung gehalten hatte, waren überschminkte Blutergüsse. Auch ohne seine

Berufserfahrung hätte er sofort vermutet, dass hier Gewalt im Spiel gewesen war.

»Ich ähm … Zufall«, behauptete er.

»Zufall?« Misstrauisch sah sie ihn an.

»Nein, nicht wirklich.« In wenigen Sätzen erzählte er ihr, dass er bei Finbar das Geld hatte hinterlegen wollen und dessen Ehefrau Sophie ihn hierhergeschickt hatte.

»Ach ja«, sagte die Frau. »Ich erinnere mich. Sie ist direkt vor dem Haus gestürzt.« Sie zeigte auf den Gehweg.

»Richtig«, bestätigte Dunn und reichte ihr das Geld passend über den Zaun.

»Vielen Dank noch mal«, sagte er und durchforstete sein Hirn, wie er nach den Blutergüssen fragen konnte, ohne dass es nach plumper Neugier klang. Abgesehen davon war er sicher, sie würde ihm den üblichen Mist von einem Sturz erzählen. Vielleicht hatte er sie zu lange angesehen, jedenfalls wandte sie den Kopf zur Seite, sodass er ihre geschundene Wange nicht mehr richtig betrachten konnte.

»Ja, dann … Ich muss wieder rein«, sagte sie. »Es ist ziemlich kalt.«

»Hören Sie, Ms. …« Er wartete vergeblich, dass sie ihm ihren Namen sagte. »Darf ich Sie zu etwas einladen? Als Dankeschön?«

»Das ist wirklich nicht nötig«, wehrte sie ab.

»Es würde mich freuen«, setzte er hinterher, und versuchte das unschöne Gefühl, eine weitere Zurückweisung einstecken zu müssen, zu ignorieren.

Eilig fasste er in die Brusttasche seines Parkas und fühlte zwischen den Fingern eine seiner Visitenkarte, zog sie heraus und reichte sie ihr über den Zaun. Eine Ecke der Karte war abgeknickt. Das machte keinen guten Eindruck, doch es war zu spät, sie wieder einzustecken.

»Bitte. Ich würde mich freuen.« Verlegen brach er ab. Er wiederholte sich.

Die Frau nahm die Karte und warf einen Blick darauf. Sie schien überrascht, als sie las, was darauf stand, und musterte Dunn etwas genauer.

»Vielleicht sehen wir uns mal wieder in *Finbar's Pub*«, sagte sie. »Dann gerne.« Sie lächelte ihm zu, wandte sich ab und eilte ins Haus.

Dunn stand vor dem Gartentürchen und kam sich unglaublich dumm vor. Was war er für ein Trottel. Bestimmt war sie verheiratet oder hatte zumindest einen Freund. Und er fiel mit der Tür ins Haus und wollte sich mit ihr treffen.

Jetzt erst merkte er, dass die Sonne hinter grauen Wolken verschwunden war und stattdessen ein kalter Wind blies.

Er klappte den Kragen seines Parkas hoch und machte sich missmutig auf den Heimweg.

KAPITEL 8

HENRY DWYER HATTE DIE NACHT IN SEINEM Sessel sitzend im Wohnzimmer verbracht. Erst gegen sechs Uhr früh war er eingedöst.

Nun hatte ihn irgendetwas geweckt und ihm tat jeder Knochen weh. Er sah, dass es kurz vor zehn Uhr war. Reglos hockte er an seinem Platz und überlegte, warum er nicht im Bett lag. Schlagartig kehrte die Erinnerung zurück.

Ellen war weg. Er rappelte sich hoch, so schnell es seine verkrampften Glieder erlaubten, eilte zu ihrem Zimmer und klammerte sich derweil an die Hoffnung, er hätte nur einen Alptraum gehabt.

Doch Ellens Bett war noch immer unberührt und ihre Reisetasche noch immer verschwunden. Der Funken Energie, der ihn vorwärtsgetrieben hatte, wich aus Dwyers Körper.

Er schleppte sich ins Bad, um sich die Zähne zu putzen.

Der Blick in den Spiegel verriet ihm, dass er noch schlimmer aussah, als er sich fühlte. Seine Kleidung war zerknittert, im Gesicht hatte er unzählige Falten, von denen er meinte, sie wären bis gestern noch nicht da gewesen, und rasieren musste er sich auch.

Er mochte sich nicht mit den dreifarbigen Bartstoppeln im Gesicht. An den Wangen war der Bartwuchs dunkelbraun, um den Mund herum beinahe schon weiß und hier und da sprossen rötliche Haare dazwischen.

Er schöpfte sich kaltes Wasser ins Gesicht, putzte sich die Zähne und verzichtete auf jede weitere Maßnahme, sich in einen vorzeigbaren Zustand zu versetzten.

Es war Viertel nach zehn. Draußen schien die Sonne, was er in seiner Verzweiflung als quälend empfand.

Wo war Ellen?

Er überlegte, ob er ein weiteres Mal versuchen sollte, sie anzurufen, und ließ es.

Er überlegte, ob er sie in der Schule krankmelden sollte, oder ob es Sinn machte hinzufahren. Vielleicht war sie ja dort, um den Unterricht nicht zu versäumen.

Ihm war klar, dass er sich etwas vormachte.

Dwyer tigerte im Wohnzimmer auf und ab. Er sehnte sich nach einer Tasse Kaffee und Hunger hatte er auch. Doch welch profane Bedürfnisse waren das. Im schlimmsten Fall hatte Ellen nichts zu essen und das in ihrem Zustand. Er ballte die Fäuste.

Zwei Minuten später verließ er das Haus.

Er würde jetzt zu diesem Typen fahren und ihn sich vorknöpfen. Und wenn er ihn vor sämtlichen Schülern und Lehrern zur Rede stellte.

***

Bis zum *St.-Elisabeth-College* brauchte Dwyer fast zwanzig Minuten. Bedingt durch eine Baustelle musste er eine Umleitung fahren und auch die Ampelschaltung schien sich gegen ihn verschworen zu haben.

Am College erfuhr er, dass Hayes heute nur vier Unterrichtsstunden hatte geben müssen und nach einer anschließenden Lehrerkonferenz vor wenigen Minuten die Schule verlassen hatte.

Dwyer wusste immer weniger, wohin mit seiner zornigen

Verzweiflung, und entschied sich, zu dem verhassten Lehrer nach Hause zu fahren. Inzwischen hatte er dessen Adresse gegoogelt und auch sofort gefunden.

Auf dem Weg dorthin musste er erneut die Umleitung nehmen und als er endlich vor dem Anwesen von Jeff Hayes stand, war es 12:30 Uhr.

Dwyer parkte direkt vor dem Haus. Dieses war von einem kleinen, verwilderten Grundstück umgeben. Das hölzerne Gartentürchen brauchte einen neuen Anstrich. In einer Säule daneben sah er ein verwittertes Namensschild, auf das mit Kugelschreiber hinter einem Stück Plexiglas, kaum lesbar, der Name ›Hayes‹ gekritzelt war.

Die Morgensonne war verschwunden, graue Wolken hingen am Himmel und ein kalter Wind blies.

Dwyer drückte auf den abgegriffenen schwarzen Knopf der Glocke und wartete. Für sein Empfinden dauerte es endlos, bis sich die Haustür bewegte. Im Türrahmen stand eine schmale junge Frau.

»Ja, bitte?«, rief sie.

»Sind Sie Ms. Hayes?«, erkundigte er sich. Die Frau nickte.

»Ist Ihr Mann zu Hause?«

Die Tür ging ein Stück weiter auf, jemand schob die Frau beiseite und an ihre Stelle trat ein schlanker Mann, nur wenig größer als Ms. Hayes.

»Sie wollen zu mir?«, fragte er mit erhobener Stimme.

Dwyer dachte sich, dass das Gespräch einfacher wäre, wenn sie nicht etliche Fuß auseinander stünden und sich zurufen mussten. Kurz entschlossen öffnete er die Gartentür und ging zum Haus.

»Guten Tag. Mein Name ist Dwyer. Sagt Ihnen der Name

etwas?«, fragte er und konnte seine Aggressivität kaum noch zügeln. Je näher er kam, desto deutlicher wurde ihm, wie schmächtig sein Gegenüber war.

Ein Mann, den er auf der Straße übersehen hätte. Daran änderten auch seine Bundfaltenhose, der wahrscheinlich teure Pullover mit dem Rautenmuster und das sorgfältig nach hinten gekämmte Haar nichts.

»Nein. Wer sind Sie?«

Hayes stand in der Tür, den Griff in der Hand und stützte sich mit dem anderen Arm am Türrahmen ab. Er wollte ihn eindeutig nicht ins Haus lassen.

»Ich bin der Vater von Ellen Dwyer«, fuhr er fort. Am liebsten hätte er das kümmerliche Bürschchen in seiner Aufschneider-Garderobe rückwärts ins Haus geschubst.

»Ah.« Mit dem Anflug eines Lächelns ließ Hayes den abgestützten Arm sinken und trat einen Schritt nach hinten.

»Jetzt weiß ich es. Ellen bekommt von mir Nachhilfe in Mathematik. Ist etwas passiert? Sie hätte heute Mittag eine Stunde gehabt und ist nicht erschienen.«

»Allerdings ist etwas passiert«, stieß Dwyer zwischen den Zähnen hervor.

»Kommen Sie doch bitte herein. Ich habe nicht viel Zeit, weil ich beim Packen bin. Ich muss morgen mit einer Schülergruppe nach Frankreich, für fünf Tage. Ein paar Minuten kann ich erübrigen.«

Dwyer betrat das Haus, Hayes schloss die Tür.

»Gehen wir in mein Büro.«

Gleich darauf stand er in einem kleinen düsteren Raum dem Nachhilfelehrer seiner Tochter gegenüber. Die mahagonifarbene Holzdecke drückte Dwyer förmlich nieder, die Teppiche waren dick und dunkel, an sämtlichen Wänden standen deckenhohe Bücherregale, gefüllt mit unzähligen Werken.

»Ellen macht sich gut, falls Sie deswegen hier sind. Ich habe ihr die Zusatzstunde angeboten, weil ich denke, dass sie für die anstehenden Arbeiten mit besten Ergebnissen rechnen kann, wenn wir noch ein wenig mehr üben. Es war ja auch nur vorübergehend angedacht. Falls Ihnen das zu teuer ist …«

Dwyer konnte kaum zuhören. Was faselte er da? Ellen hatte nichts von einer Zusatzstunde gesagt.

Vor seinen Augen flimmerte es. Er sah den Nachhilfelehrer im Geist seinem Kind an die Wäsche gehen und hatte das heftige Verlangen, ihm sämtliche niederen Triebe aus dem mageren Leib zu prügeln.

»Nachdem sie bisher nur einmal in der Woche kommt …«

Der letzte Satz, nicht zu Ende gesprochen, holte Dwyer aus seinen wüsten Phantasien. Wieso einmal? Sie traf sich doch schon zweimal in der Woche mit ihm, das sollte wohl genügen.

Er ballte die Fäuste.

»Was reden Sie denn da, Hayes!«, fuhr er ihn an. »Es geht mir nicht um Ihre verdammte Nachhilfe! Sie haben mein Kind missbraucht. Wo ist Ellen? Was haben Sie mit ihr gemacht?«

»Wie bitte?« Hayes Miene schien einzufrieren. Er trat einen Schritt nach hinten und musterte Dwyer, als sei er ein unbekanntes, widerwärtiges Insekt.

»Nun tun Sie nicht so! Ellen ist schwanger, das wissen Sie doch. Und nur Sie kommen als Vater in Frage. Ist Ihnen klar, wie tief Sie in der Scheiße sitzen? Und was Sie meinem Kind angetan haben? Das ist Verführung Minderjähriger und Abhängiger. Oder haben Sie ihr gar Gewalt angetan?«

Dwyer spürte ein Stechen in der Brust. Lieber Himmel. Hoffentlich bekam er keinen Herzinfarkt. Er musste für Ellen da sein, wenn sie endlich wieder zu Hause war.

»Das sind unglaubliche, infame Unterstellungen. Sie verlassen augenblicklich mein Haus!«, stieß Hayes hervor. Seine Nasenflügel bebten.

»Ich zeig dich an, du Schwein!«, brüllte Dwyer. »Sei froh, dass ich mir an dir Loser nicht die Hände schmutzig machen will. Ich hätte gute Lust, dir dein arschglattes Babyface zu Brei zu schlagen. Du bekommst keinen Fuß mehr auf die Erde, wenn ich mit dir fertig bin. Job weg, Ruf ruiniert und zahlen darfst du, bis dir nix mehr bleibt, das schwör ich dir!«

»Sie sind ja nicht ganz richtig! Dort ist die Tür! Verschwinden Sie.«

Irgendwo im Haus begann ein Kind zu brüllen und eine Tür schlug. Dwyer griff nach einer schweren gläsernen Karaffe, die auf einem Beistelltisch in seiner Reichweite stand. Eine hellbraune Flüssigkeit befand sich darin. Mit einer zornigen Bewegung schleuderte er das Gefäß nach Hayes. Der machte einen Satz zur Seite und die Karaffe traf die Kante des Schreibtisches. Sie zersprang in mehrere große Scherben und augenblicklich füllte ein starker Geruch nach Kognak den Raum.

Zufrieden bemerkte Dwyer die Wut und das Entsetzen im Gesicht des Lehrers, als dieser den Schaden betrachtete. Der Kognak sickerte in den Teppich und alle Splitter würde man wohl auch nicht herausbekommen.

Dwyer machte auf dem Absatz kehrt und eilte aus dem Büro des Lehrers. Das Kind brüllte noch immer. Türenschlagend verließ er das Haus.

KAPITEL 9

DUNN SASS IN SEINEM OHRENSESSEL, DIE Füße auf den Hocker gelegt, und hielt den Telefonhörer ans Ohr geklemmt. Callums Kopf ruhte schwer auf seinem Oberschenkel, ab und an wedelte das Tier erwartungsvoll mit dem Schwanz. Mit wachen Augen beobachtete ihn der Hund, während er ihn geistesabwesend streichelte und zuhörte, was DC Thomas Smith zu berichten hatte.

»Ich habe mit allen drei Angestellten der Praxis gesprochen«, sagte er. »Die Damen heißen Samantha Daly, Hedda Brown und Elena Magee. Ich kann es nicht so recht greifen, aber ich habe den Eindruck, alle drei verschweigen etwas.«

Dunn hörte auf den Hund zu streicheln und kratzte sich am Nacken. Dieses Gefühl kannte er nur zu gut.

»Am interessantesten erscheint mir, was diese Samantha erzählt hat. Nämlich, dass die Frau eines ehemaligen Patienten vom Doctor überzeugt davon sein soll, dass Casey schuld am Tod ihres Mannes ist«, fuhr Smith fort und informierte ihn, was die Witwe dem Arzt vorwarf.

»Ich will heute noch mit der Frau reden«, ließ Smith ihn wissen.

»Unbedingt«, pflichtete Dunn bei.

»Außerdem soll Casey laut Ms. Daly zwar alleinstehend gewesen sein, aber sie meinte, es gäbe schon eine Frau, mit der er liiert war«, informierte ihn Smith. »Einen Namen weiß sie nicht, er soll diesbezüglich sehr diskret gewesen sein. Allerdings kam er vor ein paar Wochen mit einer sehr edlen Pralinenschachtel aus der Mittagspause, um die eine goldene

Schleife gewickelt war. Ms. Daly sagt, sie hätte ihn gefragt, für wen die sei, und er hätte nur gelächelt und geantwortet, sie wäre zu neugierig.«

Dunn lag es auf der Zunge darauf hinzuweisen, dass eine Pralinenschachtel noch keine Geliebte bedeutete, doch schon redete Smith weiter.

»Mit Elena Magee, einer seiner Angestellten, hatte er vor etwa einem dreiviertel Jahr ein Techtelmechtel«, ergänzte er. »Nachdem er sie einmal flachgelegt hatte, hat er ihr gesagt, dass er sich nicht binden will. Sorry, ich wollte mich nicht so … ähm, äußern.«

Dunn grinste. Diese saloppe Ausdrucksweise kannte er von Smith noch gar nicht.

»Ich glaube, Elena ist immer noch schwer gekränkt. Ich kann mir aber auch nicht vorstellen, dass sie ihn deswegen … Außerdem ist das ja schon ziemlich lange her.«

»Und was ist mit der dritten Angestellten?«, fragte Dunn.

»Hedda Brown. Bei ihr habe ich den Verdacht, dass sie auch gerne was mit dem Doctor gehabt hätte. Sie hat sich recht abfällig geäußert und behauptet, dass bei Casey viele Frauen weiche Knie bekommen hätten. Aber das reicht ja alles nicht aus, um ihn hinterrücks abzustechen«, sagte Smith.

»Sagen Sie das nicht. Verletzte Frauen können schrecklich in ihrer Rache sein«, hielt Dunn dagegen. Callum stupste ihn am Knie. Er fuhr fort, das Tier zu streicheln. Entweder hatte er heute früher Hunger als sonst oder er wollte nach draußen.

Smith seufzte vernehmlich. »Da haben Sie natürlich recht. Ich habe Caseys Computer ins kriminaltechnische Labor gegeben. Das Handy sehe ich mir selbst an und auf Frasers endgültige Ergebnisse warte ich noch.«

»Vielleicht ist der Doctor auch ein Zufallsopfer«, gab Dunn zu bedenken.

»Sie meinen, weil die Tatwaffe ein Schraubenzieher ist?«, fragte Smith.

»Ja, auch das. Außerdem denke ich, wer ihn töten wollte, aus welchem Grund auch immer, hätte das nicht auf offener Straße tun müssen, wo er, nachtschlafende Zeit hin oder her, beobachtet werden konnte, wie zum Beispiel von der alten Dame, die am Fenster stand.«

»Es sei denn, die Tat ist im Affekt geschehen«, wandte Smith ein.

»Dagegen spricht der Schraubenzieher. Den hat man üblicherweise nicht dabei«, sagte Dunn.

»Auch wieder wahr«, lenkte Smith ein. »Der Mord steht auf jeden Fall morgen ganz groß in der Zeitung. Grant hat heute Morgen eine Pressekonferenz dazu gegeben. Im Radio und im Fernsehen wurde heute Vormittag schon darüber berichtet. Außerdem ist die Bevölkerung gebeten worden, sich zu melden, falls jemand in der Nacht und zur fraglichen Zeit etwas beobachtet hat.«

»Sehr gut«, lobte Dunn, obgleich er wusste, dass die Verantwortung für diese Aktivitäten Grant trug und nicht Smith. »Gibt es denn von dem Vermisstenfall schon was Neues?«, fuhr er fort.

»Nein. Aber dazu steht heute ein Aufruf in der Zeitung«, antwortete Smith.

»Die habe ich noch nicht gelesen«, gab Dunn zu.

»Zwei Kollegen sind damit beschäftigt, die eingehenden Anrufe anzunehmen«, fuhr Smith fort. »Constable Clark nimmt eine erste Auswertung vor, der Rest landet bei mir. Jetzt besuche ich Lynn Hogan, die Witwe von besagtem Patienten. Genießen Sie Ihren Urlaub, Chef.«

»Das mach ich. Ich gehe jetzt eine schöne lange Runde mit Callum spazieren, der drängelt schon die ganze Zeit. Sie halten mich auf dem Laufenden, Smith.«

»Wenn Sie sich das in Ihrer wohlverdienten Freizeit antun wollen, natürlich.«

Dunn lag es auf der Zunge seinem Mitarbeiter zu erzählen, dass seine 17-jährige Tochter bockte und nicht bereit war, etwas mit ihm zu unternehmen, weil sie in den Weihnachtsferien Pläne hatte, die ihm als Vater nicht passten. Und dass sich der Genuss an seinen freien Tagen deswegen sehr in Grenzen hielt. Er hielt sich gerade noch zurück.

»Viel Erfolg, Smith«, sagte er stattdessen und beendete das Telefonat.

KAPITEL 10

SMITH HATTE SICH BEI LYNN HOGAN TELEFOnisch angemeldet und ihr auch vom gewaltsamen Tod ihres Arztes berichtet. Sie hatte überrascht reagiert, jedoch nicht bestürzt oder gar betroffen.

Nun stand er einer kleinen zierlichen Frau gegenüber, deren silbergraue Haare im Nacken zu einem Knoten gefasst waren.

Lynn Hogans Augen schwammen bereits in Tränen, kaum dass sie die Tür geöffnet und ihn begrüßt hatte. Ihr Händedruck fiel schwach aus, ihre Hand war klein, faltig und kalt und sie schluchzte unterdrückt. Smith schrieb diesen Gefühlsausbruch dem Tod ihres Mannes zu.

Die Wohnung der etwa siebzigjährigen Dame war klein und gepflegt, mit dunklen glänzenden Möbeln. Überall standen Nippesfigürchen, Familienbilder in goldenen Rahmen und allerlei Zierrat. An den Wänden klebten Tapeten mit goldenen Ornamenten, die Böden waren mit bunten Brücken ausgelegt, die an hochwertige Orientteppiche erinnerten.

Smith bedrückte die Enge in der Wohnung, die durch den reichlichen Krimskrams noch beengter wirkte. Obwohl draußen heller Tag war, drang nur wenig Licht in die Räume, an deren hohen schmalen Fenstern dunkelrote Übervorhänge angebracht waren.

Lynn Hogan putzte sich die Nase, schien sich wieder zu fassen und trippelte voran in ein Wohnzimmer mit Biedermeier-Mobiliar. Auf dem ovalen Tisch vor dem Sofa war für zwei Personen gedeckt.

»Bitte, Constable, nehmen Sie Platz«, bat sie und zeigte zu

dem altrosafarbenen Sofa. Smith war gezwungen, sich neben sie zu setzen, eine andere Möglichkeit gab es nicht.

»Ich habe Tee gekocht«, ließ sie ihn wissen und schenkte ihm eine Tasse ein, ehe er protestieren konnte. Auf einem eckigen Teller lagen Scones, auch Butter und Marmelade hatte sie bereitgestellt. Smith, der nicht gerne in Gesellschaft von Fremden aß, überlegte, wie er um die Scones herumkommen konnte ohne sie allzu sehr zu kränken.

»Ms. Hogan, zunächst mein herzliches Beileid zum Tod Ihres Mannes«, begann er und fühlte sich schrecklich unbeholfen.

Die Lippen der alten Dame fingen an zu zittern. Sie setzte sich zu ihm auf das Sofa, ohne sich selbst Tee einzuschenken.

»Es ist so schrecklich. Mein Matthew könnte noch leben, wenn ... Nun ja. Ich weiß ja, es gibt das Arztgeheimnis. Aber in dem Fall ... Ich bin sicher, ich hätte meinen Mann überzeugen können, sich einer Behandlung zu unterziehen.« Sie zog ein Taschentuch aus dem Ärmel ihres dünnen Pullovers, nun wieder den Tränen nahe und tupfte sich die Augen ab.

»Das Schlimme ist, ich habe mehrfach bei Doctor Casey nachgefragt, wie es um Matthew steht. Ich bin, das heißt, ich war ja selbst Patientin bei ihm. Er ist mir stets ausgewichen, hat nie eine klare Antwort gegeben und aus Matthew hab ich die Wahrheit auch nicht heraus bekommen. Aber ich habe gemerkt, wie er immer schwächer wurde und dann ... ganz plötzlich ...« Sie schluchzte auf. »Nächsten Monat hätte er seinen Achtzigsten gefeiert. Und wir unseren fünfzigsten Hochzeitstag.«

Smith ließ ihr Zeit, sich zu fangen. Diesem kleinen betagten Weiblein traute er keinen Mord zu, schon gleich nicht hinterrücks mit einem Schraubenzieher. Selbst wenn sie der Wille dazu getrieben hätte, hätte sie vermutlich nicht die Kraft gehabt, Casey zu erstechen.

»Verstehen Sie mich nicht falsch, Constable. So ein Ende wie dem Doctor nun zuteilwurde, wünsche ich niemanden. Dennoch, irgendwie ... Glauben Sie an Schicksal? An ausgleichende Gerechtigkeit?«

Mit unsicherem Blick sah sie ihn an. Derartige Gedanken hatte er sich noch nie gemacht. Er rang um eine Antwort.

Ms. Hogan schlug die Augen nieder.

»Entschuldigen Sie. Das hätte ich nicht sagen sollen. Es ist nur so, dass Matthew mir so schrecklich fehlt. Wir hatten noch so viele Pläne. Wir wollten reisen, unseren Sohn besuchen und ganz groß unsere Goldene Hochzeit feiern.« Sie zupfte an ihrem Rock. »Im Restaurant hatten wir schon reserviert.«

»Sie haben einen Sohn?«, erkundigte sich Smith, froh, dass er endlich etwas gefunden hatte, um sich in das bisher sehr einseitige Gespräch einzuklinken.

Ms. Hogan nickte, ohne aufzublicken.

»Edward, ja. Er ist gewissermaßen ein Kollege von Doctor Casey. Er hat eine orthopädische Praxis in Dublin.«

Ms. Hogan griff mit zitternder Hand nach der Teekanne und goss sich nun doch auch eine Tasse ein.

»Edward ist auch außer sich. Er wollte nach Matthews Tod die Unterlagen von Doctor Casey haben, um sich selbst ein Bild zu machen, aber der hat sich geweigert. Das Arztgeheimnis gilt über den Tod hinaus hat er gesagt, Kollegen hin oder her. Edward hing sehr an seinem Vater.«

Sie verzog den Mund zu einem freudlosen Lächeln.

»Auch wenn sie manchmal gestritten haben, die beiden. Sie

waren doch ein Herz und eine Seele. Fragen Sie nicht, wie schlecht es dem Jungen seither geht. Er hat sogar für eine Woche seine Praxis geschlossen.«

Smith beschloss, auch mit dem Sohn zu reden. Dublin war zwar knapp drei Autostunden von Galway entfernt, jedoch nicht aus der Welt. Nach dem, was seine Mutter erzählt hatte, schien es ihm angebracht, den Mann nach einem Alibi für den Todeszeitpunkt des Arztes zu fragen.

Lynn Hogan putzte sich erneut die Nase.

»Ich habe Ihnen noch gar nichts von den Scones angeboten. Ich bin ganz durcheinander, entschuldigen Sie. Greifen Sie bitte zu.«

»Danke, Ms. Hogan«, murmelte er und nahm einen Schluck von seinem Tee, der nur noch lauwarm war.

»Sie sagen, Sie waren selbst Patientin bei Doctor Casey«, nahm er den Faden des Gespräches wieder auf.

»Ja, sicher«, bestätigte die alte Dame und nickte. »Sagen Sie, wer übernimmt denn nun die Praxis? Ich möchte so ungern wechseln. Zu Doctor Casey fährt doch der Bus so gut. Er hält hier an der Straße an, nur ein paar Fuß von hier entfernt und beim Doctor direkt davor. Ich kann nicht mehr so weit laufen.«

»Dazu kann ich Ihnen im Moment leider nichts sagen«, bedauerte Smith. »Aber vielleicht können Sie mir noch etwas über Aaron Casey erzählen. Haben Sie gelegentlich auch ein paar private Worte gewechselt? Wissen Sie, ob er liiert war?«

Lynn Hogan zuckte mit den Schultern.

»Über Privates haben wir nicht gesprochen. Einmal hat er einen Anruf auf dem Handy bekommen, während ich in seiner Sprechstunde war. Auf dem Display ist das Bild einer Frau erschienen. Ich bin nicht sicher, aber ich glaube, es war eine seiner Sprechstundenhilfen. Er hat es dann auch gleich beiseitegelegt, sodass ich nichts mehr sehen konnte.«

Smith notierte sich im Geist, dass er sich das Mobiltelefon umgehend vornehmen musste.

KAPITEL 11

ALS SMITH WIEDER AUF DEM REVIER EINtraf, war es dunkel geworden. Er hatte das Gefühl, ihm zerrann die Zeit zwischen den Fingern, und es drängte ihn, Dunn mitzuteilen, was Ms. Hogan ihm erzählt hatte.

Er beherrschte sich. Er konnte unmöglich seinen Vorgesetzten nach jeder Befragung anrufen, um mit ihm durchzusprechen, was dessen Meinung zu den Ergebnissen war.

Auf seinem Schreibtisch lag ein Stapel Notizen. Rasch sah er sie durch. Es handelte sich um die eingegangenen Hinweise zum Vermisstenfall Ellen Casey. Smith ließ sich auf seinen Schreibtischstuhl fallen. Wenn er den ganzen Anhaltspunkten alleine nachgehen musste, würde er Tage brauchen. Er fragte sich, ob DC Clark überhaupt vorsortiert hatte, wie besprochen.

Er massierte sich den Nacken.

Er musste Caseys Leben durchleuchten, ob es in seiner Vergangenheit etwas gab, was ihm bei den Ermittlungen weiterhalf. Vielleicht machte es auch Sinn, das Privathaus des Arztes zu durchsuchen. Ihm wurde heiß. Das hätte er heute schon machen sollen. Andererseits konnte er sich nicht in Stücke teilen und die Befragung von Caseys Personal war ebenso wichtig gewesen wie das Gespräch mit Ms. Hogan.

Vielleicht sollte er das Handy des Toten doch ins kriminaltechnische Labor weitergeben. Das machte Sinn. Immerhin ein Punkt auf seiner Liste, den er guten Gewissens weitergeben konnte.

Er hob den Telefonhörer ab und wählte die Nummer von

Lucy Russel, die in der Kriminaltechnik arbeitete. Eine Minute später legte er erleichtert auf. Lucy würde zu ihm kommen und das Handy abholen.

Smith drückte auf den Startknopf seines Computers.

Er brauchte die Ergebnisse der Spurensicherung und des Rechtsmediziners und er musste Ellen Dwyer suchen. Dass ihr etwas passiert war, glaubte er nicht. Die Kleine hatte dem Stress mit ihrem Vater entkommen wollen. Wahrscheinlich war sie doch bei einer Freundin, von der der Mann nichts wusste.

Sowohl von Conor Bailey, dem Leiter der Spurensicherung, als auch von Liam Fraser, dem Rechtsmediziner, lagen die Berichte zum Mord an Casey vor. Viel Neues gab es nicht, beide Bekanntgaben waren kurz.

Der Arzt hatte drei mit großer Wucht ausgeführte Stiche mit dem im Straßengraben gefundenen Schraubenzieher in den Rücken bekommen. Einer hatte den rechten Lungenflügel getroffen, der zweite war in die rechte Herzkammer eingedrungen und der Dritte hatte die rechte Niere verletzt.

Stich zwei war tödlich gewesen. Vom Einstichwinkel her musste der Täter oder die Täterin etwas kleiner als das Opfer sein und über viel Kraft verfügen.

Der Todeszeitpunkt lag zwischen 23 Uhr und Mitternacht. Laut Fraser konnte die Leiche bestattet werden.

Smith überflog den gesamten Bericht von Fraser und tippte rasch eine Antwort, in der sich für die schnelle Arbeit bedankte.

Auch Bailey hatte nicht viel, womit er ihm weiterhelfen konnte. Auf dem Schraubenzieher waren Bruchstücke von Fingerabdrücken auf dem Griff gewesen, die in der Datenbank niemandem zugeordnet werden konnten. Der Leiter der Spurensicherung vermutete, dass der Täter Handschuhe getragen und damit vorhandene Abdrücke verwischt hatte. Das Blut, das an der Klinge klebte, war Caseys.

Zudem hatte Bailey etwa fünf Fuß hinter dem Toten Splitter auf dem Gehweg gefunden, die zu einer Glasflasche gehörten, die, so nahm er an, mutwillig zertreten worden war. Außerdem eine Zigarettenkippe mit roten Lippenstiftspuren daran, auch hier passte die DNA zu niemandem aus der Verbrecherkartei. An der Gehwegkante hatte zudem noch eine angerostete Haarspange gelegen, die wahrscheinlich von einem Kind stammte.

Er bedankte sich auch bei Bailey mit einer kurzen Mail und beschloss, nun als erstes einen Bericht über die bisherigen Ermittlungsergebnisse im Mordfall Casey zu schreiben. Danach würde er sich die Notizen zum Verschwinden von Ellen Dwyer vornehmen.

Morgen wollte er sich das Privathaus des Toten gründlich ansehen und einen Gesprächstermin mit Edward Hogan vereinbaren, dem Sohn von Lynn und Matthew Hogan.

Es klopfte und Lucy Russel betrat den Raum. Freundlich begrüßte sie Smith. Er übergab ihr das Handy und nach einige wenigen Sätzen Smalltalk verabschiedete sich die Kollegin wieder.

Smith wandte sich seinem Computer zu, rief die Vorlage für die Ermittlungsberichte auf und begann zu tippen.

Eine knappe Stunde später hatte er die Ergebnisse des Tages zusammengefasst. Er überlegte, ob er den Bericht gleich an Grant schicken sollte oder ob es besser war, abzuwarten, bis er mehr vorzuweisen hatte. Er entschied sich für Letzteres, speicherte den Text ab und druckte eine Version davon aus. Es half ihm beim Nachdenken, wenn er sämtliche Informationen, die er bereits hatte, schwarz auf weiß vor sich sah.

Inzwischen war es zwanzig Uhr. Er war müde und hatte Hunger, aber hier lagen noch die Auskünfte aufmerksamer Bürger, die meinten, etwas zum Verschwinden von Ellen Dwyer zu wissen.

Smith fand in einer Schublade seines Schreibtisches noch einen Müsli-Riegel mit Schokolade und Erdnüssen. Er war schon seit drei Monaten abgelaufen. Trotzdem riss er die Folie auf und biss hinein. Der Riegel schmeckte alt und muffig. Frustriert und angewidert gleichermaßen warf er ihn in den Papierkorb. Nun klebte ein Rest Zartbitterschokolade an seinen Fingern. Noch während er nach einem Taschentuch suchte, klingelte sein Telefon. Es war Molly Cooper von der Zentrale, die ihm Besuch ankündigte. Henry Dwyer war hier und hatte sich nicht aufhalten lassen, als sie ihm auf Nachfrage bestätigt hatte, dass er, Smith, noch im Büro war. Er war bereits auf dem Weg zu ihm.

Smith hatte gerade das Gespräch beendet, als es klopfte und Dwyer ohne Aufforderung den Raum betrat.

»Guten Abend, Inspector«, begann er. Er sprach kurzatmig und seine Wangen waren gerötet. »Ich muss Sie unbedingt sprechen.«

Constable, verbesserte ihn Smith wortlos.

Die wiederholte Beförderung seitens des aufgebrachten Vaters verärgerte ihn, statt ihm zu schmeicheln. Außerdem wollte er ihn zurechtweisen, weil er einfach hereingestürmt war, doch er kämpfte noch mit dem Rest des Müsli-Riegels. Er hasste Zartbitter-Schokolade. Wahrscheinlich hatte er die

Nascherei geschenkt bekommen und bewusst ganz hinten in die Schublade geschoben.

»Guten Abend, Mister Dwyer«, begrüßte er ihn, nachdem er dem Bissen endlich Herr geworden war. Er machte eine Handbewegung zum Besucherstuhl, als Aufforderung, dass Dwyer sich setzen sollte.

»Das nächste Mal warten Sie bitte am Empfang, bis Sie abgeholt werden. Was kann ich für Sie tun?«

Dwyer griff nach dem Stuhl, doch statt sich zu setzen, stützte er sich mit beiden Händen auf die Rückenlehne.

»Die Frage ist doch hoffentlich nicht ernst gemeint! Ich will wissen, ob es etwas von Ellen gibt, was ich wissen sollte. Ich habe den ganzen Tag gewartet, dass Sie sich melden!«

»Tut mir leid, Mister Dwyer.« Smith entschied sich, ihm nichts von dem Mordfall zu erzählen, mit dem er auch noch beschäftigt war. Das würde den Mann keineswegs besänftigen, eher im Gegenteil. Zudem stand es morgen groß in der Zeitung.

»Ich bin dabei, die eingegangenen Anrufe auszuwerten.« Er deutete auf den Stapel an Notizzetteln.

»Und? Was haben Sie bisher herausgefunden?«

»Mister Dwyer, ich verstehe Ihre Sorge und Aufregung. Wir tun alles, was wir können.« Noch während er sprach, dachte er, dass er sich im Umfeld des Mädchens hätte umhören müssen. Er hätte ihre Lehrer befragen müssen und ihre Mitschüler, vielleicht auch die Nachbarn von Dwyer, ob jemand etwas bemerkt hatte. Und alles das hätte er schon heute machen müssen. Er war auf seinem Posten eine Fehlbesetzung. Wenn bei Dunn oder gar Grant landete, wie planlos er agierte, würde er richtig Ärger bekommen.

Gleichzeitig wurde ihm von einer Sekunde zu anderen klar, dass er beide Fälle unmöglich alleine lösen konnte. Vielleicht war er gar keine Fehlbesetzung, sondern von der anfallenden Arbeitsmenge schlichtweg überfordert.

Er brauchte Unterstützung und für die musste Superintendent Max Grant sorgen. Er konnte nur hoffen, dass dieser Dunn nicht den Urlaub deswegen cancelte.

»Sie tun nichts!« Dwyer wurde laut. »Ellen ist seit über 24 Stunden verschwunden. Sie ist ein Kind! Vielleicht ist sie auch … ich meine, vielleicht wird sie irgendwo gegen ihren Willen festgehalten.«

Der Mann zerrte am Kragen seines Pullovers und atmete schwer.

»Gestern sagten Sie noch, dass Ellen vermutlich mit dem Vater ihres Babys zusammen sei.« Smith lehnte sich im Stuhl zurück und stemmte den Rücken gegen die Lehne. Verdammt unangenehme Situation. Nachdem er veranlasst hatte, dass über die Medien nach dem Mädchen gesucht wurde, hatte er sich heute den ganzen Tag auf Casey konzentriert, um dessen Mörder zu finden. Dwyer hatte völlig recht mit seinen Vorwürfen.

»Ich weiß, was ich gesagt habe.« Der Vater sprach wieder ruhiger und setzte sich nun doch.

»Ich möchte hiermit offiziell Anzeige gegen Jeff Hayes erstatten«, sagte er und fixierte Smith, als wollte er ihn mit Blicken daran hindern, zu protestieren.

Smith erwiderte den Blick.

»Ich kann Sie nicht daran hindern, Mister Dwyer. Sollte sich aber herausstellen, dass Ihr Verdacht nicht gerechtfertigt ist, kann Hayes gerichtlich gegen Sie vorgehen. Ein Lehrer, der des Missbrauches einer Schülerin bezichtigt wird, ist ruckzuck ruiniert. Als Erstes wird ihn die Schule suspendieren.«

Dwyer ballte die Fäuste, bis die Haut sich rötete und die Knöchel weiß hervortraten.

»Ich sage Ihnen noch einmal und in aller Deutlichkeit: Ellen hatte keinerlei Kontakte zu Jungen oder Männern. Nur zu ihrem Nachhilfelehrer. Wer also bitteschön kommt als Vater des Babys in Frage? Sagen Sie es mir!«

Er atmete bedächtig aus.

»Mag sein, ich bin manchmal etwas streng mit meiner Tochter. Aber ich bin alleine mit ihr und sie ist in der Pubertät. Ich will nur das Beste für sie. Und nun nehmen Sie endlich die Anzeige auf. Ansonsten sehe ich mich gezwungen, mich an Ihren Vorgesetzten zu wenden.«

Smith bezwang die eigene aufsteigende Wut. Er traute es Dwyer zu, zu Grant vorzudringen.

»Wie Sie möchten«, sagte er nur und rief das Dokument im Computer auf, das er für die Erstattung der Anzeige brauchte.

KAPITEL 12

DUNN STAND AM KÜCHENFENSTER UND SAH seiner 17-jährigen Tochter nach, die auf dem Weg zur Schule war. Es war der zwölfte Dezember, kurz nach acht Uhr. Sie trug Jeans, weiße Turnschuhe und eine schwarze Steppjacke, die für seine Begriffe viel zu dünn für die Jahreszeit war. Über ihrer linken Schulter hing eine große silberne Tasche, in der sie ihre Schulbücher hatte, unter dem rechten Arm klemmte ein dicker Ordner. Schulhefte wie zu seiner Zeit waren nicht mehr angesagt, auch der gute alte Schulranzen war komplett aus der Mode gekommen.

Man hatte einen großen, karierten Block, auf dem man notierte, was nötig war, und heftete die Bögen dann nach Fächern sortiert in den Ordner.

Die Tasche hing viel zu schwer an der zarten Schulter seiner Tochter. Auch so ein Eigensinn. Er hatte ihr vor zwei Jahren einen schönen Rucksack gekauft, eigens für die Schule, der wäre viel besser für ihren Rücken gewesen. Shannon hatte sich seinerzeit sofort geweigert, ihn zu nehmen. Sie würde zum Unterricht gehen und nicht auf Wanderung.

Und so war sie auch heute wieder unterwegs, mit einer zu dünnen Jacke und einer zu schweren Tasche.

Dunn hatte sich sämtliche Ermahnungen und Hinweise verkniffen. Immerhin hatte sie mit ihm gefrühstückt, wenngleich sie dabei auch so gut wie nicht mit ihm gesprochen hatte.

Shannon Dunn verschwand um die nächste Hausecke. Etwa fünfzig Fuß weiter hielt der Bus, doch den konnte er ja nicht sehen.

Heute war es draußen trüb, aber trocken und windstill.

Dunn wandte sich vom Fenster ab und trank den Rest seines lauwarmen Kaffees. Nun lag ein langer Tag vor ihm, mit dem er nichts anzufangen wusste. Einzig der Spaziergang mit dem Hund stand an. Callum lag unter dem Küchentisch auf einer alten Decke, blinzelte und beobachtete ihn.

Er konnte Smith anrufen und fragen, wie der Stand der Ermittlungen war.

In großen Schlagzeilen wurde heute in der *Irish Times* vom Mord an Doctor Aaron Casey berichtet. Auch ein Bild des Arztes prangte auf der Titelseite. Casey lächelte ihm entgegen.

Er war ein sympathischer attraktiver Mann gewesen, mit dunklen Haaren und ebenmäßigen Zügen.

Dunn setzte sich und nahm sich den Artikel vor.

Alles, was darinstand, wusste er bereits von Smith.

Vielleicht sollte er aufs Revier fahren und wenigstens ein paar Stunden mitarbeiten. Zuhause fiel ihm die Decke auf den Kopf.

Callum legte seine Schnauze auf Dunns Knie. Er blickte in die dunklen Augen des Hundes und ihm wurde warm ums Herz. Er kraulte dem Tier die Ohren.

»Pass auf, mein Junge«, sagte er. »Erst telefoniere ich mit Smith, dann gehen wir beide raus, okay?« Der leichte Luftzug unter dem Küchentisch sagte ihm, dass der Hund mit dem Schwanz wedelte.

»Schön, ich merke, du bist einverstanden. Dann geh ich jetzt telefonieren.«

Wie aufs Stichwort klingelte der Apparat im Wohnzimmer.

»Jetzt ist der Smith schneller als ich«, informierte er Callum und stand auf. Der Hund kam unter dem Tisch hervor, gähnte, reckte sich und tappte hinter ihm her Richtung Wohnzimmer.

Ehe Dunn das Gespräch annahm, sah er auf dem Display, dass die Rufnummer des anderen Teilnehmers unterdrückt war.

»Dunn«, meldete er sich in der Erwartung, dass es Smith war.

»Spreche ich mit Inspector Frederick Dunn?« Eine weibliche Stimme drang durch die Leitung.

»Ja, der bin ich.« Er setzte sich auf die Kante seines Sessels und überlegte, ob er die Stimme kannte.

»Mit wem spreche ich?«, fragte er.

»Ich … Sie waren gestern bei mir. Wegen des Geldes, also wegen der 22 Euro.«

Sie sprach erstickt und als würde sie jeden Moment in Tränen ausbrechen.

»Ach ja. Ja, natürlich.«

Er sah die zierliche Frau mit den glänzenden dunkelbraunen Haaren vor sich. Er hätte sich gerne über ihren Anruf gefreut, doch die Art, wie sie sprach, hielt ihn davon ab. Sie klang nicht so, als wollte sie ihm eine Verabredung aus Interesse an ihm als Mann vorschlagen.

»Ich brauche Ihre Hilfe. Können wir uns treffen?«

»Sicher. Wann und wo?«, fragte er und versuchte die aufkeimende Enttäuschung nicht groß werden zu lassen.

»In einer Stunde? Wieder in *Finbar's Pub*?«

»Finbar macht erst um elf Uhr auf. Wir könnten uns um zehn Uhr in Marys Café treffen. Das ist zwei Häuser von *Finbar's Pub* entfernt«, schlug er vor. Ihm fielen die köstlichen Törtchen ein, die die Inhaberin stets anbot, alle noch selbstgefertigt. Ein schwacher Trost. Er konnte wieder zu Fuß gehen und Callum mitnehmen. Mary hatte nichts gegen Hunde in ihrem Café, solang sie sich von der Theke fernhielten.

»Gut, ich danke Ihnen. Bis dann.«

Sie wartete einen Abschiedsgruß von seiner Seite nicht ab, sondern legte sofort auf. Verdutzt betrachtete er das Telefon. Er war wusste noch immer nicht, wie sie hieß.

KAPITEL 13

AVA CURRAN STAND AUF EINEM KARGEN kleinen Hügel, etwa eine Meile von Galway entfernt, und zog fröstelnd ihre dunkelblaue Strickjacke fester um ihren mageren Körper. Die Kälte des Vormittags kroch ihr bis auf die Haut. Sie hätte doch ihren warmen Anorak anziehen sollen für den Spaziergang mit dem Hund. Ihr Dackel Jaime schnüffelte an den mit Raureif überzogenen Gräsern am Wegrand. Milchiges Sonnenlicht überzog die friedliche Landschaft mit einem nebligen Schleier. Etwa 200 Fuß die Anhöhe hinunter, durchtrennte ein schmales verlassenes Asphaltband die Landschaft.

Ava nahm einen tiefen Zug aus ihrer Zigarette, blies den Rauch wieder aus und ließ die Kippe auf den sandigen Spazierweg fallen, wo sie sie austrat. Ihre Zähne klapperten vor Kälte und Jaime hatte keinerlei Eile. Endlich hob er bedächtig eine Hinterpfote, um sich an einer langstieligen, erfrorenen gelben Blume zu erleichtern. Ein Motorengeräusch durchdrang die Stille und näherten sich rasch. Ava behielt die sich am Fuß des Hügels entlangschlängelnde Straße im Auge. Der Wagen, den sie vermutlich jeden Moment sehen würde, fuhr schnell. Viel zu schnell. In dem Augenblick schoss ein roter Kleinwagen um die Kurve. Der Wagen schlingerte und Ava fuhr das Entsetzen bis in den Magen. Eindeutig hatte der Fahrer keine Kontrolle über das Fahrzeug. In diesem Moment brach das Auto seitwärts aus, schoss über das Bankett, drehte sich mehrmals im Kreis und krachte mit dem Kofferraum an den einzigen Felsbrocken weit und breit. Der Motor röhrte noch einmal kurz auf, dann erstarb das Geräusch.

Ava schnürte es die Kehle zu. Jaime hob den Kopf und bellte. Mit bebenden Fingern nestelte sie ihr Handy aus ihrer winzigen Handtasche und wählte den Notruf.

KAPITEL 14

KURZ VOR ZEHN UHR BETRAT DUNN DAS Café. Außer ihm waren nur noch zwei ältere Herren zu Gast. Sie saßen in einer Ecke am Fenster, tranken Tee und lasen Zeitung.

Dunn entschied sich für einen Tisch, der möglichst weit von den beiden Männern entfernt stand. Die Frau hatte gesagt, sie bräuchte seine Hilfe. Bestimmt wollte sie keine unnötigen Zuhörer haben. Callum legte sich artig neben Dunns Stuhl und bekam dafür ein Lob von seinem Herrn, welches er beantwortete, indem er mit dem Schwanz auf den Boden klopfte.

Eine rundliche Servierkraft näherte sich ihm und lächelte freundlich. Er überlegte, ob es sehr unhöflich war, schon etwas zu bestellen. Von seinem Platz aus konnte er die herrlichen Kuchen und Törtchen hinter der Theke sehen und ihm lief das Wasser im Mund zusammen.

»Guten Morgen, Mister. Was darf ich bringen?«, fragte sie. Die gestärkte Schürze, die sie über Jeans und Bluse trug, duftete nach einem Waschmittel.

»Guten Morgen. Einen großen Milchkaffee bitte und dazu eines von den Erdbeertörtchen«, bat er. Die Törtchen glichen einer faustgroßen Kugel, innen aus lockerem Biskuit, gefüllt mit einer süßen weißen Creme, dazwischen Erdbeerstückchen und außen eine Umhüllung aus rot gefärbtem Marzipan.

»Sehr gerne«, versicherte sie und wandte sich ab.

Dunn sah auf die Uhr. Fünf Minuten nach zehn. Nun gut. Da sie das Treffen gewollt hatte, würde sie bestimmt jeden Moment kommen.

Zehn Minuten nach zehn Uhr betrat seine Verabredung das Café im selben Moment, als die Serviererin seine Bestellung brachte.

»Guten Morgen, Mister Dunn. Es tut mir leid, dass ich zu spät bin.«

Sie reichte ihm ihre schmale kühle Hand.

»Guten Morgen«, erwiderte Dunn und betrachtete sie. Sie schien ihm noch schlanker, als er sie in Erinnerung hatte, beinahe mager. Über den bläulichen Schatten in ihrem Gesicht lag eine dicke Schicht Schminke. Ganz klar, sie bezog Prügel von irgendwem. Seine Erfahrung sagte ihm, dass es ein Mann war, mit dem sie in einer Beziehung stand. Flüchtig betrachtete er ihre Hände. Sie trug keinen Ring. Vielleicht brauchte sie seine Hilfe, um sich von dem Gewalttäter zu lösen.

Sie setzte sich ihm gegenüber.

»Ich bin Ihnen so dankbar, dass Sie sich Zeit genommen haben«, begann sie.

Dunn nickte und schielte auf sein Erdbeertörtchen.

»Wie kann ich Ihnen helfen?«, fragte er.

Ein Zittern durchlief die junge Frau. Sie presste die Hand vor den Mund und fing augenblicklich an zu weinen.

Dunn erschrak.

»Ms. … Ms. … Wie war noch mal Ihr Name?«, fragte er. Sie unterdrückte ein Schluchzen.

»Nennen Sie mich Georgia«, antwortete sie, mühsam beherrscht. Er wurde ärgerlich. Was sollte diese Geheimniskrämerei? Wiederholt hatte sie es jetzt umgangen, ihm ihren Namen zu sagen. Womöglich stimmte nicht einmal der Vorname. Er wollte gerade zu einer vorwurfsvollen Antwort ansetzen, als die Bedienung erneut an den Tisch kam. Georgia bestellte einen Tee, dann wandte sie sich wieder an ihn.

»Ich brauche Ihre Hilfe«, stieß sie mit erstickter Stimme hervor.

»Das sagten Sie schon.« Er hatte keine Lust mehr, freundlich zu sein. »Als erstes wüsste ich gerne Ihren vollständigen Namen. Ich werde das Gefühl nicht los, dass Sie mir den nicht nennen wollen.«

Wieder wurden sie unterbrochen. Die Bedienung brachte den Tee. Er wartete ab, bis sie gegangen war.

Georgia putzte sich die Nase.

»Bitte, Inspector, können wir es nicht so belassen?«, bat sie und ein gequälter Ausdruck trat in ihr geschundenes Gesicht mit den geröteten Augen.

»Nein, können wir nicht, wenn ich Ihnen helfen soll«, gab er zurück. »Wovor haben Sie solche Angst, Georgia?«

Sie presste die Lippen aufeinander.

»Ich bin verheiratet«, antwortete sie schließlich.

»Und? War das Ihr Mann?«, fragte er weiter und versuchte, ihr in die Augen zu sehen. Ihr Blick wurde unruhig.

»Was meinen Sie?«

»Sie sind geschlagen worden. Da hilft kein Make-up, das sieht man«, erwiderte Dunn, nun nicht länger bereit sie zu schonen.

»Ich bin …«

»Ja, ich weiß schon. Die Treppe runtergefallen, oder die Leiter. Oder gestürzt und auf die Wange gefallen. Irgend sowas. Wollen Sie den Täter anzeigen? Ich brauche Ihren Namen, Ms.«

Er hatte den Drang, aufzustehen und zu gehen. Schade um

den Kaffee und das Törtchen. Er hatte beides bisher nicht angerührt.

»Georgia Hayes«, antwortete sie schließlich.

Dunn nahm einen Schluck Kaffee.

›Warum nicht gleich‹, dachte er. Der Name sagte ihm nichts.

»Gut, Ms. Hayes. Womit kann ich Ihnen helfen?«

Sie beugte sich vor. Ihre Augen schwammen in Tränen.

»Sie sind doch bei der Polizei«, begann sie.

Er stach mit der Kuchengabel einen Bissen von seinem Törtchen ab und schob es in den Mund. Köstlich.

»Heute steht was in der Zeitung. Doctor Casey soll …« Sie brach ab und rang um Fassung, die sie gleich darauf verlor. Schluchzend presste sie die Hände vor den Mund. Dunn legte seine Kuchengabel weg.

»Er soll … ermordet worden sein!«, stieß sie schließlich hervor und ein Beben schüttelte ihren mageren Körper.

»Das ist richtig«, bestätigte er. »Ich nehme an, Sie kannten sich näher?« Eine reine Formfrage. Ihre Verzweiflung und ihr Schmerz sprachen für sich.

»Wir waren befreundet.« Sie wischte sich die Tränen ab. »Inspector, bitte. Was ich Ihnen jetzt sage, muss unbedingt unter uns bleiben.« Sie beugte sich vor und senkte die Stimme. »Aaron und ich waren sehr gut befreundet. Ich kann nicht glauben, dass er nicht mehr lebt und dass jemand ihn … Und es gibt niemanden, mit dem ich darüber reden kann, verstehen Sie?«

»Nicht ganz. Hatten Sie ein Verhältnis oder eine Beziehung?«

Georgia lehnte sich im Stuhl zurück.

»Er war mein Arzt«, antwortete sie.

Dunn hatte genug.

»Ms. … Georgia. So kommen wir nicht weiter. Sie haben mich angerufen und um Unterstützung gebeten. Jetzt sitzen wir hier und Sie geben ausweichende Antworten, ich weiß noch nicht einmal genau, was Sie von mir wollen. Alles, was es zu Caseys Tod zu sagen gibt, steht in der Zeitung. Also, worum geht es?«

Die Wangen der jungen Frau röteten sich. Sie senkte den Blick.

»Es fällt mir nicht leicht, darüber zu reden. Aaron und ich … wir haben uns sehr gut verstanden. Ich bin verheiratet. Mein Mann ist viel … beschäftigt. Irgendwann sind wir uns nähergekommen. Ich wollte das nicht, aber ich … Er ist … Er war ein sehr warmherziger Mensch. Es ist eben passiert. Es war auch nur eine Affäre, die wir in gegenseitigem Einvernehmen beendet haben. Dennoch stand mir Aaron sehr nahe. Ich will von Ihnen wissen, was genau geschehen ist. Wer war das und warum?«

»Die Ermittlungen laufen, mehr kann ich Ihnen nicht sagen«, antwortete er verärgert. Sie wollte von ihm Interna. Er fühlte sich benutzt und als Mann missachtet, auch wenn er wusste, zumindest für Letzteres gab es keinen Grund.

Sie zupfte an der Serviette, die neben ihrer Tasse Tee lag.

»Falls Sie im Rahmen dieser Ermittlungen auf mich stoßen … ist es möglich, dass ich aus der Sache rausgehalten werde? Ich schäme mich ohnehin schon genug. Es wird meinen Mann unendlich verletzen, wenn er davon erfährt. Vielleicht will er sogar die Trennung. Bitte, Inspector. Helfen Sie mir.«

Dunn schüttelte den Kopf.

»Ich kann Ihnen nicht helfen Georgia. Ich habe Urlaub, die

Ermittlungen leitet ein Kollege von mir. Auch wenn ich mich selbst um den Fall kümmern müsste, könnte ich nicht versprechen, Sie herauszuhalten. Ein Mensch ist heimtückisch und hinterhältig ermordet worden. Der Täter muss gefasst und bestraft werden. Wir wissen nicht, welchen Grund es für die Tat gab. Haben Sie eine Ahnung?«

»Natürlich nicht«, widersprach sie und doch glaubte er, einen Funken Unsicherheit in ihrem Blick zu bemerken.

»Wann haben Sie Casey zuletzt gesehen?«, fragte er und fühlte sich plötzlich, als sei er im Dienst.

»Vor zwei oder drei Tagen«, wich sie aus.

»Genauer geht es nicht?«

»Nein. Ich ... weiß es wirklich nicht mehr«, murmelte sie.

»Wer hat Sie geschlagen, Georgia? Casey? Ihr Mann? Kommt oder kam das öfter vor?«

»Nein! Natürlich nicht. Niemand hat mich geschlagen. Wenn Sie es unbedingt wissen wollen, ich war betrunken und bin tatsächlich gestürzt. Ich weiß kaum noch, wie es passiert ist. Jedenfalls bin ich mit der Seite auf die Kante einer Kommode geknallt.« Sie zeigte auf ihre verfärbte Wange.

»Trinken Sie öfter zu viel?« Er dachte an den Abend in *Finbar's Pub*. Sie hatte an ihrem Cider nur genippt und die Flasche in über drei Stunden nicht leer bekommen.

»Selten«, wich sie wieder aus.

Dunn widmete sich seinem Törtchen. Wieder einmal löste sich die vermeintliche Chance einer Frau, die ihm gefiel, näher zu kommen, in Schall und Rauch auf. Georgia war verheiratet und sie hatte Angst, dass ihr Verhältnis mit Casey ans Licht und damit ihrem Mann zu Ohren kam. In gewisser Weise verständlich. Doch er war ganz sicher nicht bereit, Smith zu beeinflussen, dass er sie raushielt. Das Einzige, was er tun konnte war, ihm nichts von dem Gespräch zu erzählen. Allein das war nicht vertretbar. Behinderung der Ermittlungen. Eigentlich musste er es ihm sagen.

KAPITEL 15

SMITH WOLLTE SICH EBEN AUF DEN WEG INS Büro zu seinem Vorgesetzten, Superintendent Max Grant, machen, als sein Telefon klingelte. Er sah auf dem Display die Nummer seines Kollegen Luca Haden und nahm ab.

»Smith hier«, sagte er. »Guten Morgen, Luca.«

»Guten Morgen, Tom. Auf der R11 kurz nach Galway Richtung Claremoris hat es einen Unfall gegeben. Ein Wagen ist von der Straße abgekommen, vermutlich wegen überhöhter Geschwindigkeit. Am Steuer saß eine junge Frau, eher noch ein Kind, etwa 15 Jahre alt. Sie ist schwanger und schwer verletzt. Wir wissen noch nicht, wer sie ist, sie hatte keine Papiere bei sich. Das Fahrzeug ist auf einen Paul Freys zugelassen, der ist aber vor drei Wochen verstorben. Nachdem ihr ja eine schwangere junge Frau im gleichen Alter sucht, dachte ich, ich gebe dir das zur Kenntnis.«

Smith durchrann es eiskalt.

»Ist das Mädchen ansprechbar?«, fragte er.

»Soweit ich weiß, nicht. Es ist auch nicht sicher, ob sie durchkommt. Sie liegt im Krankenhaus in Galway.«

»Danke, Luca. Ich melde mich dort.«

Er beendete das Telefonat und hockte sich auf die Schreibtischkante. Er brauchte einen Augenblick, um sich zu sortieren. Er hatte dem Vermisstenfall Ellen Dwyer nicht genug Aufmerksamkeit geschenkt. Im schlimmsten Fall handelte es sich um das Mädchen.

Die Angelegenheit duldete keinen Aufschub. Er wandte sich wieder zum Telefon und rief in der Klinik an.

»Das Mädel ist noch immer ohne Bewusstsein«, ließ ihn die Stationsschwester wissen, zu der man ihn verbunden hatte. »Ich darf Ihnen am Telefon leider keine weiteren Auskünfte geben. Kommen Sie vorbei, weisen Sie sich aus, dann kann ich Ihnen mehr sagen.«

Smith fühlte sich hundeelend. Hätte er, wäre er in der Angelegenheit Ellen Dwyer engagierter gewesen, den Unfall verhindern können, indem er sie schlichtweg intensiver gesucht und somit vielleicht ausfindig gemacht hätte? Oder handelte es sich bei der verletzten jungen Frau gar nicht um das Mädchen?

Er rutschte von der Schreibtischkante. Er musste jetzt erst mit Grant sprechen. Ihm wuchs die Arbeit über den Kopf.

***

Eine halbe Stunde später verließ er das Büro von Superintendent Max Grant. Der Vorgesetzte hatte ihm zwar eine Rüge erteilt, weil er sich nicht schon einen Tag eher gemeldet hatte, insgesamt aber war die Sache für Smith glimpflich ausgegangen.

Dazu, dass er in der Angelegenheit Ellen Dwyer bisher niemanden außer dem Vater persönlich befragt hatte, äußerte Grant sich lediglich mit einem vorwurfsvollen Blick. Zu der Meldung von Luca Haden nickte er nur.

»Fahren Sie in die Klinik. Vielleicht ist sie es gar nicht. Verständigen Sie den Vater erst, wenn Sie sicher sind«, hatte er ihn angewiesen.

Zudem hatte er ihm ohne zu zögern zugesagt, ihm umgehend jemand zur Seite zu stellen, damit er nicht die gesamte

Arbeit alleine bewältigen musste. Dieser Jemand war ein Mitarbeiter mit dem Namen Alan Ross, der seit einigen Monaten für die Abteilung ›Einbruch und Diebstahl‹ zuständig war, die unter der Leitung von Inspector Michael Patton stand. In der Abteilung war es derzeit ruhig, sodass Patton bis auf Weiteres auf Ross verzichten konnte.

Smith sollte ihn vorwiegend mit Schreibtischarbeit beschäftigen, davon gab es ja genug.

Er war erleichtert, dass Grant zumindest ihm gegenüber nicht in Erwägung gezogen hatte, Dunn aus seinem Urlaub zurück zu beordern.

Nun wollte er als erstes in die Klinik fahren.

Er eilte zu seinem Büro, um seine Jacke zu holen, und noch auf dem Weg dorthin entschied er, dass Ross trotz der neuen Information die Auswertung der Anrufe in Sachen Ellen Dwyer vornehmen sollte. Wenn die Verletzte in der Klinik nicht Ellen war, ging weitere kostbare Zeit verloren. Außerdem überlegte er, ihn auch das Leben von Aaron Casey durchleuchten zu lassen.

Wenn seine schlimmste Befürchtung nicht zutraf und es sich bei dem Mädchen um Ellen handelte, würde er sich danach das Privathaus des Arztes ansehen.

Smith stellte alles Weitere hinten an und machte sich auf den Weg in die Klinik.

***

Die Sohlen seiner Schuhe quietschten auf dem Linoleum im Flur des Krankenhauses.

Die Stationsschwester, auf deren Namensschild »Gesine«

stand, erwartete ihn bereits, da man ihn vom Empfang aus angekündigt hatte.

»Detective Constable Thomas Smith vom Revier in Galway. Guten Morgen«, begrüßte er die Frau, die um vierzig Jahre alt sein mochte. Er zeigte ihr seinen Ausweis. Sie musterte ihn eingehend und nickte.

»Guten Morgen«, antwortete Schwester Gesine. »Wir haben telefoniert?«

»Ja«, bestätigte Smith. »Kann ich das Mädchen sehen? Wie schwer ist sie verletzt?«

»Sie hat etliche Knochenbrüche und eine Gehirnerschütterung. Das Kind hat sie leider verloren. Wir wissen noch nicht, ob sie durchkommt. Bisher hat sich auch noch niemand gemeldet, der sie vermisst. Zumindest bei uns nicht. Bitte kommen Sie mit«, sagte sie.

Smith folgte ihr den Gang entlang. An der vorletzten Tür des Flures blieb sie stehen und öffnete sie.

»Bitte«, sagte sie wieder und machte eine Handbewegung in den Raum.

Entschlossen betrat er das Krankenzimmer. In dem einzigen Bett im Raum lag ein Mädchen mit braunen, kinnlangen Haaren. Ihre Augen waren geschlossen, auf der Stirn war ein großer Bluterguss zu sehen. Ihr rechter Arm steckte in Gips, in der Vene des linken Armes steckte die Nadel einer Infusion.

So leid Smith die junge Frau tat, er spürte schwache Erleichterung. Er war sich zu 99 Prozent sicher, dass es sich nicht um Ellen Dwyer handelte. Er zog sein Handy aus der Tasche und rief das Foto auf, dass Henry Dwyer ihm geschickt hatte.

»Schwester Gesine«, sagte er und hielt ihr das Bild hin. »Bei Ihrer Patientin handelt es sich nicht um Ellen Dwyer.«

Die Schwester sah zwischen dem Display des Telefons und der bewusstlosen Frau hin und her.

»Sie haben recht«, bestätigte sie. Smith steckte den Apparat weg.

»Haben Sie vielen Dank. Gute Besserung für die junge Frau«, sagte er.

Nahezu beschwingten Schrittes verließ Smith die Klinik. Ein wenig schämte er sich für seine Erleichterung. Aber immerhin hatte er im Moment keine schlechten Neuigkeiten für Henry Dwyer.

Nun konnte er Ross in seine neue Beschäftigung einweisen und er selbst brauchte einen Gesprächstermin mit Edward Hogan. Eine halbe Stunde später war er wieder im Revier.

Er kochte sich eine Tasse Tee, aß zwei Vollkornbrote mit Schinken und machte sich danach wieder an die Arbeit.

Er rief Edward Hogan an, der sofort bereit war, ihn heute am späten Nachmittag im Revier aufzusuchen. Er wollte ohnehin nach Galway fahren und für ein paar Tage bei seiner Mutter bleiben, die seit dem Tod des Vaters fix und fertig war.

Smith hatte kaum das Gespräch beendet, als es klopfte. Nach seiner Aufforderung betrat Detective Constable Alan Ross sein Büro.

Ross hatte ein rotes Gesicht und rotblonde Haare, die akkurat und kurz geschnitten waren. Sein helles Hemd, durchzogen von feinen grauen Längsstreifen, spannte über einem kleinen Bauch.

Er grinste freundlich und begrüßte Smith nahezu kumpelhaft, als würden sie sich schon lange kennen. Dabei hatten sie bisher noch nichts miteinander zu tun gehabt, außer dass sie einander ab und an im Revier über den Weg gelaufen waren und sich gegrüßt hatten.

Smith lächelte zurück und bot ihm einen Stuhl an. Er überlegte, dass es sinnvoll wäre, wenn Ross vorübergehend an Dunns Schreibtisch saß, doch das wollte er erst mit seinem Vorgesetzten absprechen.

Er gab Ross einen Überblick über die beiden Fälle, die es zu klären gab. Eine halbe Stunde später verließ der Kollege den Raum, mit einem Notizzettel in der Hand, auf dem er sich alles Wesentliche aufgeschrieben hatte, und sämtlichen Meldungen zum Fall Ellen Dwyer.

Als Nächstes versuchte er Dunn telefonisch zu erreichen, doch der hob weder auf dem Festnetz noch auf dem Handy ab. Smith beschloss, es später noch einmal zu versuchen, und machte sich auf den Weg in die Helena Street Nummer 13.

***

Aaron Casey hatte ein großzügiges Anwesen bewohnt. Smith betrat eine Wohnhalle, von der aus eine breite geschwungene Treppe in das obere Stockwerk führte. Er nahm sich zunächst die Räume im Erdgeschoss vor.

Es gab ein lichtdurchflutetes Wohnzimmer mit einem offenen Kamin, der mit hellem Marmor umrandet war. Den Fußboden bedeckten steinerne helle Fliesen, eine große braune Ledercouch stand in der Mitte des Raumes, davor stand ein ovaler Tisch mit einer Glasplatte.

Auch die Küche war groß. In der Mitte befand sich eine Kochinsel, darüber sah er einen stattlichen Dunstabzug mit integrierter Beleuchtung. An drei Seiten der Küche zog sich eine Arbeitsfläche entlang, mit rosa gesprenkelter Kunststoffplatte. Eine Reihe von Kochbüchern stand links neben einer Edelstahlspüle, auf dem Sims eines niedrigen Fensters reihten sich Töpfe mit frischen Kräutern aneinander. Eine kleine blaue Gießkanne aus billigem Kunststoff stand daneben und wirkte in der Küche, die mehr gekostet haben mochte als ein Mittelklassewagen, seltsam fehl platziert. Smith tippte mit einem Finger in einen Topf mit Basilikum. Die Erde war hart und trocken. Er füllte die Gießkanne mit Wasser und goss sämtliche Töpfe.

Danach ging er von Raum zu Raum und konnte sich nicht überwinden, in die Schränke und Schubladen des Doctors zu sehen oder gar seinen Computer hochzufahren, der in einem verhältnismäßig kleinen Büro im ersten Stock des Hauses stand.

Er fühlte sich wie ein Spion, der hinter dem Toten her schnüffelte. Erst jetzt, als er zum ersten Mal allein handeln musste, wurde ihm klar, dass er bisher immer zielstrebig gearbeitet hatte, weil er stets Anweisungen von Dunn bekommen hatte. Durchforstete er quasi im Auftrag fremdes Eigentum, hatte er damit kein Problem. Es war sein Beruf und diente dem Zweck, Verbrecher dingfest zu machen. Nun, im Alleingang, hatte er das Gefühl, Grenzen zu überschreiten, die er vielleicht vor seinem Vorgesetzten oder Angehörigen des Toten vertreten musste.

Nun denn. Die Zeit lief. In wenigen Stunden würde Edward Hogan auf dem Revier sein und er stand sich hier die Beine in den Bauch und wagte nicht, seiner Arbeit nachzugehen. Irgendwo da draußen lief der Mörder des Arztes frei herum und nicht nur Grant, sondern auch Dunn und die Bevölkerung von Dublin warteten auf Ergebnisse. Nicht zu vergessen, die Presse.

Das Läuten seines Handys erschreckte ihn fürchterlich und riss ihn aus sämtlichen Überlegungen.

Er erkannte Dunns Nummer auf dem Display.

»Hallo, Chef«, begrüßte er ihn.

»Hallo, Smith. Ich habe gesehen, Sie haben versucht, mich zu erreichen?«

»Ja … stimmt. Ich wollte Sie fragen … also es ist so …« Er stotterte und er schämte sich dafür.

»Was ist los, Smith? Ist noch mehr passiert? Noch ein Toter?«, fragte Dunn.

»Nein, nein. Es ist nur so, mir wächst tatsächlich die Arbeit über den Kopf«, gestand er. Ihm ging durch den Kopf, Dunn von dem verunglückten Mädchen zu erzählen, von dem er befürchtet hatte, es handele sich um Ellen Dwyer. Doch nachdem sich das als Irrtum herausgestellt hatte, sah er keine Bewandtnis und verzichtete darauf.

»Gut«, sprach Dunn weiter. »Wo sind Sie? Ich bin in einer halben Stunde bei Ihnen, wenn Sie nicht gerade irgendwo stadtaußerhalb stecken.«

»Das müssen Sie nicht, auf keinen Fall«, protestierte er. »Ich habe mit Grant gesprochen.«

Er fasste das Gespräch mit dem Superintendenten zusammen.

»Ach so, gut. Dann binden Sie Ross gründlich mit ein«, sagte Dunn, nachdem Smith mit seinem Bericht fertig war.

»Chef, ich wollte Sie fragen, ob es in Ordnung ist, wenn Ross, während Sie in Urlaub sind, an Ihrem Schreibtisch sitzt? Das wäre praktischer, als wenn wir immer von einem Stockwerk ins andere laufen oder telefonieren müssten, um uns auszutauschen.«

Deutlich merkte er, wie Dunn zögerte.

»Gut«, sagte er schließlich gedehnt. Smith überlegte, ob er seine Bitte zurücknehmen sollte. Es war klar, dass es seinem Vorgesetzten die Idee nicht gefiel.

»Gibt es denn mittlerweile schon neue Erkenntnisse?«, fragte Dunn, noch ehe Smith zu einer Entscheidung gekommen war.

»Die Ergebnisse von Fraser und Bailey sind da«, antwortete er, froh um den Themenwechsel, und fasste zusammen, was ihm die Kollegen mitgeteilt hatten.

»Das Handy ist im kriminaltechnischen Labor«, ergänzte er. Dabei fiel ihm ein, dass Lucy Russel sich noch nicht gemeldet hatte. Er hoffte, dass Dunn keine weiteren Fragen dazu stellte.

»Und gibt es dazu schon was?«, wollte dieser prompt wissen.

»Nein«, gab er zu.

»Warum denn nicht? Sind in der Abteilung auch alle krank? Das muss schneller gehen.«

Smith wurde nervös. Fieberhaft überlegte er, ob er sich rauswinden konnte, doch das widerstrebte ihm zutiefst.

»Ich fürchte, das ist meine Schuld Chef. Ich wollte mich selbst darum kümmern, aber …«

»Verstehe. Machen Sie Ms. Russel Druck, wir brauchen die Auswertung. Sie wissen doch, dass die Mobiltelefone reichlich Einblick in die Kontakte der Opfer oder Verdächtigen geben können.«

Smith fing an zu schwitzen.

»Natürlich, Chef. Sie haben völlig recht, ich hätte mich früher darum kümmern müssen. Die Kleidung von Casey wird auch noch überprüft. Hier hoffe ich, dass die Ergebnisse vorliegen, wenn ich wieder im Büro bin.«

»Wo sind Sie denn im Moment überhaupt?«, wiederholte Dunn die Frage, die er bereits zu Beginn des Gespräches gestellt hatte.

»Im Privathaus von Casey. Vielleicht finde ich Hinweise, die uns weiterbringen«, antwortete er.

»Ja. Lassen Sie seinen Computer auswerten, wenn er einen zu Hause hat, und nehmen Sie sich Schränke, Schubladen und vor allem seinen Schreibtisch vor. Notfalls holen Sie Ross dazu oder Clark. Es darf nicht zu viel Zeit vergehen, ehe wir erste Erkenntnisse vorweisen können.«

»Selbstverständlich, Chef.« Smith straffte die Schultern. Dass zu viel Zeit verging, hatte Dunn schon einmal angemahnt, und Smith wusste nur zu gut, er hatte recht. Er wollte das Gespräch jetzt beenden, ehe sein Vorgesetzter ihn noch einmal auf das Handy ansprach. Zudem war Dunn war mit ihm einer Meinung, er musste sich in Caseys Haus umsehen. Nun kribbelte es ihm förmlich in den Fingern, loszulegen.

»Ich melde mich wieder, Chef«, verabschiedete er sich.

»Tun Sie das. Viel Erfolg bei der Arbeit«, antwortete Dunn.

***

Dunn drückte das Gespräch weg.

Er war wütend auf Smith, aber auch auf sich. Als Smith versucht hatte, ihn zu erreichen, war er absichtlich nicht ans Telefon gegangen. Er brauchte Zeit, um zu überlegen, ob er ihm von dem Gespräch mit Georgia erzählen sollte. Es zu unterschlagen, ging komplett gegen seine Einstellung. Er war absolut gesetzestreu, nicht nur aus beruflichen Gründen. Dennoch wäre es ihm viel lieber gewesen, Smith hätte bereits das Handy des Toten ausgewertet und im besten Fall die Verbindung selbst gefunden.

Jetzt hatte sein Mitarbeiter genau diesen Punkt vor sich hergeschoben.

Er wiederum hatte während des Telefonates den Moment verpasst, ihm zu berichten, dass er durch Zufall eine Frau kennengelernt hatte, die behauptete, mit Casey eine Liebschaft gehabt zu haben.

Nun war es zu spät, Smith dies mitzuteilen, ohne dass die Information einen seltsamen Beigeschmack bekam. Er konnte ja selbst nicht erklären, warum er Hemmungen hatte, diese wichtige Erkenntnis weiterzugeben.

Wenn er ehrlich mit sich selbst war, so lag es an der Sympathie für die junge Frau, die er nach wie vor empfand, auch wenn er verärgert war, weil sie ihm, obgleich sie seine Hilfe wollte, zunächst nur ausweichende Antworten gegeben hatte.

Zudem war er enttäuscht, dass sie verheiratet war.

Dunn ging im Wohnzimmer auf und ab. Sein Urlaub ging ihm zunehmend auf die Nerven und zu Hause fiel ihm die Decke auf den Kopf. Zeitgleich lief auf dem Revier einiges aus dem Ruder.

Sein Handy läutete. Er erkannte die Nummer des Reviers mit der Durchwahl von Inspector Harper Bloomfield und stutzte. Mit der Kollegin von der Abteilung Jugendkriminalität hatte er selten zu tun.

»Dunn«, meldete er sich.

»Harper Bloomfield, hallo Frederick«, drang die Stimme der Kollegin an sein Ohr.

»Harper, hallo. Was ist passiert?«, erkundigte er sich.

»Du solltest aufs Revier kommen. Am besten gleich.«

Ein ungreifbarer Schreck fuhr ihm in sämtliche Glieder. Was war los? Ging es um Shannon?

»Worum geht es denn?«, fragte er und hoffte, der Grund für den Anruf der Kollegin wäre ein völlig harmloser, der nichts mit seiner Tochter zu tun hatte.

»Um deine Tochter.«

Sein Magen zog sich zusammen.

»Das habe ich befürchtet. Und?« Er hätte Harper packen und schütteln mögen, damit sie redete, hätte sie vor ihm gestanden.

»Kommst du?«, entgegnete sie.

»Gut. Bis gleich«, sagte er, mühsam beherrscht. Nur Sekunden später eilte er aus der Wohnung.

KAPITEL 16

SMITH VERLIESS DAS ANWESEN DES ARZTES.

In einem Stoffbeutel, den er sonst zum Einkaufen benutzte, lagen ein altmodisches Adressbuch des Toten sowie einige Fotos des Mannes, die vermutlich aus seiner Studentenzeit stammten. Auf manchen war er mit hübschen jungen Frauen zu sehen, eine lächelte ihn verliebt an, eine weitere kuschelte sich in seinen Arm. Auch gab es ein Gruppenfoto, vermutlich von einer bestandenen Prüfung, denn sämtliche, ausnahmslos jungen Leute hielten Dokumente in der Hand und strahlten mit sichtlichem Stolz in die Kamera.

Smith öffnete mit der Fernbedienung sein Auto. Im Kofferraum lag bereits der private Computer des Toten.

Einerseits hatte er das befriedigende Gefühl, mit dem Adressbuch zumindest eine Möglichkeit gefunden zu haben, mehr über Caseys Privatleben herauszufinden, andererseits bedrückte es ihn, nicht schon gestern das Haus durchsucht zu haben.

Die Gespräche mit den Angestellten der Praxis hatten ihn viel Zeit gekostet und keine nützlichen Erkenntnisse gebracht, abgesehen von dem Vorwurf der Witwe Hogan, die er danach aufgesucht hatte. Als er gegen Abend wieder im Revier gewesen war, hatte ihn Dwyer erneut aufgesucht.

Das Gefühl, planlos zu arbeiten, deprimierte ihn und er fragte sich, ob es Dunn auch so ging, ohne dass er es je sagte.

Er fuhr aufs Revier, brachte den Computer ins kriminaltechnische Labor, das im Moment völlig verlassen war, schrieb Lucy Russel eine Nachricht, um wessen Rechner es sich handelte und dass er dringend auf sämtliche Auswertungen wartete, und ging in sein Büro. Er wollte sich in Ruhe mit dem Adressbuch befassen. Bis Edward Hogan hier sein würde, dauerte es noch über eine Stunde.

Ehe er damit begann, rief er Ross an.

Er beschloss, ihm im Moment noch nichts davon zu sagen, dass er vorübergehend Dunns Schreibtisch nutzen konnte, erkundigte sich aber, ob er etwas über Casey herausgefunden hatte.

»Einiges, Mister Smith, einiges. Sagen Sie, können wir nicht Du sagen? Ich bin Alan.«

Smith zog die Nase kraus. Allzu viel Vertraulichkeit auf der Arbeit war nicht gut und er kannte den Kollegen noch kaum.

»Gut. Wenn Sie das nicht wollen, lassen wir es«, plapperte Ross weiter. Er schien nicht beleidigt.

»Zunächst einmal scheint der Doctor eine vorbildlich weiße Weste zu haben. Er ist im *Madison College* in Belfast zur Schule gegangen und hat dort als Jahrgangsbester seinen Abschluss gemacht. Anschließend hat er Medizin an der *University of Belfast* studiert und mit besten Ergebnissen abgeschlossen. Danach hatte er eine Assistenzarzt-Stelle an der *St.-Margarets-Klinik* in Dublin, nach nur einem Jahr zu *Corks Hospital* nach Cork gewechselt. Angeblich, weil er dort eine Freundin hatte. Vor etwa zehn Jahren ist er nach Galway gezogen und hat eine eigene Praxis eröffnet«, ratterte Ross herunter, was er in Erfahrung gebracht hatte.

»Wissen Sie etwas über sein Privatleben?«, fragte Smith und schob das Adressbuch auf dem Schreibtisch hin und her.

»Er war nie verheiratet und hat keine Kinder, aber eine Schwester in Belfast. Die Eltern sind beide verstorben.«

»Er hat eine Schwester?« Unwillkürlich setzte Smith sich aufrecht.

»Ja. Laura Casey, 37 Jahre alt, ebenfalls nicht verheiratet. Wollen Sie ihre Adresse? Ich hab auch die Telefonnummer herausgefunden.«

»Beides, Ross, beides. Sehr gute Arbeit übrigens.« Sein Puls ging schneller. Vielleicht erfuhr er von dieser Laura mehr über Casey. Er bekam ein flaues Gefühl im Magen und die erste Euphorie fiel in sich zusammen. Sehr wahrscheinlich wusste die Frau noch gar nichts vom Tod ihres Bruders.

Er notierte die Angaben, die der Kollege ihm durchgab.

»Haben Sie noch mehr herausgefunden?«, fragte er.

»In Bezug auf Casey nicht. Aber ich habe angefangen, die Anrufe auszuwerten, die wegen des verschwundenen Mädchens hereingekommen sind. Die meisten können wir vergessen. Es hat sich allerdings der Fahrer eines Linienbusses gemeldet. Er sagt, Ellen wäre in der Nacht vom zehnten auf den elften Dezember gegen zehn Uhr in seinem Bus mitgefahren. Er kennt das Mädchen, weil er nicht weit von ihr und ihrem Vater in der Nachbarschaft wohnt. Ellen wäre am Bahnhof ausgestiegen.«

Smith machte sich Notizen.

»Auch eine angebliche Freundin von Ellen hat sich gemeldet. Sie heißt Emma Combe und ist auf der gleichen Schule wie Ellen. Sie behauptet, Ellen hätte einen Freund, von dem ihr Vater nichts wüsste. Den Namen des Freundes will sie nicht kennen, aber Ellen sei schwer verliebt gewesen. Sie wusste auch, dass Ellen schwanger ist und Angst hatte, es ihrem Vater zu sagen.«

»Wunderbare Arbeit, Ross«, lobte Smith, der sich mehr als

erleichtert fühlte. Endlich musste er nicht mehr alles allein machen.

»Ich hab noch nicht alle Hinweise durch, die hereingekommen sind«, sagte Ross, ohne auf das Lob einzugehen. »Ich mach weiter.«

»Ja, machen Sie das.«

»Natürlich.«

Smith beendete das Gespräch und sah auf die Uhr. In etwa vierzig Minuten würde Hogan hier sein, wenn er denn pünktlich war.

Er wählte die Rufnummer von Laura Casey.

KAPITEL 17

DUNN WAR ÜBEL UND ER WAR WÜTEND. MIT großen Schritten eilte er den Flur des Reviers im dritten Stock entlang, zum Büro seiner Kollegin Harper Bloomfield, die ihr Zimmer in der Mitte des Ganges hatte. Er pochte an die grüne Resopal-Tür und trat sofort ein.

Harper Bloomfield saß hinter ihrem Schreibtisch, ganz adrett in weißer Bluse und schmalen dunkelblauen Rock. Die Kleidung lag stramm um ihre üppige Figur. Harpers Füße steckten in roten Stiefeletten. Ihr glänzendes blondes Haar, zur Kurzhaarfrisur geschnitten, schmiegte sich in Wellen um ihren Kopf. Sie trug roten Lippenstift, im gleichen Farbton wie ihre Schuhe.

»Frederick. Schön, dass du so rasch kommen konntest«, begrüßte sie ihn. Ihre Stimme hatte einen weichen Klang, in ihrem ebenmäßigen Gesicht glaubte er Anteilnahme zu sehen.

»Wo ist sie?«, fragte er aufgebracht.

»Nebenan«, erwiderte Harper Bloomfield ruhig. »Sie war mit zwei weiteren Mädchen unterwegs. Wir haben alle drei voneinander getrennt. Sie sollen Zeit haben zu überlegen, was sie sagen. Nun setz dich doch.«

Dunn ließ auf den Besucherstuhl fallen.

»Meine Güte. Egal, was die drei angestellt haben, Shannon kann doch nur Mitläuferin sein. Es passt gar nicht zu ihr, sich etwas zu Schulden kommen zu lassen, weswegen sie mit aufs Revier muss«, verteidigte er seine Tochter, noch ehe er Details wusste zu dem, was vorgefallen war.

»Ich verstehe ja, dass du dich aufregst. Bisher hat Shannon

noch kein Wort gesprochen. Wenn sie nicht ihren Schülerausweis dabeigehabt hätte, wüssten wir wahrscheinlich noch nicht einmal, wer sie ist.«

»Was ist denn nun genau gewesen?«, fragte er.

»Die drei sind mit Sprayflaschen durch die Innenstadt gelaufen und haben an die Türen und Schaufenster von diversen Metzgereien kreuz und quer rote Zacken gesprüht und darauf wiederum große Zettel geklebt. Einen davon siehst du hier.«

Sie reichte ihm einen klammen knittrigen Bogen Papier, an dem oben rechts eine Ecke fehlte. Von der Rückseite schimmerte rote Farbe durch.

»Tierquälerei! Ihr Schweine verdient euer Geld mit dem Tod von Lebewesen! Nieder mit der Fleischindustrie!«, las er. Dazu prangten mehrere farbige Fotos auf dem Papier. Schweine, die offensichtlich schrien vor Qual, standen dicht an dicht, teilweise sogar übereinander, eingepfercht in einen Transporter, auf dem ›Schlachthof‹ zu lesen war. Kälber, die noch auf unsicheren Beinen standen, wurden brutal von ihren Müttern weggezerrt, denen ihrerseits das Leid anzusehen war. Dunn wurde schlecht. Er konnte den Anblick dieser Bilder kaum ertragen und gab der Kollegin das Blatt zurück.

»Lieber Himmel«, murmelte er.

»Die drei waren sehr schnell. Die Aktion war wohl gut durchdacht und schon länger geplant. Sie haben ausnahmslos Metzgereien aufgesucht, die nicht vor neun Uhr öffnen und so liegen, dass sie rasch durch Seitengassen weglaufen konnten. Bei der vierten Metzgerei wurde eines der Mädchen dann doch geschnappt, weil der Inhaber wegen einer Lieferung heute früher da war. Er konnte sie festhalten, woraufhin sie auf ihn eingeschlagen hat. Das zweite Mädchen hat sich im Wegrennen umgedreht und ist gestürzt. Deine Tochter hat offensichtlich einen Augenblick zu lange überlegt, was sie jetzt tun soll, und wurde von einer Passantin festgehalten«, informierte ihn Harper Bloomfield.

›Scheiße‹, dachte Dunn.

Beim Anblick der Bilder, die ihm die Kollegin gezeigt hatte, konnte er nachvollziehen, wie sehr Shannon beim Wissen um die Qual der Tiere rebellierte. Dennoch war das Vorgehen der Teenager völlig indiskutabel.

»Ich will Shannon sehen«, verlangte er.

»Natürlich«, versicherte Harper Bloomfield.

»Allein«, ergänzte er.

»Kein Problem. Du kannst sie auch gleich mit nach Hause nehmen. Die Personalien sind aufgenommen. Geh einfach nach nebenan. Gegen die drei Mädchen wird Anzeige erstattet wegen Sachbeschädigung und eventuell auch wegen Verleumdung.«

»Aber Harper, ich bitte dich! Shannon ist 17 Jahre. Sie überblickt doch noch gar nicht, was sie getan hat. Außerdem bin ich sicher, dass die Aktion nicht ihre Idee war, sondern …«

Der Blick der Kollegin ließ ihn verstummen.

»Frederick, du weißt so gut wie ich, dass es völlig gleich ist, wer von den dreien den Einfall hatte. Abgesehen davon halte ich alle drei für intelligent genug zu wissen, was sie getan haben. Sie haben im jugendlichen Überschwang einfach die möglichen Folgen ausgeblendet. Oder tatsächlich geglaubt, es würde sie niemand erwischen.«

Dunn fuhr sich mit allen zehn Fingern durch die Haare.

»Nun nimm sie mit nach Hause. Ich kann mir vorstellen, wie unangenehm das für dich ist, gerade in deiner beruflichen

Position. Denk dran, wir Eltern sind nicht immer für das Handeln unserer Kinder verantwortlich. Shannon ist keine Zehn mehr. Sie weiß, was sie getan hat.«

Dunn nickte und stieß die Verbindungstür zum Raum nach nebenan auf.

Shannon saß auf einem Holzstuhl, die Arme vor der Brust verschränkt und sah ihm trotzig entgegen.

»Komm mit«, sagte er nur. Die Wut auf sein Kind schnürte ihm die Kehle zu. Wenn er an die Bilder dachte, die Harper ihm gezeigt hatte, fürchtete er einen Funken Verständnis für Shannon und ihre Freundinnen zu entwickeln. Das durfte nicht passieren.

***

Sie verließen das Revier, ohne ein Wort miteinander zu wechseln. Shannon hielt eine gute Armlänge Abstand zu ihrem Vater.

Erst als sie auf der Straße standen, richtete er das Wort an sie.

»Was hast du dir dabei gedacht?«, fuhr er sie an.

Shannon blieb stehen und funkelte ihn an. Trotz ihrer aufgebrachten Miene erkannte er auch ein wenig Furcht in ihrem Gesicht.

»Weißt du eigentlich, wie mit den Tieren umgegangen wird, die für die Lebensmittelindustrie erst in Massen ›produziert‹ und dann brutal getötet werden? Hast du eine Ahnung, welches Leid ihnen geschieht? Ich zeig dir Bilder. Ich hab genug Berichte im Internet gelesen, um zu wissen, was da passiert! Es ist schrecklich. Alle, die daran beteiligt sind, verdienen sich einen goldenen Arsch mit der unglaublichen Qual. Das sind Lebewesen, mit denen so grausam umgegangen wird. Alles, weil der Mensch stärker ist. Mir wird schlecht, wenn ich daran denke. Das muss aufhören.«

»Shannon! Schluss jetzt!«

»Wieso? Willst du es nicht wissen? Kannst du es nicht hören? Oder mach ich dir gerade das Mittagessen schlecht?«, rief sie. Eine Frau mittleren Alters, die ihren Hund spazieren führte, musterte sie mit neugierigen Blicken.

»Wir reden zu Hause weiter«, entschied er kategorisch.

»Warum nicht hier? Ist es dir unangenehm in aller Öffentlichkeit ...«

»Shannon! Weißt du eigentlich, was du getan hast? Du wirst angezeigt werden. Du musst die Folgen tragen von dem, was du getan hast, und im schlimmsten Fall bist du von da an vorbestraft. Abgesehen davon, dass du anscheinend keine Sekunde an mich gedacht hast. Ich bin Polizist und meine Tochter begeht eine Straftat. Es ist nicht zu fassen!«

»Du kapierst einfach nicht, worum es geht«, schnappte Shannon dagegen.

»Und ob ich es verstehe. Was du nicht verstehst, ist, dass ihr mit so einer Aktion nichts erreicht, euch aber selbst schadet.«

»Was sollen wir denn sonst tun? Den meisten Menschen ist doch völlig egal, was da abgeht. Oder sie machen die Augen zu, weil das Schnitzel so gut schmeckt. Ich will *irgendetwas* tun, damit sich die Zustände ändern.«

»Wir sprechen zu Hause darüber«, wiederholte er, allmählich ruhiger.

KAPITEL 18

EDWARD HOGAN KAM PÜNKTLICH. ER SAH ERschöpft aus, hatte Falten im Gesicht und roch stark nach Zigaretten.

»Mister Hogan«, begann Smith das Gespräch, nachdem der Mann Platz genommen hatte. »Wie Sie wissen, ist der Arzt, der Ihren Vater betreut hat, in der Nacht vom zehnten auf den elften Dezember gegen Mitternacht erstochen worden.«

Hogan nickte. Sein helles Hemd schien ihm zu groß, auch die Strickjacke, die er darüber trug, schlackerte um seinen Körper.

»Denken Sie nicht, dass ich ihm das gewünscht habe, auch wenn es mir nicht leidtut. Es ist mir einfach egal.«

»Ihre Mutter gibt Casey die Schuld am Tod Ihres Vaters«, fuhr Smith fort. »Sehen Sie das auch so?«

»Nicht wirklich. Mein Vater war starker Raucher und der Krebs wurde, laut Casey, sehr spät erkannt. Vater hatte bereits überall Metastasen. Vielleicht hätte es Möglichkeiten gegeben, sein Leben ein paar Monate zu verlängern, aber eine Heilung war aussichtslos.«

Smith war frustriert. Die Aussage von Matthew Hogans‹ Sohn hörte sich anders an als die seiner Frau.

»Ihre Mutter sagt, Sie wären außer sich gewesen, weil Casey Sie nicht über den Zustand Ihres Vaters informiert hat. Sie hätten Akteneinsicht gewollt nach seinem Tod und er hätte sie Ihnen verweigert.«

»Ja, das stimmt. Im ersten Schock habe ich Casey aufgesucht und ihm schlimme Vorwürfe gemacht. Ich weiß natürlich, dass das ungerechtfertigt war. Ich bin ja selbst Arzt, wenn auch auf einem anderen Sektor. Casey musste sich an das Arztgeheimnis halten, da gibt es nichts zu rütteln. Das betrifft natürlich auch die Familie. Und die Akten.« Er brach ab und sah aus dem Fenster.

Bestürzt bemerkte Smith, dass sich seine Augen mit Tränen füllten und er sichtlich um Fassung rang.

»Mein Vater und ich … wir haben uns sehr gut verstanden«, würgte er nach etlichen Sekunden hervor. »Ich kann immer noch nicht glauben, dass ich ihn nie wiedersehen werde.«

»Es tut mir sehr leid, Mister Hogan«, erwiderte Smith, der sich plötzlich überfordert fühlte und nicht wusste, wie er die Frage nach Hogans Alibi stellen sollte. Ein unangenehmes Schweigen entstand im Raum. Hogan kämpfte noch immer mit den Tränen und Smith überlegte, ob er nicht doch mit der Tür ins Haus fallen und ihn fragen sollte, was er zum Todeszeitpunkt des Arztes gemacht hatte.

»Wie gut kannten Sie Casey?«, fragte er schließlich.

Hogan atmete tief ein.

»Eigentlich gar nicht. Ich war nur dieses eine Mal bei ihm, von dem ich Ihnen eben erzählt habe.«

»Dann haben Sie wohl auch keine Vermutung, wer einen Grund hatte, ihn zu töten?«, fuhr Smith fort.

»Nein. Ich war es nicht, falls dass Ihre nächste Frage ist. Ich war am Abend des zehnten Dezembers auf einen Geburtstag eingeladen, der bis etwa drei Uhr früh ging. Das können Sie nachprüfen.«

***

Nachdem Hogan gegangen war, nahm Smith sich das Adressbuch des Arztes vor. Er fand unzählige Namen, meist weibliche, mit Telefonnummern und hier und da auch mit Adressen. Es würde endlos dauern, alle zu durchforsten.

Allzu rasch war der Gedanke da, Ross das Adressbuch zu überlassen. Er klappte es zu und nahm sich die Fotos vor, die er aus Caseys Schreibtisch hatte. Er überlegte, ob es ihm weiterhalf, wenn er wusste, wie die Personen auf den Bildern hießen, und wenn ja, ob er sie aufspüren konnte und ob sie ihm etwas über den Doctor erzählen konnten.

Smith schob die Fotos von sich. Er war müde, er hatte Hunger und draußen war es längst dunkel. Halb acht Uhr abends. Morgen um neun Uhr wollte Laura Casey aufs Revier kommen. Er hegte größte Hoffnung, dass sie ihm mehr über ihren Bruder erzählen konnte. Er hatte das Gefühl, auf der Stelle zu treten, bisher wusste er kaum etwas. Zwar musste Edward Hogans Alibi noch überprüft werden, doch im Grunde glaubte er ihm.

Lynn Hogan traute er die Tat nicht zu, wenngleich er es auch versäumt hatte, sie danach zu fragen, was sie zur Tatzeit gemacht hatte.

Blieben die Arzthelferinnen. Elena Magee, die eine Affäre mit dem Arzt gehabt hatte, hatte schon mal keines. Doch das Techtelmechtel war lange her.

Hedda Brown hatte missbilligend von der Beliebtheit des Mannes bei Frauen gesprochen. Kein Grund, ihn zu töten. Nach einem Alibi hatte er nicht gefragt, doch das ließ sich nachholen.

Samantha Daly. Sie hatte sich erschüttert ob des Mordes gezeigt und auch nichts Negatives über den Doctor gesagt.

Smith griff nach dem Hörer des Telefons und wählte die Nummer des kriminaltechnischen Labors.

Lucy Russel hob sofort ab.

»Thomas«, nuschelte sie. »Ich weiß, es eilt. Ich bin dran.«

»Alles gut bei dir?«, erkundigte er sich, ob ihrer undeutlichen Sprechweise.

»Ja, ja. Ich hatte nur heute Nachmittag einen Zahnarzt-Termin. Die Spritze wirkt noch.«

»War es schlimm?«, erkundigte er sich mitfühlend.

»Bisschen unangenehm. Ich habe eine neue Füllung für einen Backenzahn gebraucht. Mit dem Computer von Casey hab ich noch nicht angefangen, aber mit dem Handy. Da gibt es etwas sehr Interessantes.«

»Sprich.« Er setzte sich aufrecht.

»Ich hab eine Liste erstellt mit sämtlichen Rufnummern, mit denen er Nachrichten ausgetauscht hat. Dabei sind einige, mit denen er besonders häufig in Kontakt stand. Aber …« Sie machte eine kunstvolle Pause. Smith spürte ein Kribbeln am ganzen Körper.

»Es gibt auch ein Foto. Offenbar wurde Casey bedroht, vielleicht auch erpresst.«

***

Wieder und wieder las Smith den Anhang, den Lucy Russel ihm eben per Mail geschickt hatte.

»Deine Frist ist abgelaufen. Du hast nichts getan. Ich habe es nicht anderes erwartet. Ich werde dafür sorgen, dass du nie wieder Schuld auf dich lädst. Du solltest mir dankbar sein.«

Die Nachricht war am zehnten Dezember um 19:30 Uhr

eingegangen, der Empfänger war Dr. A. Casey, der Absender war ein A. Venger.

Lucy hatte Smith versichert, dass sie im Mail-Postfach auf dem Arbeits-Computer des Arztes keine solche Nachricht gefunden hatte. Bislang gab es nur das Foto auf dem Handy. Es war, so die Kollegin, am zehnten Dezember um 20:13 Uhr aufgenommen worden. Vielleicht war die Mail in einem Postfach auf dem privaten Rechner.

Smith hatte das dumpfe Gefühl, auch dort würde die Mitteilung nicht zu finden sein. Er hatte Lucy gebeten, sich sofort einen ersten Überblick auf dem Gerät zu verschaffen.

Je länger er über den Absender nachdachte, umso mehr drängte sich ihm ein Gedanke auf. Las man den Namen ohne den Punkt dazwischen, hieß der Absender *Avenger*. Das bedeutete: Der Rächer.

Sein Telefon läutete. Er erkannte die Nummer des kriminaltechnischen Labors.

»Und? Was hast du herausgefunden?«, fragte er ohne Begrüßung.

»Nichts«, erwiderte sie lapidar. »Nach allem, was ich bisher überprüft habe, hatte der Arzt ein einziges privates Mail-Postfach. Die Nachricht ist unauffindbar.«

»Aber das kann nicht sein«, protestierte Smith.

»Doch, doch. Hast du schon mal was von sogenannten selbstlöschenden Nachrichten gehört?«

»Ja, schon.« Er weigerte sich diesen Hinweis von der Kollegin zu akzeptieren. Eine selbstlöschende Nachricht. Diese wurden verschlüsselt versandt und sobald der Empfänger sie gelesen und wieder geschlossen hatte, wurden sie unwiderruflich aus der Datenbank gelöscht.

»Ich gehe davon aus, dass es sich um eine solche handelt. Wahrscheinlich hat Casey mehrere solcher Mails bekommen. Fotografiert hat er offensichtlich nur diese«, fuhr Lucy fort.

»Hm«, machte Smith unzufrieden. Damit war es unmöglich, den Versender der Nachricht zu ermitteln.

»Ich mach die Auswertung vom Handy noch fertig, schick dir die Ergebnisse und mach dann Feierabend. Um den zweiten Computer von Casey kümmere ich mich morgen«, sagte Lucy.

»Alles klar. Dann später schönen Feierabend.«

Smith beendete das Gespräch. Es half nichts, er musste mit Dunn sprechen. Schon, um seine eigenen Gedanken zu klären.

KAPITEL 19

SMITH SASS IN SEINEM BÜRO. ES WAR KURZ nach neun Uhr am Morgen. Ein milchiger Sonnenstrahl fiel durch das Fenster. Jeden Moment musste Laura Casey hier sein, sie war schon zwei Minuten über der Zeit.

Vor ihm lag eine Liste all der Kontakte, die Doctor Casey über sein Handy gepflegt hatte. Das betraf WhatsApp-Nachrichten, einige wenige SMS und Anrufe. Er hatte eine Kopie davon an Ross weitergegeben, damit er die Teilnehmer ermittelte, von denen in vielen Fällen nur die Vornamen gespeichert waren.

Gestern am späten Abend hatte er noch mit Dunn telefoniert.

Sein Vorgesetzter hatte erschöpft geklungen und ihm ohne zu zögern vom Fehlverhalten seiner Tochter erzählt, unter anderem deswegen, weil er geglaubt hatte, das gesamte Revier würde bereits Bescheid wissen. Smith zumindest war der Vorfall neu gewesen.

In Sachen Casey hatte Dunn ihm geraten, zügig private Bekannt- und Freundschaften ausfindig zu machen, um mehr über den Mann zu erfahren. Selbstzerstörende Nachrichten waren Dunn keineswegs neu gewesen, und nachdem Casey nur wenige Stunden nach der angeblich abgelaufenen Frist getötet worden war, sah der Inspector einen klaren Zusammenhang.

Smith musste herausfinden, worum es bei der Drohung ging und welche Schuld der Arzt auf sich geladen haben sollte. Gut möglich, es war doch jemand von den Hogans gewesen. Vielleicht hatten Mutter oder Sohn des verstorbenen Matthew Hogan eine Forderung an den Doctor gestellt, der er nicht nachgekommen war.

Die Tür zu seinem Büro flog auf und schlug krachend an die Wand. Smith erschrak so heftig, dass er gegen sein Glas Wasser stieß, das neben dem Telefon stand. Obwohl es nur zur Hälfte gefüllt gewesen war, ergoss sich der Inhalt gleich einer kleinen Flut über seinen Schreibtisch und sämtliche Papiere und knapp an seinem Handy vorbei.

Unter der Tür stand Henry Dwyer, das Gesicht knallrot angelaufen.

Beide Hände hatte er zur Faust geballt.

»Smith! Warum zum Teufel haben Sie mich nicht informiert? Ist es Ellen?«

Smith stand auf.

»Was fällt Ihnen ein, so hereinzuplatzen? Was wollen Sie schon wieder?«, fuhr er ihn an. War er an der Cooper vorbeimarschiert? Warum hatte sie ihn nicht informiert?

»Heute Morgen kam die Nachricht im Radio! Ein 15-jähriges Mädchen soll auf der R11 schwer verunglückt sein. Ist es Ellen?«

»Machen Sie die Tür zu und setzen Sie sich«, zürnte Smith. Er hätte den Mann packen und schütteln mögen. Die Selbstherrlichkeit, mit der er immer wieder durchs Revier rannte, offenbar in der Überzeugung, dass das Verschwinden seiner Tochter dieses Verhalten rechtfertigte, machte ihn furchtbar wütend. Wider Erwarten kam Dwyer der Aufforderung nach.

»Definitiv handelt es sich bei der jungen Frau nicht um Ihre Tochter, sonst hätten wir Sie längst verständigt«, informierte er ihn, mühsam beherrscht.

»Sicher?« Dwyers Atem ging schwer und er schien nicht überzeugt.

»Ganz sicher«, erwiderte Smith, setzte sich gleichfalls und tippte auf der Tastatur seines Computers herum. Rasch fand er, was er suchte.

»Hier habe ich es.«

Er überflog den Bericht. Die Frau war mittlerweile wieder bei Bewusstsein. Sie hieß Amanda Gorman, war 16 Jahre alt und im vierten Monat schwanger gewesen. Sie hatte noch keinen Führerschein besessen. Smith verzichtete darauf, den restlichen Bericht zu lesen, den Constable Luca Haden als Ergänzung zum Unfallbericht erstellt hatte.

»Die junge Frau ist nicht Ihre Tochter, Mister Dwyer. Mehr darf ich Ihnen leider nicht sagen.«

Dwyer nickte schwer.

»Neue Erkenntnisse gibt es wahrscheinlich auch noch nicht?«, fuhr er fort.

»Ich melde mich bei Ihnen, sowie ich etwas habe«, erwiderte Smith. Sein Telefon läutete. Er erkannte die Nummer der Zentrale und hob ab. Molly Cooper meldete Laura Casey an.

»Schicken Sie sie hoch«, bat er und warf einen Blick auf Uhr am Display des Computers. Laura Casey war beinahe zwanzig Minuten zu spät.

»Ich muss Sie bitten zu gehen, Mister Dwyer. Ich habe einen Termin«, sagte er, so höflich er konnte.

Dwyer stand auf und verließ grußlos den Raum.

***

Smith hätte Laura Casey älter geschätzt als die 37 Jahre, von denen Ross gesprochen hatte. Ihr Gesicht war bleich, fast schon weiß und die Augen stark gerötet. Sie war komplett in schwarz gekleidet. Sie reichte ihm eine schmale kalte Hand, mit überraschend festem Druck.

»Verzeihen Sie die Verspätung Constable. Ich bin auf der Herfahrt in einen kleinen Stau geraten.«

Sie sprach mit ruhiger fester Stimme.

»Schon in Ordnung. Bitte setzen Sie sich, Ms. Casey.« Er machte eine Kopfbewegung zu dem Besucherstuhl.

»Zunächst mein Beileid zum Tod Ihres Bruders«, begann er. Vor sich liegen hatte er das Adressbuch des Toten und die Fotos, die er mitgenommen hatte.

»Danke. Ich bin wirklich erschüttert. Aaron und ich haben uns in den letzten Jahren nicht mehr oft gesehen. Aber wir haben etwa alle drei Wochen telefoniert, damit wir nicht den Kontakt zueinander verlieren.«

Smith nickte.

»Wie kann ich Ihnen helfen?«, fragte sie.

»Ich brauche Informationen über Ihren Bruder, so viel wie möglich. Unsere bisherigen Ermittlungen haben ergeben, dass er bedroht, vielleicht auch erpresst wurde. Hat er Ihnen gegenüber diesbezüglich einmal etwas erwähnt?«

»Was? Nein, niemals. Wer sollte Aaron erpressen wollen?« Erschrocken sah sie ihn an. Sie hatte volle gleichmäßige Lippen, auf denen Smith sich unwillkürlich knallroten Lippenstift vorstellte. Irritiert senkte er den Blick, als suchte er etwas in seinen Unterlagen.

»Das wissen wir eben nicht«, fuhr er fort und schob die Bilder des Arztes hin und her.

Er hatte gestern mit Dunn darüber gesprochen, was er der

Schwester des Arztes alles erzählen konnte, ohne ihr zu viel Einblick in die Ermittlungen zu geben. Sowohl Dunn als auch er waren zu dem Ergebnis gekommen, dass sie eigentlich alles wissen durfte. Viel war es ohnehin nicht.

»Ich wüsste nicht, wer Aaron in irgendeiner Form bedrohen sollte. Er war ein sehr guter Arzt und bei den Patienten sehr beliebt. Für jeden Einzelnen hat er sich eingesetzt, als stünde er ihm persönlich nahe.«

»Woher wissen Sie das? Sie sagten doch selbst, Sie haben ihn kaum gesehen.«

Er sah sie genau an. Ein leichtes Lächeln erschien auf Lauras Gesicht.

»Das ist richtig. Es gibt im Internet Seiten auf denen Ärzte und ihre Praxen bewertet werden können. Mein Bruder hat beste Bewertungen, das können Sie nachprüfen. Ab und zu hat er mir auch erzählt, wenn er besonders schwierige Fälle hatte und was er alles unternommen hat, um denjenigen zu helfen. Das war oft mehr, als er hätte tun müssen.« Sie betrachtete ihre Fingernägel.

»Hat er Namen von Patienten genannt?«, forschte Smith.

»Natürlich nicht. Das Arztgeheimnis war ihm sehr wichtig.«

»Was sind Sie von Beruf, Ms. Casey?«

»Stewardess. Ich habe derzeit Urlaub.«

»Hatte Ihr Bruder eine Freundin?«, fragte er weiter.

»Immer wieder Affären. Aaron wollte sich nicht binden«, antwortete sie. Er konnte ihrer Miene nicht entnehmen, wie sie dazu stand.

»Kennen Sie Namen?«

»Ja, vielleicht hat er den einen oder anderen Namen genannt. Ich müsste nachdenken«, behauptete sie.

»Tun Sie das, bitte.«

Smith nahm die Fotos und reichte sie Laura. So unbewegt, wie sie dreinsah, bekam er den Eindruck, sie verheimlichte etwas vor ihm.

»Kennen Sie die Bilder?«, fragte er.

»Meine Güte, ja! Das ist ja schon ewig her. Das hier ist noch im College entstanden und das wurde auf der Abschiedsfeier des Abiturs aufgenommen.«

Sie betrachtete das dritte Foto, auf dem Aaron Casey inmitten drei junger Frauen zu sehen waren, die allesamt um die Wette in die Kamera strahlten. Ein Zucken ging über ihr Gesicht, doch sie hatte sich sofort wieder unter Kontrolle.

»Wer ist außer Ihrem Bruder alles auf den Bildern zu sehen? Können Sie mir die Namen nennen?«, fragte Smith.

Sie zögerte.

»Ich weiß nicht. Wie schon gesagt, es ist sehr lange her.«

»Denken Sie nach, Ms. Casey. Wir suchen den Mörder Ihres Bruders.«

Ein kurzes Beben ging durch ihren Körper.

»Tut mir leid, ich kann mich nicht mehr erinnern.«

Smith wurde wütend. Er war sicher, sie log.

»Sind Ihnen mittlerweile die Namen der Affären von Ihrem Bruder eingefallen? Mit wem war er befreundet? Sie müssen doch irgendetwas wissen, wenn Sie regelmäßig mit ihm telefoniert haben.«

»Lisa, Lea, Kate, Hedda, Megan. Er hatte ständig Frauen. Mit keiner ging es länger als ein paar Wochen, manchmal war es auch nur eine einmalige Sache. Nachnamen weiß ich keine. Nur dass eine davon in seiner Praxis gearbeitet hat. Das ist aber schon eine Weile her.«

Sie schien verärgert.

Smith stützte die Ellbogen auf den Schreibtisch und beugte sich vor.

»Ms. Casey, ich will Ihnen keineswegs Unrecht tun. Dennoch werde ich das Gefühl nicht los, dass Sie mir etwas verschweigen. Ich suche den Mörder Ihres Bruders. Denjenigen, der ihn mitten in der Nacht heimtückisch aus dem Hinterhalt erstochen hat. Jeder noch so kleine Hinweis kann uns weiterhelfen. Also bitte.«

»Es tut mir leid. Das Einzige, was ich Ihnen noch sagen kann, ist, dass mein Bruder gerne in den *Wild Pub* gegangen ist. Das ist eine Kneipe nur eine Straße von seiner Praxis entfernt. Wenn er sich danach nicht mehr fahrfähig gefühlt hat, hat er in seiner Praxis auf dem Sofa im Sprechzimmer übernachtet.«

Smith notierte sich den Namen des Pubs.

»Gut, Ms. Casey. Wo kann ich Sie erreichen, wenn ich noch Fragen habe?«

»Ich habe mir im *Green Gardens Inn* ein Zimmer genommen. Ich bleibe ein paar Tage hier. Wann kann Aaron bestattet werden?«

»Jederzeit. Die Rechtsmedizin ist fertig.«

»Gut. Ich kümmere mich darum. Was ist mit der Praxis meines Bruders und seinem Haus?«

»Das kann ich Ihnen nicht sagen. Wenn es sonst keine Erben gibt, fällt zumindest sein Privathaus vermutlich an Sie. Vielleicht hat Ihr Bruder auch ein Testament gemacht.«

Aufmerksam betrachtete er sie.

»Ich bleibe, bis alles geregelt ist.«

Smith kramte aus dem Durcheinander seiner obersten

Schreibtischschublade eine seiner Visitenkarten und reichte sie ihr.

»Melden Sie sich bitte, falls Ihnen doch noch etwas einfällt.«

Laura Casey nickte, nahm die Karte und stand auf.

»Guten Tag, Constable«, sagte sie.

»Guten Tag«, murmelte er.

Er massierte sich die Schläfen, nachdem die Schwester des Toten den Raum verlassen hatte. Was verheimlichte ihm die Frau?

Sein Blick fiel auf den Notizzettel, den er gestern Abend geschrieben hatte. *Emma Combe* stand darauf. Die Freundin von Ellen Dwyer, die sich gemeldet hatte. Er musste mit ihr reden. Nein, er würde Ross zu ihr schicken. Der Mann schien ihm auf Zack. Smith wählte seine Nummer.

Ross hob nach dem zweiten Läuten ab.

»Morgen, Tom«, begrüßte dieser ihn freundlich. Augenblicklich lag ihm Protest auf der Zunge ob der vertraulichen Anrede.

»Ich wollte Sie sowieso eben anrufen«, fuhr Ross fort ohne einen Gegengruß abzuwarten. »Ich bin nun mit den ganzen Hinweisen in Sachen Ellen Dwyer durch. Wie schon gesagt, das Interessanteste sind die Auskünfte des Busfahrers und der Freundin. Ein Mann will das Mädchen am elften Dezember vormittags in Oranmore gesehen haben und eine Verkäuferin aus einer Bäckerei in Clarinbridge ist sicher, Ellen hat bei ihr gebackene Apfelringe gekauft.«

»Oranmore liegt auf dem Weg nach Clarinbridge«, überlegte Smith. Von daher konnten die Angaben stimmen.

»Stimmt«, erwiderte Ross.

»Schön, ähm, Alan. Ich möchte Sie bitten, mit dem Busfahrer und der Freundin persönlich zu sprechen. Fragen Sie vor allen Dingen das Mädchen, ob Ellen jemanden in den beiden Orten kennt. Schaffen Sie das?«

»Selbstverständlich.« Er hörte den Stolz aus der Stimme des jungen Constables.

»Gut. Sie geben mir zeitnah Bescheid, in Ordnung?«

»Geht klar. Ich mach mich sofort auf den Weg.«

Smith bedankte sich und legte auf.

Über Google suchte er die Telefonnummern des *Madison College* in Belfast, in dem Casey seinen Schulabschluss gemacht hatte, sowie die Rufnummern der *University of Belfast*, der *St.-Margarets-Klinik* in Dublin und des *Corks Hospitals* in Cork. Es konnte doch nicht sein, dass er über den angeblich so engagierten freundlichen Mediziner rein gar nichts herausfand. Und schon gar keinen dunklen Fleck in seinem Lebenslauf.

KAPITEL 20

DUNN HATTE MIT SEINER TOCHTER AM VERgangenen Abend noch ein langes Gespräch geführt.

Nach der hitzigen Auseinandersetzung auf dem Weg vom Revier zum Auto war die Heimfahrt schweigsam verlaufen. Zu Hause hatte Dunn sich wieder soweit im Griff, dass er Shannon ein gemeinsames Kochen und Essen vorschlug. Überraschenderweise war sie einverstanden gewesen.

Er hatte gefragt, was sie von Spaghetti mit Gemüsesoße hielt, und Shannon war bereit gewesen mit dem Fahrrad zum nächsten Einkaufsmarkt zu fahren und die Zutaten zu besorgen. In der Zwischenzeit hatte er einen Schokoladen-Pudding gekocht, als Nachspeise.

Nach dem gemeinsamen Essen bat er Shannon ruhig, ihm zu erzählen, wie es zu der Aktion mit den Metzgereien gekommen war. Zu seinem Schrecken erfuhr er, dass sie diejenige gewesen war, die ihre beiden Mitschülerinnen überzeugt hatte, aktiv zu werden. Nur mühsam konnte er seine Empörung unterdrücken. Er wollte keinen neuen nutzlosen Streit, sondern wissen, was in seinem Kind vorging und wie er ihr nun bei der anstehenden Anzeige beiseite stehen konnte, ohne ihr die Verantwortung für ihr Handeln abzunehmen.

Shannon hatte ihren Laptop geholt, ihre Facebook-Seite aufgerufen und ihm gezeigt, über welche Links sie auf das Tierleid aufmerksam geworden war.

Dunn war selbst erschüttert, als er die Berichte las und die Bilder sah.

Auch die Gestaltung des Zettels, den sie und ihre Freundinnen an die Fenster der Metzgereien geklebt hatten, hatte Shannon übernommen. Mit unüberhörbarem Stolz hatte sie von ›dem Plakat‹ gesprochen. Dazu hatte sie Bilder aus dem Internet herauskopiert.

Dunn verzichtete auf den Hinweis, dass auch die Nutzung der Bilder nicht erlaubt war, da jemand anderes die Rechte daran besaß.

Im Laufe des Abends hatte Shannon ihm doch noch die Namen ihrer Freundinnen genannt, mit denen sie per WhatsApp wieder in Kontakt stand, seit die beiden von ihren Eltern abgeholt worden waren.

Irgendwann war Dunn total erschöpft gewesen vom Reden. Sie hatten den Fernseher eingeschaltet und Shannon war über einer Krimi-Komödie eingeschlafen. Nachdem er sie geweckt und ins Bett geschickt hatte, hatte er drei Gläser Rotwein getrunken. So verstimmt er auch über die Aktion seiner Tochter war, hatte die Sache doch auch ein Gutes. So viel und so lange wie an dem Abend hatten sie schon ewig nicht mehr miteinander gesprochen.

Nun hatte er Kopfschmerzen vom Wein und war alles andere als ausgeschlafen.

Dunn duschte lange, putzte sich die Zähne und machte sich auf den Weg in die Küche, um sich einen Kaffee zu kochen. Auf den Tisch lag ein Zettel von Shannon.

›Guten Morgen, Daddy. Hab bei Grandma gefrühstückt. Bis später.‹

Dahinter hatte sie einen lächelnden Smiley gezeichnet.

Vor Überraschung und Rührung schnürte es ihm die Kehle zu. Die letzten Zettelchen dieser Art hatte ihm Shannon während ihrer Grundschulzeit geschrieben. Es war endlos her und er hatte viele aufgehoben. Er las die Nachricht mehrfach durch, faltete sie zusammen und brachte sie in sein Schlafzimmer, wo er sie in die Schublade seines Nachtschränkchens legte.

Auf dem Weg zurück in die Küche klingelte sein Festnetz-Telefon, das im Wohnzimmer stand. Callum, der dort noch auf seinem Kissen lag, klopfte zur Begrüßung mit dem Schwanz, ohne auch nur den Kopf zu heben.

»Guten Morgen, mein Junge«, brummte Dunn und nahm den Hörer ab.

»Dunn«, meldete er sich.

»Inspector? Ich bin es, Georgia. Bitte, ich … ich brauche Ihre Hilfe …« Schon wieder. Sie sprach, als würde sie mit den Zähnen klappern.

»Was ist los?«, fragte er. Sein Gehirn arbeitete noch träge. Er brauchte einen Kaffee, vielleicht auch ein ordentliches Frühstück.

»Eben waren zwei Kollegen von Ihnen bei mir. Sie wollten zu meinem Mann«, stieß sie hervor.

»Ja, und?« Er wollte auflegen. Georgias Probleme interessierten ihn nicht. Er kämpfte noch mit seinem Ärger und seiner Enttäuschung wegen des gestrigen Gespräches, und vor allem lag ihm im Magen, dass er Smith nichts davon erzählt hatte.

»Mein Mann ist nicht da. Er ist mit einer Schülergruppe in Frankreich und kommt erst kurz vor Weihnachten zurück.«

Allmählich wurde er munter.

»Was wollen Sie von mir, Ms. Hayes?«, fragte er und richtete sich unwillkürlich gerade auf.

»Ihm wird vorgeworfen, eine seiner Nachhilfeschülerinnen missbraucht zu haben. Er ist angezeigt worden.«

Während sie sprach, hob sie die Stimme.

Dunn setzte sich auf die Kante seines Ohrensessels. Ihm lag auf der Zunge nachzufragen, wer ihren Mann angezeigt hatte, und beschloss, dass ihm das egal war.

»Und was wollen Sie von mir? Meine Kollegen gehen nur ihrer Arbeit nach.«

»Ja … aber was soll ich jetzt machen? Ich habe schon versucht, Jeff zu erreichen, aber sein Handy ist ausgeschaltet.«

»Haben Sie meinen Kollegen die Kontaktdaten Ihres Mannes gegeben?«

»Na…türlich.«

Natürlich. Wahrscheinlich hatte sie ähnlich wie bei ihm am Vortag gezögert und gezaudert, ehe sie mit den Angaben herausgerückt war.

»Ms. Hayes, ich weiß ehrlich nicht, wie Sie auf die Idee kommen, ich könnte Ihnen behilflich sein. Wenn Ihr Mann angezeigt wurde, muss er zu den Vorwürfen Stellung nehmen. Ich kann nichts für Sie oder ihn tun.«

»Können wir uns treffen?« Sie klang jetzt ruhiger.

»Ich wüsste nicht, wozu. Entschuldigen Sie, Miss, aber ich habe Urlaub. Guten Tag.« Ohne eine Antwort abzuwarten legte er auf. Inzwischen bereute er bitter, dass er ihr seine Visitenkarte gegeben hatte.

***

Das Freizeichen ertönte. Smith klemmte den Hörer zwischen Schulter und Ohr und kramte nach Stift und Zettel, während er darauf wartete, dass am anderen Ende der Leitung abgehoben wurde.

»Madison College Belfast. Rachel Quinn am Apparat. Was kann ich für Sie tun?«, schnurrte eine weibliche Stimme routiniert die Begrüßung herunter.

»Guten Morgen, Ms. Quinn. Hier spricht DC Thomas Smith vom Polizeirevier in Galway. Ich bräuchte eine Auskunft. Es geht um einen Ihrer ehemaligen Schüler, Aaron Casey.«

»Aaron Casey? Ich erinnere mich. Es ist über zwanzig Jahre her. Worum geht es?«

Sie sprach betont beiläufig und er wunderte sich, dass sie sofort wusste, von wem er sprach.

»Casey ist in der Nacht vom zehnten auf den elften Dezember Opfer eines Mordanschlages geworden. Ich versuche so viel wie möglich über ihn zu erfahren«, gab Smith Auskunft.

»Um Himmels willen!« Sie klang ehrlich erschrocken. »Wie furchtbar. Wie geht es ihm? Wissen Sie schon, wer es war?«

»Doctor Casey ist leider verstorben. Und nein, wir wissen noch nicht, wer es war. Die Ermittlungen laufen und eben deswegen rufe ich an. Sie sagten, Sie können sich an ihn erinnern. Gibt es einen Grund? Es ist doch immerhin viel Zeit vergangen.«

»Richtig.«

Es wurde still in der Leitung, doch er meinte, ihren flachen Atem zu hören.

»Ms. Quinn? Sind Sie noch dran?«

»Ja, ja.« Sie zögerte. »Ich kann mich an Aaron deswegen so gut erinnern, weil wir … nun ja … Ich hatte damals gerade am College angefangen, als Sekretärin. Aaron war ein hübscher Junge und so charmant.«

»Sie hatten ein Verhältnis?«

»Ja. Aber nur kurz. Dann hat er sich in eine andere verguckt.«

Smith entschied, dass ihn diese Auskunft nicht weiterbrachte.

»Gibt es irgendetwas, was Ihnen im Zusammenhang mit Casey einfällt?«

Sie stieß ein raues Lachen aus.

»Allerdings. Aber das wird Ihnen bei Ihren Nachforschungen nicht weiterhelfen. Unsere kleine Liaison hatte Folgen. Ich wurde schwanger. Ich war damals völlig verzweifelt. Nach der Geburt habe ich das Baby zur Adoption freigegeben. Das verzeihe ich mir nie.«

Smith ließ die Nachricht sacken.

»Wollte Casey das Kind nicht?«, fragte er schließlich.

»Das weiß ich nicht. Ich war einfach nur dumm. Dumm und stolz. Nachdem er bereits eine andere hatte, als ich die Schwangerschaft bemerkt habe, habe ich ihm nichts davon erzählt. Er stand ja damals auch kurz vor dem Abschluss und ist wenige Wochen später an die Uni in Belfast gegangen, um zu studieren.«

***

Smith hatte sich die private Adresse und Telefonnummer von Rachel Quinn geben lassen, nur um seine Unterlagen vollständig beisammen zu haben. Einen Verdacht gegen die Frau hegte er nicht.

Anschließend rief er bei der Uni in Belfast an. Dort landete er zunächst in der Zentrale und wurde weiterverbunden an das Sekretariat. Auch im Sekretariat wurde der Telefonhörer zweimal weitergereicht, ehe er endlich bei einer Ellie McKane landete.

»Guten Morgen. Hier spricht Detective Constable Smith vom Revier in Galway. Ich bräuchte eine Auskunft zu einem Ihrer ehemaligen Studenten …«, sagte er seinen Spruch zum dritten Mal auf.

»Aaron Casey wurde … umgebracht?«, vergewisserte sich Ms. McKane bestürzt, nachdem Smith ihr erläutert hatte, worum es ging.

»Ja«, bestätigte er noch einmal.

»Wie furchtbar«, murmelte die Frau.

»Kannten Sie ihn? Arbeiten Sie schon länger an der Uni?«

»Ja, ich kannte ihn. Ich bin jetzt schon dreißig Jahre hier beschäftigt.«

Smith fiel auf, dass auch Ms. McKane sofort gewusst hatte, wer Casey war. Was hatte der Mann an sich gehabt, dass er den Menschen so im Gedächtnis geblieben war? Bei Rachel Quinn war das nicht verwunderlich, sie hatte ja einen guten Grund. Doch wieso auch die Sekretärin der Uni?

»Gibt es einen Grund, dass Sie sich an ihn erinnern?«, fragte er. Wie auch bei dem Telefonat zuvor, blieb es zunächst still in der Leitung. Vielleicht sprach er gerade mit der nächsten Frau, die eine Affäre mit dem späteren Arzt gehabt hatte.

»Ms. McKane?«

»Ja … ich, ähm … überlege gerade.«

Er hörte im Hintergrund eine Tür klappen.

»Augenblick bitte«, sagte die Sekretärin. »Kann ich Sie zurückrufen?«

Noch ehe er antworten konnte, hatte sie aufgelegt. Smith hielt den Hörer in der Hand und kämpfte mit aufsteigendem

Ärger. Eine Frechheit, einfach das Gespräch zu beenden. Er war in Versuchung, sofort noch einmal anzurufen und seiner Empörung Luft zu machen. Stattdessen legte er den Hörer auf und beschloss, sich erst einmal einen Tee zu kochen.

Das Telefon schellte, noch ehe er bei der Tür war. Smith kehrte um und hob ab.

»Smith«, knurrte er, zunehmend gereizt.

»Constable, hier ist noch mal McKane. Es tut mir furchtbar leid, dass ich Sie so aus der Leitung geworfen habe. Aber was ich Ihnen sagen kann, muss unter uns bleiben, beziehungsweise meine Kollegen sollten nicht mitbekommen, dass ich Ihnen von der Sache erzähle.« Sie sprach hektisch und leise. Smith setzte sich wieder auf seinen Platz.

»Also?«, fragte er nach.

»Casey hatte seinerzeit eine Freundin, die mit ihm studiert hat. Brooke Donnaty, ich habe extra in den alten Unterlagen nachgesehen. Sie waren ein paar Wochen oder Monate zusammen, dann hat Brooke ihn angezeigt, weil er sie verprügelt haben soll. Casey wäre beinahe von der Uni geflogen. Er hat Stein und Bein geschworen, dass sie lügt. Ich habe keine Ahnung, ob an der Sache was dran ist. Jedenfalls hat Brooke die Anzeige nach kurzer Zeit zurückgezogen, aber auch ihr Studium abgebrochen.«

Smith' Ärger auf die Sekretärin war wie weggeblasen. Eifrig machte er sich Notizen.

»Was war mit Casey? Er ist doch an der Uni geblieben?«, fragte er, was er von Ross bereits wusste.

»Ja, ja. Es kam auch nie wieder zu irgendwelchen Vorfällen in der Art.«

»Und Ms. Donnaty? Hat sie woanders weiter studiert?«

»Keine Ahnung. Sie war nach Abbruch ihres Studiums wie vom Erdboden verschluckt.«

»Vielen Dank, Ms. McKane.« Die Frage nach dem Aufenthaltsort von Brooke Donnaty war damit hinfällig. Darum sollte sich Ross kümmern, am besten sofort. Dann fiel Smith noch etwas ein.

»Wir haben in den Unterlagen von Casey Fotos gefunden, die wohl aus seiner Studien- und Schulzeit stammen. Ich würde Ihnen diese gerne per Mail schicken. Vielleicht erkennen Sie Personen auf den Bildern und haben noch ein paar Namen für mich«, bat er.

»Sicher. Ich sehe sie mir gern an. Senden Sie sie bitte an meine private Mailadresse.«

Nachdem Smith diese notiert hatte, beendete er das Gespräch.

Er beschloss, auf seinen Tee zu verzichten, mailte der Sekretärin die Fotos und nahm sich die Auswertung von Caseys Handy vor.

KAPITEL 21

ZWEI STUNDEN SPÄTER BRANNTEN IHM DIE Augen und sein Nacken schmerzte.

Besonders häufig hatte Casey in den letzten Wochen mit einer Georgia Hayes telefoniert und geschrieben. Smith fragte sich, ob der Nachname Zufall war oder ob die Frau etwas mit dem Nachhilfelehrer Jeff Hayes zu tun hatte, der von Dwyer wegen mutmaßlichen Missbrauchs seiner Tochter angezeigt worden war.

Zwei Kollegen hatten Hayes heute Morgen unter seiner Privatadresse aufgesucht, aber nur dessen Ehefrau angetroffen, die ob der Anzeige außer sich gewesen war. Angeblich hielt sich ihr Mann derzeit in Frankreich auf, wo er eine Schülergruppe begleitete.

Von dem kriminaltechnischen Labor wusste er inzwischen, dass Casey auch auf Facebook aktiv gewesen war, unter dem Fakenamen ›Caron‹. Auf seinem Account war jedoch bisher nichts gefunden worden, was Smith weiterhalf.

Er beschloss, Georgia Hayes anzurufen. Außerdem musste er ins Wild Pub, der angeblichen Stammkneipe von Casey, von der Laura erzählt hatte. Der Pub machte allerdings laut Internet erst um 17 Uhr auf.

Er wollte eben die Nummer von Georgia Hayes wählen, als es an die Tür klopfte und Ross sein Büro betrat. Wie immer hatte er ein freundliches Grinsen auf dem Gesicht. Der unterste Knopf seines beige-karierten Hemdes, dessen Ende er in die Jeans gesteckt hatte, stand offen. Ein weißes Feinripp-Unterhemd lugte hervor.

»Hallo Tom«, begrüßte Ross ihn. »Kann ich kurz stören? Ich habe mit der kleinen Combe gesprochen. Interessant, was das Mädchen erzählt hat. Zuerst wollte sie nicht recht raus mit der Sprache, aber dann hat sie doch geredet.«

Smith legte den Telefonhörer wieder auf. Die Frage, ob er stören durfte, war wohl rein rhetorisch gemeint gewesen.

»Sicher«, antwortete er dennoch und wies auf den Besucherstuhl.

Ross setzte sich und rieb sich die Hände.

»Also. Der Freund von Ellen Dwyer heißt Jason Moran. Er ist 17 Jahre alt, hat vor einem Jahr die Schule abgebrochen und macht jetzt eine Ausbildung zum Kfz-Mechaniker. Getroffen haben sich Ellen und dieser Jason vor und nach dem Unterricht. Im Kirchenchor, den auch Emma besucht, war Ellen schon mindestens ein halbes Jahr nicht mehr, und die vermeintliche zweite Nachhilfestunde bei Hayes hat es auch nie gegeben. In all den Zeiten hat sie sich mit Jason getroffen.«

Erwartungsvoll sah Ross ihn an. Smith nickte zustimmend.

»Sehr gut«, lobte er, da er das Gefühl hatte, dass der Constable auf Anerkennung wartete. Ob ihn der Eindruck täuschte, erfuhr er nicht, denn Ross sprach sofort weiter.

»Emma wusste auch von der Schwangerschaft. Sie sagt, Ellens Vater hätte ihr überhaupt keinen Freiraum gelassen. Sie hätte sich nur selten und unter strengsten Auflagen mit Freundinnen treffen dürfen, im besten Fall bei sich oder den Mädchen zu Hause. Wenn es irgend ging, hat der Vater sie hingebracht und auch wieder abgeholt. Wollte sie in die Stadt, hat er versucht, sie zu begleiten. Ging das nicht und sie kam später als vereinbart nach Hause, und waren es auch nur wenige Minuten, gab es richtig Ärger.«

»Er hat Ellen kontrolliert«, warf Smith ein.

»Ja. Ein Freund wäre überhaupt kein Thema gewesen, stattdessen hat er immer wieder abfällig von Beziehungen unter Jugendlichen gesprochen. Emma sagte, dass Ellen sich kein Wort zu erzählen traute, als sie sich in Jason verliebte. Deswegen die ganzen Heimlichkeiten. Und dann wurde sie schwanger. Ellen hat ihr übrigens noch in der Nacht, als sie von zu Hause weggelaufen ist, eine Nachricht geschrieben und ihr erzählt, dass sie fort müsste, weil ihr Vater die Schwangerschaft bemerkt hatte.«

»Steht Emma mit Ellen in Kontakt?«, fragte Smith.

Ross zuckte mit den Schultern.

»Dazu wollte sie sich nicht äußern. Ich nehme es aber an.«

»Möglicherweise sind Ellen und ihr Freund zusammen abgehauen«, mutmaßte Smith.

»Kann sein. Ich habe mich auch da schlau gemacht. Jason arbeitet bei Arthur Millers Werkstatt in Ballybane. Er hat gerade Urlaub«, informierte ihn Ross.

»Versuchen Sie herauszufinden, wo er sich derzeit aufhält. Ich bin sicher, dass wir auf dem Weg auch Ellen finden«, sagte Smith.

»Klar, mach ich. Eigentlich ist die Anzeige, die Dwyer gegen den Nachhilfelehrer erstattet hat, damit hinfällig«, bemerkte Ross.

»Sieht ganz so aus, ja«, bestätigte Smith.

Ross erhob sich.

»Dann mach ich mich wieder an die Arbeit«, sagte er und rieb sich die Hände. Abwartend sah er ihn an. Smith nickte.

»Und wie geht's bei Ihnen heute noch weiter?«, fragte er, offenbar noch nicht bereit, den Raum zu verlassen.

»Ich muss in der Mordsache Casey noch ein paar Leute befragen«, antwortete Smith, der keine Lust hatte, das Gespräch mit Ross noch in die Länge zu ziehen.

Der Constable setzte an weiterzusprechen, in dem Moment ging nach kurzem Klopfen die Tür auf und Dunn betrat den Raum.

***

Dunns Laune war unter der Kellerdecke angelangt. Harper Bloomfield hatte ihm eben mitgeteilt, dass die Anzeige gegen die drei Mädchen bereits lief und eine von ihnen, Carol Forbes, Shannon bezichtigt hatte, die Drahtzieherin der Aktion gewesen zu sein. Dass seine Tochter ihm dies am Vorabend bereits gestanden hatte, machte es keineswegs besser.

Wo er nun ohnehin schon auf dem Revier war, wollte er sich auch noch mit Smith unterhalten, um den neuesten Ermittlungsstand zu erfahren.

Er kannte DC Alan Ross von der Abteilung Einbruch und Diebstahl, der Smith jetzt zuarbeitete, bislang nur vom Sehen und gelegentlichen Begrüßungen, wenn man sich über den Weg lief.

»Späten guten Morgen zusammen«, begrüßte er seine Kollegen und sein Blick ging zu seinem Schreibtisch. Auf den ersten Blick sah er keine Veränderungen. Entweder Ross nahm es sehr genau damit, nichts zu verändern, oder er hatte den Platz doch nicht eingenommen.

Während Smith Dunns Gruß nur erwiderte, streckte Ross ihm freundlich grinsend die Hand entgegen.

»Inspector Dunn, auch Ihnen einen späten guten Morgen.

Ist Ihnen langweilig zu Hause? Vermissen Sie die Arbeit? Oder was treibt Sie in Ihrer Freizeit aufs Revier?«

Dunn rang sich ein Lächeln ab. Er fand der Constable war ein sympathischer Zeitgenosse, wenn auch ein wenig sehr kommunikativ und neugierig. Wobei vor allem Letzteres für den Beruf kein Nachteil war.

»Ich war gerade in der Gegend«, erwiderte er und setzte sich nun seinerseits auf den Besucherstuhl, womit Ross gezwungen war ein Stück beiseite zu treten.

»Ja, dann … ich geh mal. Bis später«, sagte der Constable, tippte sich an einen imaginären Hut und schloss die Tür von außen.

Smith grinste nun seinerseits seinen Vorgesetzten an.

»Was treibt Sie wirklich her?«, fragte er.

»Ich war tatsächlich im Haus«, gab Dunn zu. Scheinbar hatte Smith keine Ahnung, dass Shannon angezeigt worden war. Er beschloss, seinen Mitarbeiter einzuweihen. Er erfuhr es sowieso. In wenigen Sätzen fasste er zusammen, was passiert war.

»Das tut mir leid, Chef. Echt«, sagte Smith. »Ich kann mir vorstellen, dass das sehr unangenehm für Sie ist.«

»Allerdings«, gab Dunn zu, der sich seltsam erleichtert fühlte, nachdem er sich dem Kollegen mitgeteilt hatte.

»Na ja«, fuhr er fort. »Das müssen wir jetzt irgendwie durchstehen. Gibt es bei Ihnen was Neues?«

»Gibt es«, bestätigte Smith. Er erzählte ihm, was Ross über Ellen Dwyer herausgefunden hatte.

»Dann hält sie sich wahrscheinlich tatsächlich irgendwo versteckt, zusammen mit ihrem Freund«, stimmte Dunn Smith zu.

»Ross versucht gerade, den jungen Mann ausfindig zu machen«, ergänzte der Constable.

»Außerdem habe ich etwas sehr Interessantes zu Casey herausgefunden. Abgesehen davon, dass er Affären zuhauf hatte und eine dieser Affären vor vielen Jahren Folgen hatte, soll er zu Gewalt geneigt haben.«

Dunn schnürte es die Luft ab. Er sah Georgias überschminkte blaue Flecken vor sich.

»Zu Gewalt?«, presste er hervor und versuchte, Mimik und Stimme unter Kontrolle zu halten.

»Ja. Das hat mir unter dem Siegel der Verschwiegenheit eine Ms. McKane erzählt. Sie ist Sekretärin an der Uni in Belfast. Casey soll während des Studiums mit einer Kommilitonin etwas gehabt haben. Die Frau heißt Brooke Donnaty. Oder hieß, vielleicht ist sie ja inzwischen auch verheiratet. Jedenfalls ging die Sache nicht lange, dann hat die Donnaty ihn angezeigt, weil er sie verprügelt haben soll. Casey hätte beinahe die Uni verlassen müssen, doch kurz bevor es soweit war, hat die Frau die Anzeige zurückgezogen und ihr Studium abgebrochen.«

»Das ist ja heftig. Ein angesehener Arzt, der …« Dunn brach ab. Eine Zentnerlast lag in seinem Magen. Wenn Casey derjenige war, der Georgia geschlagen hatte, gehörte sie zum Kreis der Verdächtigen.

»Man kann nie hinter die Fassade der Leute blicken, Chef. Das haben Sie mir schon oft gesagt«, sprach Smith weiter.

»Da haben Sie recht.«

»Ich muss herausfinden, wo Brooke Donnaty jetzt lebt, und ich will mit ihr reden. Außerdem habe ich vor, mit der einen oder anderen Geliebten des Arztes zu sprechen, ob sie ähnliche Erfahrungen gemacht haben. Allen voran …«, er tippte auf eine Liste, die vor ihm auf dem Schreibtisch lag, »möchte ich mit einer Georgia Hayes sprechen. Mit ihr hatte er in den letzten Wochen vor seinem Tod den meisten Kontakt, zumindest laut seinem Handy. Ich gehe davon aus, dass sie seine Geliebte war. Es gibt einige Nachrichten mit sehr vertrautem Inhalt.«

Georgia Hayes. Das war das Stichwort.

»Wobei mir eben noch was einfällt«, fuhr Smith fort, ehe Dunn sich dazu hatte durchringen können, seinem Mitarbeiter zu erzählen, was er wusste.

»Ich glaube zwar nicht, dass es wichtig ist, aber der Nachhilfelehrer, den Dwyer des Missbrauchs seiner Tochter bezichtigt hat, heißt auch Hayes. Eventuell ist diese Georgia seine Frau. Oder Schwester.«

Dunn meinte, der Stuhl unter ihm würde glühen.

Er riskierte ein Disziplinarverfahren, wenn herauskam, dass er von Georgias Verhältnis mit Casey gewusst hatte. Zwar glaubte er nicht, dass sie das Smith gegenüber erwähnen würde, doch ein Restrisiko bestand. Zudem hatte man sie zusammen gesehen und das gleich zweimal. Und Georgia besaß seine Visitenkarte. Im ungünstigsten Fall bekam Smith die zu sehen, auf welchem Weg auch immer. Vielleicht lag sie bei ihr ganz offen herum, im Flur oder neben dem Telefon, in der Küche an einer Pinnwand, oder wo auch immer. Wenn er persönlich bei ihr vorbeisah, konnte es sein, er zog die richtigen Schlüsse.

Dann sah es übel für ihn aus.

Erzählte er Smith jetzt davon, konnte er noch hoffen, dass sein Mitarbeiter ihm gegenüber loyal war.

Aber was war mit Georgia? Sie würde sicher wütend auf ihn sein.

»Chef? Worüber denken Sie nach?«, fragte Smith.

»Ich kenne Georgia Hayes«, sagte er, so schnell er konnte. Er durfte nicht länger überlegen.

»Ach«, machte Smith verblüfft. »Tatsächlich?«

»Ja.« Er lehnte sich im Stuhl zurück und hoffte, ruhig und sachlich zu wirken.

Er erzählte seinem Mitarbeiter von dem Abend in *Finbar's Pub* und wie er Ms. Hayes am anderen Tag das Geld persönlich zurückgebracht hatte.

»Am nächsten Morgen hat sie mich angerufen. Sie hatte von Caseys Tod in der Zeitung gelesen. Sie wollte mich treffen und mich bitten, sie aus den Ermittlungen herauszuhalten, wegen ihrem Mann.«

Er schämte sich in Grund und Boden vor Smith, und auch beim Gedanken an Georgia war ihm nicht wohl.

»Ich habe ihr gesagt, dass ich das nicht kann«, fuhr er eilig fort.

»Hm«, machte Smith und musterte die Unterlagen auf seinem Schreibtisch. Er verzog keine Miene und dennoch glaubte Dunn, etwas in seinem Gesicht zu lesen. Vorwurf, Enttäuschung, Ratlosigkeit? Er wusste es nicht. Frust. Doch, es war Frust. Und noch schlimmer, Smith ahnte bestimmt, weswegen er sich gescheut hatte, ihm von Georgia zu erzählen.

Smith sah ihn an.

»Wissen Sie noch mehr über die Frau?«, fragte er sachlich.

»Gegen Ihren Mann läuft eine Anzeige. Er soll die vermisste Ellen Dwyer missbraucht und geschwängert haben«, antwortete Dunn. Ihm war, als würde er verhört.

»Gut. Dann ist Georgia Hayes wohl tatsächlich die Ehefrau von Jeff Hayes. Dwyer war bei mir und hat mit Nachdruck darauf bestanden, dass ich eine Anzeige aufnehme. Nach den

Informationen, die Ross bisher gebracht hat, glaube ich nicht, dass es der Nachhilfelehrer war. Wie Sie vorhin selbst gesagt haben, das Kind ist sicher von ihrem Freund, mit dem sie sich jetzt versteckt hält.«

Dunn befürchtet, Smith würde nachfragen, woher er von der Anzeige wusste. Dann musste er vom zweiten Anruf Georgias erzählen, und alles zusammen erweckte zwangsläufig den Eindruck, dass ihn mit Ms. Hayes etwas verband.

Sein Mitarbeiter ersparte ihm diese Nachfrage.

»Ich rufe die Frau jetzt an. Ich will so schnell wie möglich mit ihr reden«, sagte er stattdessen.

»Viel Erfolg, Smith«, erwiderte Dunn und stand auf. Smith hob grüßend die linke Hand, während er mit der rechten nach dem Telefonhörer griff. Dunn verließ in aufrechter Haltung den Raum.

KAPITEL 22

GEORGIA HAYES DRÜCKTE HINTER DEM CONstable die Haustür ins Schloss. Ihr war schlecht und sie schwitzte, sogar ihre Hände waren nass.

Für einen Augenblick lehnte sie sich mit dem Rücken an die Tür.

Sie hatte ja geahnt, dass über kurz oder lang die Polizei bei ihr auftauchen würde. Es war dumm von ihr gewesen, auf den Schutz des behäbigen Inspectors zu hoffen, der sie an dem Abend bei Finbar immer wieder heimlich gemustert hatte. Doch in ihrer Not war sie bereit gewesen, nach dem Strohhalm zu greifen, den ihr das Schicksal vermeintlich angeboten hatte.

Nun hatte alles nichts geholfen und sie hatte diesem Constable eingestehen müssen, dass Aaron und sie ein Verhältnis gehabt hatten. Die Nachrichten, die sie per WhatsApp miteinander getauscht hatten, hatten zu viel Aussage gehabt, als dass sie es hätte leugnen können.

Zu der Anzeige gegen Jeff hatte dieser Smith sich nicht äußern wollen.

Georgia drückte die Handballen gegen die Schläfen. Sie musste unbedingt ihren Mann erreichen, ehe die Polizei mit ihm Kontakt aufnahm, und sie musste ihn vorbereiten. Er würde es ihr nie verzeihen, wenn sie das nicht machte.

Georgia stieß sich von der Tür ab und ging in die Küche, wo eine Hühnersuppe mit Curry und Reis vor sich hin köchelte.

Auf der Anrichte stand eine Flasche Rotwein, noch halb voll. Vielleicht sollte sie ein Glas trinken, um ihre Nerven zu beruhigen. Georgia rührte in der Suppe. Sie konnte jetzt keinen Wein trinken. Sie hatte um 14 Uhr einen Termin mit Patricia beim Kinderarzt, zur Kontrolluntersuchung.

Sie schaltete den Herd aus und verließ die Küche. Vorsichtig öffnete sie die Tür zum Kinderzimmer. Patricia schlief noch, mit rosigen Wangen und halb offenem Mund. Eine Welle der Zärtlichkeit wollte Georgia schier ersticken.

Es gab so vieles, was sie falsch gemacht hatte.

Ihre Neigung, sich an Männer zu klammern, die ihr scheinbar Schutz und Halt boten sowie finanzielle Versorgung, war ihr schon allzu oft zum Verhängnis geworden. Solange es sie allein betroffen hatte, hatte sie die negativen Seiten ihres Verhaltens akzeptiert. Doch jetzt gab es Patty, ihren Sonnenschein, ihr ganzes Glück. Für die Kleine musste sie stark sein.

Sie musste ihr Leben ändern.

***

Es war kurz nach 17 Uhr, als Constable Smith den *Wild Pub* in der St.-Anna-Street betrat. An der Theke saßen zwei Männer, mit drei Barhockern Abstand zwischen sich. Hinter der Theke polierte ein hagerer Mann mit Hakennase und schütterem roten Haar Gläser. Smith ging zu ihm, zeigte seinen Ausweis und stellte sich vor.

»Ah«, machte der Mann und musterte erst das Dokument, dann Smith.

»Und wer sind Sie?«, erkundigte sich der Constable und steckte den Ausweis wieder ein.

»William Stanton«, brummte der Rotschopf. »Weswegen sind Sie hier?«, fragte er und nahm sich das nächste Glas.

»Es geht um Doctor Aaron Casey«, antwortete der Constable. »Hatten Sie am Abend des zehnten Dezember Dienst?«

»Ich habe immer Dienst. Mir gehört der Pub«, erwiderte Stanton.

»Gut. Sie wissen sicher, was passiert ist.«

»Klar.« Er rieb weiter an seinem Glas herum. »Stand ja in der Zeitung. Casey war gelegentlich hier, auch an dem Abend, an dem es passiert ist.«

»Gab es etwas, was Ihnen aufgefallen ist? War Casey anders als sonst, war er in Begleitung oder haben Sie sich mit ihm unterhalten und …«

Stanton schüttelte den Kopf.

»Ich kann Ihnen weder sagen, ob er anders war als sonst, noch haben wir uns unterhalten. Der Laden war voll bis unters Dach, ich bin kaum hinterhergekommen mit Bedienen und Abrechnen. Ich habe aber mitbekommen, dass er sich mit einem Gast gestritten hat. Ich dachte kurz, die gehen sich an die Gurgel und ich muss beide rausschmeißen. Wäre mir sehr unangenehm gewesen, hier geht's eigentlich immer friedlich zu. Aber dann haben die sich beruhigt, Casey hat gezahlt, der andere hatte schon gezahlt und sie sind zur selben Zeit aus dem Lokal.«

»Kennen Sie den zweiten Mann?«, fragte Smith.

»Nein. Der war zum ersten Mal hier.«

»Worum ging es bei dem Streit?«

»Keine Ahnung.« Stanton betrachtete sein Glas, stellte es ins Regal und nahm das nächste.

»Können Sie ihn beschreiben?«

Stanton zuckte mit den Schultern.

»Ich sag doch, es war die Hölle los. In meiner Erinnerung

war der Typ völliger Durchschnitt. Mittelgroß, braune Haare. Mehr weiß ich wirklich nicht mehr.«

Smith rieb sich die Nase. Bei der Beschreibung brauchte er gar nicht zu fragen, ob Stanton bei der Erstellung eines Phantombildes helfen könnte.

»Und die beiden sind gemeinsam gegangen? Um wieviel Uhr?«

»Ob sie gemeinsam gegangen sind oder zufällig zur selben Zeit, weiß ich nicht. Ich habe dann auch nicht mehr besonders auf sie geachtet. Aus dem Pub raus sind sie, glaub ich, kurz vor halb zwölf.«

»Fällt Ihnen sonst noch irgendwas ein?«

»Ja. Wollen Sie was trinken?«, fragte Stanton ohne ihn anzusehen und bearbeitete sein Glas, als wollte er einen Wettbewerb im Polieren gewinnen.

»Nein, vielen Dank.« Smith legte seine Visitenkarte auf die Theke.

»Wenn der zweite Mann noch einmal hier Gast ist, sagen Sie mir bitte Bescheid.«

»Mach ich«, brummte Stanton.

Smith verabschiedete sich und verließ das Lokal. Es war dunkel, aber trocken und nicht mehr so kalt wie die letzten Tage. Er schlug trotzdem den Kragen seiner Jacke hoch. In gut einer Woche war Weihnachten und er sehnte sich nach Frühling. Nach milden Tagen, Sonne und Vogelgezwitscher, leichter Kleidung und lauen Nächten.

Eine Hand legte sich auf seine Schulter und er zuckte zu Tode erschrocken zusammen.

»Sorry Sir … ähm, Constable.«

Einer der beiden Pub-Besucher stand hinter ihm.

»Mann, haben Sie mich erschreckt«, sagte Smith verärgert. Sein Puls ging zu schnell.

»Wie gesagt, sorry. Ich habe mitbekommen, worum es ging, eben in der Kneipe.« Er zeigte mit dem Daumen hinter sich.

Smith musterte den Mann.

»Und Sie können mir was dazu sagen?«, fragte er.

»Ja. Ich saß nämlich auf der anderen Seite neben dem Doctor. Der Streit war aber völlig banal. Casey wurde von dem anderen angepöbelt, er würde sich an der Theke zu breitmachen. Arme aufgestützt und so. Sie wissen schon.«

Er hob die angewinkelten Ellbogen. »Der Mann hat behauptet, er hätte fast sein Bier umgestoßen. Das war alles. Casey war gereizt, hat aber die Arme eingezogen und danach war wieder Ruhe.«

»Aha. Okay. Danke, Mister …«

»Cold, Mikel Cold.« Er straffte die Schultern. Cold roch nach Kaffee, nicht nach Bier. Flüchtig fragte sich Smith, ob dieser Umstand seine Aussage glaubwürdiger machte.

»Wo kann ich Sie erreichen, wenn ich noch Fragen habe?«, erkundigte er sich routinemäßig.

»Am besten an meinem Arbeitsplatz. Mir gehört die Apotheke unter der Praxis von Casey«, gab Cold Auskunft. Smith nickte.

»Danke, Mister Cold.«

Er beschloss, dass die Aussage des Apothekers glaubwürdig war. Diese Spur verlief also im Nichts.

Smith fuhr zurück zum Revier.

Auf seinem Schreibtisch lag eine Nachricht von Alan Ross, der bereits Feierabend gemacht hatte. Ellie McKane hatte zweimal angerufen und ihn sprechen wollen. Die Zentrale hatte das Gespräch an Ross weitergeleitet, doch McKane hatte ausdrücklich nach Constable Smith verlangt.

Außerdem hatte er mit Hilfe des kriminaltechnischen Labors den Facebook-Account von Ellen Dwyer geknackt und hierbei festgestellt, dass sich das Mädchen seit dem elften Dezember zunächst in der Gegend von Oranmore eingeloggt hatte, danach in Clarinbridge und zuletzt in Kinvara. Ross wollte wissen, wie er weiter vorgehen sollte.

Smith wählte die Nummer von Ellie McKane.

Zehn Minuten später beendete er das Gespräch. Nun wusste er von vier jungen Frauen auf den Fotos die Namen. Brooke Donnaty, Virginia Whitman, Kate Healy und Elizabeth Moloney.

Nacheinander gab er sämtliche Namen unter Google ein.

Tatsächlich gab es eine Virginia Whitman in Galway. Sie besaß eine gynäkologische Praxis.

Brooke Donnaty fand er in Limerick. Möglicherweise lebte sie mit einer Frau zusammen, denn der Eintrag lautete auf Brooke und Selma Donnaty.

Kate Healy und Elizabeth Moloney fand er nicht. Vielleicht waren die beiden verheiratet und hatte inzwischen andere Nachnamen. Oder sie lebten gar nicht mehr in Irland, er hatte die Suche auf die Insel begrenzt.

Smith notierte sich die Adressen von Virginia und Brooke, schrieb Ross eine Nachricht, dass er ihn morgen früh gerne gesprochen hätte, und fuhr den Computer herunter.

Er war müde und hatte Hunger. Während er seine Jacke anzog, im Büro die Lichter löschte und durch die Flure des Reviers den Ausgang ansteuerte, dachte er an Dunn. Dass dieser ihm seine Bekanntschaft mit Georgia Hayes und sein

Wissen um ihre Verbindung zu Casey vorenthalten hatte, lag ihm im Magen. Es stand ihm seiner Meinung nach nicht zu, seinen Vorgesetzten deswegen zu maßregeln, und doch ging es knapp an Behinderung der Ermittlungen vorbei. Das wusste niemand besser als sein Chef selbst.

Nachdem er Georgia Hayes heute kennengelernt hatte, hatte sich der Verdacht, den er sofort bei Dunns Information gehegt hatte, bestätigt. Der Inspector mochte Interesse an ihr haben. Die junge Frau sah ausgesprochen hilflos und schutzbedürftig aus. Er hatte die Flecken in ihrem Gesicht gesehen, die mittlerweile ins Gelbliche wechselten. Auch ohne Make-up, mit nur notdürftig gekämmten Haaren und in fast schon schäbiger Kleidung sah man, wie attraktiv sie war. Sie war ein ähnlicher Typ wie die ehemalige Kollegin Phoebe Doyle, auf die Dunn sich Hoffnungen gemacht hatte. Auch wenn Dunn geglaubt hatte, niemand wüsste um diese heimliche Hoffnung, so war Smith doch nicht entgangen, wie sich der Ausdruck in seinem Gesicht verändert hatte, wenn die Kollegin ihm begegnet war.

Smith zog die Eingangstür des Reviers auf und trat nach draußen. Er hoffte inständig, dass Dunn ihm nicht noch mehr verschwieg und er irgendwann gezwungen war, mit Grant zu sprechen.

Smith verließ das Revier. Es war dunkel und es war kalt, aber trocken und windstill. Er schlug den Kragen seiner Jacke hoch und dachte, dass er einen Schal brauchte, vielleicht auch eine Mütze. Hinter der verspiegelten Tür in seinem Garderobenschrank lag sicherlich was.

Am nachtschwarzen Himmel glitzerten die Sterne. Smith klemmte die Hände unter die Achseln.

Er konnte ins *Grace Old Inn* gehen und etwas essen. Das war allemal entspannter, als zu Hause aus seinen Vorräten etwas zusammen zu kramen und zuzubereiten. Der Weg zum Grace Old Inn war auch nicht weit, mit dem Auto würde er in einigen Minuten dort sein. Er nickte zufrieden.

Zehn Minuten später betrat er das Lokal.

Zu seiner Enttäuschung waren sämtliche Tische besetzt. Ihm war nicht nach Gesellschaft, er wollte allein vor sich hinbrüten und dabei etwas essen. Vielleicht eine große Portion gebratenen Truthahn mit Kartoffeln und Gemüse, dazu ein herrlich frisches Guinness. Ihm lief das Wasser im Mund zusammen.

An der Bar gab es noch ein paar freie Plätze. Smith setzte sich mittig an den Tresen. Links und rechts von ihm waren noch einige Hocker frei. Er gab seine Bestellung auf.

Sein Essen und das Bier kamen schneller, als er erwartet hatte. Es schmeckte köstlich und er hatte etwa die Hälfte vertilgt, als jemand an seine Seite trat und an dem freistehenden Stuhl neben ihm rückte.

»Ist da noch frei?«, fragte eine attraktive Frau von etwa dreißig Jahren und lächelte ihn an. Smith hatte den Mund voll und wusste um das Fett des Truthahns an seinen Lippen. Er nickte nur. Dass sie sich direkt neben ihn setzte, obwohl am Tresen inzwischen sogar noch ein paar weitere Plätze frei geworden waren, ärgerte ihn. Er fühlte sich von der unnötigen Nähe bedrängt.

»Schmeckt es?«, fragte die Frau. Er roch den Hauch eines süßen Parfüms. Wieder nickte er und dachte, dass sie ihn bestimmt für sehr ungehobelt hielt, weil er so wortkarg war.

»Guten Appetit«, fuhr sie fort.

»Danke«, nuschelte er und tupfte sich mit der Papierserviette den Mund ab.

»Ich heiße Robyn und du?«

Es ärgerte ihn, dass sie ihn duzte, und wie sie hieß, interessierte ihn auch nicht. Er wollte einfach nur seine Ruhe und keine Gesellschaft.

»Thomas«, antwortete er dennoch und konzentrierte sich auf seine Mahlzeit. Vielleicht gab sie Frieden, wenn er Distanz zeigte.

Robyn bestellte ein Glas Rotwein.

»Bist du öfter hier?«, fuhr sie fort. Er warf ihr einen flüchtigen Blick zu und sah sofort wieder auf seinen Teller. Dass er kein Interesse an Konversation hatte, schien sie nicht zu bemerken.

»Nein«, erwiderte er. Er trank sein Bier aus und bestellte ein zweites. Sollte ihm der Alkohol zu Kopf steigen, konnte er auch mit dem Taxi nach Hause fahren.

»Das habe ich mir schon gedacht. Ich bin oft hier und habe dich noch nie gesehen«, plapperte sie weiter.

Smith schob seinen mittlerweile leeren Teller zur Seite, wischte sich noch einmal den Mund ab und betrachtete seine Gesprächspartnerin. Sie neigte zur Fülle, was so gar nicht seinem Geschmack entsprach, hatte aber ein hübsches Gesicht, um das sich dunkle Locken kringelten.

Sie hob ihr Weinglas, um mit ihm anzustoßen, lächelte dabei strahlend und versuchte, ihm in die Augen zu sehen. Zögerlich griff er nach seinem Bier.

»Cheers«, sagte sie, nachdem die Gläser sich mit einem leisen *Pling* berührt hatten, und lächelte weiter.

Sie trank und setzte ihr Glas wieder ab.

»Ich habe in der Dunnhill Road einen kleinen Laden für irische Spezialitäten. Es gibt Tee, Whiskey, Backmischungen für Scones, Orangenmarmelade und vieles mehr. Komm doch mal vorbei, ich würde mich freuen.«

Smith fragte sich, wie sie auf die Idee kam, dass er Interesse an ihrem Laden hatte.

»Was willst du eigentlich von mir?«, entfuhr es ihm. Wieder lächelte sie und sie legte leicht die Hand auf seinen Arm. Er entzog ihn ihr.

»Du gefällst mir«, sagte sie dennoch. Das Lächeln hielt sich in ihrem Gesicht, auch wenn er den Eindruck hatte, es sei ein wenig in sich zusammengefallen.

»Aha«, erwiderte er.

»Möchtest du mich nicht zu etwas einladen?«, fragte sie.

Smith hatte genug.

»Pass auf, Robyn. Ich bin hier, weil ich einfach nur essen und meine Ruhe haben wollte, nach einem langen anstrengenden Arbeitstag. Mehr nicht. Ich bin nicht auf Bekanntschaften aus.«

Sie lachte leise.

»Das dachte ich mir schon. Solche Männer gefallen mir am besten. Gut, geh nach Hause, wenn du meinst. Trotzdem würde ich dich gern wiedersehen.«

Er zog die Stirn in Falten. Davon, dass er bereits gehen wollte, hatte er kein Wort gesagt. Der Wirt brachte eben sein zweites Bier.

Er beschloss, der Nervensäge nicht mehr zu antworten.

Am Ende des Lokals war ein kleiner Tisch freigeworden. Vielleicht sollte er sich einfach dort hinsetzen. Er griff nach seinem Glas, rutschte von dem Hocker und machte dem Wirt ein Zeichen, dass er sich woanders hinsetzen wollte. Der nickte nur.

»He«, machte Robyn und griff nach seinem Arm. Ruckartig entwand er sich ihrer Berührung.

»Lass das«, fuhr er sie an, jetzt richtig wütend. Sie schnappte geräuschvoll nach Luft, sodass erste Gäste aufmerksam wurden. Smith spürte zornige Hitze im ganzen Körper. Er zerrte seine Jacke von dem Haken unter dem Tresen und machte sich, sehr gerade aufgerichtet, auf den Weg zu dem freien Platz.

Robyn blieb starr am Tresen sitzen. Aus den Augenwinkeln sah er ihre versteinerte Miene und die aufeinander gepressten Lippen. Er rechnete damit, dass sie ihm nachkommen würde, doch nichts geschah. Sein Bier schmeckte ihm nicht mehr und er wollte nur noch raus aus dem Lokal. Er nahm zwanzig Euro aus seinem Portemonnaie und winkte damit dem Wirt.

Mit einem unfeinen Zug trank Smith sein Bier aus, zahlte und verließ den Pub, ohne seine Jacke anzuziehen. Das konnte er vor der Tür erledigen. Er war wütend.

»He!«, hörte er hinter sich eine weibliche Stimme und wusste sofort, die Frau war ihm nachgekommen. Wieder packte sie ihn am Arm. Er versuchte, sich ihr zu entwinden, doch diesmal hielt sie ihn eisern fest. Ihre Fingernägel krallten sich durch den Pullover in seine Haut.

»Das kannst du mit mir nicht machen!«, fuhr sie ihn an. Smith überlegte, sie in einen Polizeigriff zu nehmen. Noch beherrschte er sich.

»Lass mich los«, zürnte er. »Was fällt dir ein? Du bist nicht mein Typ, klar?«

»Du Mistkerl. Ihr Männer seid doch alle Schweine. Was hab ich dir getan?« Nun trommelte sie mit Fäusten auf seine Brust ein. Smith packte einen ihrer Arme und drehte ihn der Frau auf den Rücken. Dabei fiel seine Jacke zu Boden.

»Au! Du tust mir weh.« Ihre Stimme hatte einen hysterischen Klang und sie versuchte, sich seinem Griff zu entwinden.

»Pass auf, Schätzchen. Du lässt mich jetzt augenblicklich in Ruhe, sonst nehme ich dich fest wegen Belästigung. Alles klar?«

Ihr Widerstand erlahmte.

»Was?«, fragte sie. »Du nimmst mich fest? Bist du von der Polizei?«

»Richtig. Ich lass dich jetzt los und du verziehst dich. Verstanden?«

Sie gab keine Antwort. Dennoch riskierte er es, seinen Griff zu lockern. Tatsächlich verzichtete sie auf eine weitere körperliche Attacke gegen ihn.

»Geh!«, verlangte er.

Robyn rieb sich die Arme und sah ihn mit einem waidwunden Blick an. Sie bückte sich, hob seine Jacke auf und schüttelte sie, als wollte sie eventuell anhaftenden Schmutz entfernen. Dabei fielen seine Visitenkarten zu Boden, von denen er meist ein paar bei sich trug. Ehe er reagieren konnte, schnappte sie nach den Karten, ließ seine Jacke erneut fallen und rannte davon.

Verdammt!

Für einen Augenblick überlegte er ihr nachzulaufen, doch sie war bereits im Dunkeln verschwunden.

Am liebsten hätte er mit dem Fuß aufgestampft. Nun wusste sie seinen kompletten Namen, seinen Dienstgrad und seine Handynummer. Lediglich seine Privatadresse stand nicht auf den Visitenkarten. Doch wenn sie hartnäckig und raffiniert vorging, würde sie die bestimmt herausfinden. Er atmete tief die kalte Nachtluft ein und versuchte, sich zu beruhigen. Es gelang ihm nicht.

Frustriert ging er zu seinem Auto und hoffte, auf der relativ kurzen Heimfahrt nicht auch noch in eine Alkoholkontrolle zu geraten.

KAPITEL 23

SMITH WAR AM NÄCHSTEN MORGEN NACH LImerick gefahren und saß nun Brooke Donnaty in einer kleinen Küche gegenüber.

Er hatte schlecht geschlafen und kämpfte noch immer mit seinem Groll wegen der Belästigung im *Grace Old Inn* und dem Verlust seiner Visitenkarten.

Gleich nachdem er um acht Uhr das Präsidium betreten hatte, hatte er bei Brooke Donnaty angerufen.

Diese hatte sehr zurückhaltend reagiert, als er ihr mitgeteilt hatte, worum es ging. Schließlich hatte sie sich doch bereit erklärt, mit ihm zu reden, gerade noch rechtzeitig, ehe Smith seinem Anliegen mit dem Hinweis auf eine Vorladung Nachdruck verleihen wollte.

Die anderthalb Stunden Fahrt von Galway hierher hatte er trotz der schlechten Nacht gut hinter sich gebracht. Der Tag war kühl und trocken und eine milchige Morgensonne schien vom Himmel. Auf der M18, über die er gefahren war, war nicht viel Verkehr gewesen.

Smith, der selten bei Befragungen die Einladung zu einem Getränk annahm, sehnte sich nach einer Tasse Tee, doch Ms. Donnaty bot ihm nichts an.

Stattdessen sah sie ihn mit undurchdringlicher Miene an, die Hände unter der Tischplatte, die Schultern leicht nach vorne gesunken.

»Ms. Donnaty, es geht um die Anzeige, die Sie seinerzeit gegen Doctor Casey erstattet haben. Sie können sich sicher erinnern«, begann er.

»Natürlich. So etwas vergisst man nicht.« Sie sah auf das Weihnachtsgesteck, das auf dem Tisch stand. Ein kleiner Kranz aus Tannenzweigen, geschmückt mit winzigen roten Kugeln und in der Mitte eine dicke metallisch-rot glänzende Kerze in Kugelform. Der Docht war noch nicht angezündet worden.

»Sie haben damals die Anzeige zurückgezogen und bald darauf die Uni verlassen. Warum? Was genau war passiert?«, fragte er.

Brooke Donnaty hob den Kopf. Nach wie vor war glich ihr Gesicht einer Maske.

»Bin ich jetzt verdächtig? Ich habe Aaron seit über zwanzig Jahren nicht mehr gesehen«, antwortete sie.

»Es handelt sich um reine Routine. Wir haben die Vergangenheit von Doctor Casey durchleuchtet und sind dabei unter anderem auf Sie gestoßen«, erwiderte er.

»Also gut.« Sie seufzte leise, zog die Hände unter dem Tisch hervor und betrachtete ihre Fingernägel, die sorgfältig gefeilt waren.

»Aaron und ich waren ein paar Wochen zusammen, da ist ihm zum ersten Mal die Hand ausgerutscht. Wir hatten uns gestritten, ich weiß gar nicht mehr, worum es ging. Plötzlich hat er zugeschlagen. Ich war total geschockt. Später hat er sich entschuldigt und versprochen, dass das nicht wieder vorkommt. Ich habe ihm geglaubt, weil ich ihm glauben wollte. Aber es ist immer wieder passiert.«

»Hat das jemand mitbekommen? Freunde zum Beispiel?«, fragte Smith und musterte die schlanke Frau mit den dunklen Haaren, auf deren ungeschminktem Gesicht ein erschöpfter Ausdruck lag.

Sie schüttelte den Kopf.

»Nein. Ich habe mich so geschämt. Ich konnte es niemanden erzählen.«

»Und dann? Wie kam es zu der Anzeige?«, erkundigte er sich.

»Irgendwann dachte Aaron, ich hätte mit einem Mitstudenten geflirtet. Da ist ihm der Kragen geplatzt und er hat richtig zugeschlagen. Nicht nur eine Ohrfeige. Lieber Himmel.« Sie presste die Handflächen gegen die Wangen, als packte sie noch bei der Erinnerung das Entsetzen.

»Er ist komplett ausgerastet. Ich war fix und fertig. Ausgerechnet an dem Tag hat mein Vater angerufen und wollte wissen, wie es mir ging. Ich habe ihm erzählt, was passiert ist. Er hat mich überzeugt, dass ich Aaron anzeigen muss. Ich habe aber noch über eine Woche gebraucht, bis ich dazu fähig war.«

»Waren Sie beim Arzt? Wurden Ihre Verletzungen dokumentiert?«

»Nein.« Sie schüttelte den Kopf. »Daddy sagte gleich, dass ich das machen muss. Aber ich konnte nicht.«

Sie senkte den Blick.

»Warum haben Sie die Anzeige wieder zurückgezogen?«, fragte Smith.

Brooke Donnaty stützte die Ellbogen auf den Tisch, als wollte sie sich in die Höhe stemmen, und gab keine Antwort.

»Ms. Donnaty?«, forschte der Constable.

Sie sah ihn an, auf ihrem Gesicht erkannte er nun Gram und Verzweiflung.

»Das war ein Fehler, ich weiß. Aber ich war nicht stark genug. Aarons Vater hat mir Geld angeboten, damit ich …« Sie presste die Lippen aufeinander.

»Wieviel Geld?«, wollte Smith wissen.

»Viel. 50.000 Pfund.«

»Donnerwetter«, entfuhr es ihm.

Brooke Donnaty atmete schwer.

»Ich habe mein Studium abgebrochen. Ich konnte einfach nicht mehr jeden Tag zur Uni gehen, als wäre nichts gewesen, und immer wieder Aaron begegnen.«

Sie sah ihn an, mit einem verzweifelten Ausdruck im Gesicht.

»Auch das war ein Fehler. Ich hätte es durchziehen sollen. Stattdessen bin ich eine Zeit lang mit dem Geld auf Reisen gegangen, immer in der Hoffnung, alles hinter mir zu lassen, was natürlich nicht geklappt hat. Dann bin ich nach England, nach Liverpool, und habe an der Klinik dort eine Ausbildung zur Krankenschwester gemacht. Der Mann hat mein Leben zerstört.«

Sie presste die Lippen aufeinander.

»Wo waren Sie in der Nacht vom zehnten auf den elften Dezember zwischen elf Uhr und Mitternacht?«, fragte Smith, dem vor allem der letzte Satz für die Erkundigung nach einem Alibi genügte.

»Hier natürlich. Wo sonst. Ich bin immer hier. Ich muss schließlich Selma pflegen.« Nun erschien ein bitterer Zug um ihren Mund.

»Wer ist Selma?« Die Frage hatte er schon die ganze Zeit stellen wollen.

»Meine Schwester. Sie ist seit einem Unfall vor drei Jahren schwer gehbehindert und braucht Pflege. Vor ein paar Jahren kam dann noch eine Nierenerkrankung dazu. Im Augenblick ist sie bei der Dialyse. Ich muss sie in einer Stunde abholen.«

»Ihre Schwester kann das bezeugen?«, fragte er.

»Nicht wirklich. Sie hat oft Schmerzen, die sie nicht schlafen lassen. Dann nimmt sie ein Medikament, um zur Ruhe zu kommen. Seit ein paar Wochen braucht sie die Tabletten ständig.«

»Leben Ihre Eltern noch?« Er hätte diese zu dem Vorfall seinerzeit befragen können.

»Nein«, erwiderte Brooke Donnaty.

Er beschloss, die Donnaty trotz der langen Zeit, die seit dem Vorfall vergangen war, in den engeren Kreis der Verdächtigen zu nehmen.

***

Um 15 Uhr betrat Smith die gynäkologische Praxis von Doctor Virginia Whitman. Nach telefonischer Rücksprache am Morgen hatte er den Termin bekommen, weil eine Patientin abgesagt hatte.

Er musste an zwei Schwangeren vorbei, die an der Garderobe links im Flur ihre Jacken aufhängten, und am gut gefüllten Wartezimmer, zu dem die Tür offenstand, um zum Empfang zu kommen. Er fühlte sich völlig fehl am Platz und klammerte sich in Gedanken an seinem Ausweis fest. Er war Constable vom Revier in Galway und ermittelte in einer Mordsache. Damit durfte er eine Frauenarztpraxis betreten, wenn es für die Recherchen erforderlich war.

Überrascht sah er, dass aus einem der Sprechzimmer ein junger Mann trat, dicht gefolgt von einer ebenso jungen Frau. Offensichtlich handelte es sich bei der Praxis doch nicht um ein Terrain, zu dem nur die Weiblichkeit Zutritt hatte.

Er trat an den Empfang, stellte sich vor und zeigte seinen Ausweis.

Eine füllige Blondine mit orangefarbenem Lippenstift und akkuratem Kurzhaarschnitt begleitete ihn bis zum Büro von Doctor Whitman. Ihre gestärkte weiße Hose raschelte bei jedem Schritt und unter ihrem quergestreiften hellen T-Shirt zeichneten sich etliche Fettröllchen ab.

Doctor Virginia Whitman saß hinter einem zweckmäßigen schlichten Schreibtisch. Zur Begrüßung erhob sie sich und reichte Smith eine warme kräftige Hand, mit der sie entschlossen die seine drückte.

»Constable, bitte nehmen Sie Platz«, wies sie ihn an.

Er kam der Aufforderung nach.

»Wie kann ich Ihnen helfen? Sie sagten bei Ihrem Anruf, es ginge um Aarons Tod. Fürchterliche Sache. Wenn Sie von mir wissen wollen, wer es gewesen sein könnte, ich habe keine Ahnung. Casey und ich hatten schon lange keinen Kontakt mehr, es sei denn, wir haben uns beruflich gesehen. Das kam gelegentlich vor. Auf dem Ärztekongress in Dublin letztes Jahr zum Beispiel.«

Smith fand, sie redete wie ein Wasserfall und beantwortete etliche seiner Fragen, noch ehe er sie gestellt hatte.

Virginia Whitman nahm einen Schluck Wasser aus einem halbvollen Glas, das neben dem Telefon stand. Er nutzte den Moment, auch etwas zu sagen.

»Doctor Whitman, Doctor Casey wurde während seines Studiums an der University of Belfast von einer Kommilitonin angezeigt, weil er sie verprügelt haben soll. Ist Ihnen der Vorfall bekannt?«

Die Ärztin stellte das Glas wieder ab.

»Natürlich«, antwortete sie.

»Können Sie mir irgendetwas zu dem Vorfall erzählen?«

»Ich kann Ihnen mit Sicherheit sagen, dass an der Sache absolut nichts dran ist. Aaron war ein charmanter, friedfertiger Mensch. Seine Schwäche waren die Frauen. Kaum hatte er eine erobert, drängte es ihn zur nächsten.«

»Was wollen Sie damit sagen?«, fragte Smith.

»Ganz einfach. Ich nehme an, Sie sprechen von Brooke. Sie hatte sich damals in ihn verguckt, wie so viele Studentinnen. Es waren übrigens auch einige weibliche Lehrkräfte Aarons Charme erlegen, das nur nebenbei. Jedenfalls hatten er und Brooke eine kurze Affäre, dann hatte er von ihr genug, wie das bei ihm üblich war. Brooke wollte das nicht hinnehmen. Sie ist ihm nachgelaufen und hat ihn bedrängt.« Doctor Whitman beugte sich vor.

»Ich bin sicher, die vermeintlichen Prügel, derentwegen sie ihn angezeigt hat, hat es nie gegeben. Das war ein billiger Racheakt. Keiner hat etwas davon mitbekommen. Brooke hatte auch keine sichtbaren Verletzungen oder blaue Flecke. Nichts! Aaron war völlig verzweifelt wegen der Anzeige. Er war mit besten Noten an die Uni gekommen und hat auch im Studium überdurchschnittliche Leistungen gebracht. Die Anzeige war eine Katastrophe. Befragen sie ein paar seiner Ex-Freundinnen. Ich kann Ihnen einige Namen geben. Er hat nie und nimmer zu Gewalt geneigt.«

Virginia Whitman sprach empört, ihre Wangen hatten sich gerötet.

Smith dachte an sein Gespräch mit Brooke Donnaty heute Vormittag. Ihre Aussage war überzeugend gewesen, dennoch hatte ihn etwas gestört, was er nicht greifen konnte.

»Worüber denken Sie nach, Constable?«, fragte die Ärztin.

Ein leichtes Lächeln zog Smith' Mundwinkel auseinander.

»An die bisherigen Ermittlungsergebnisse«, antwortete er.

»Sie glauben mir nicht?«, wollte sie wissen.

»Ich ermittle und sammle Informationen«, erwiderte er.

»Haben Sie schon einen Verdacht, wer es gewesen sein könnte?«, erkundigte sich die Ärztin.

»Das darf ich Ihnen nicht sagen«, gab Smith zur Antwort.

Virginia Whitman nickte.

»Ich suche Ihnen ein paar Namen heraus, von Aarons Gespielinnen. Wir hatten erst vor ein paar Monaten ein Treffen ehemaliger Kommilitonen und haben Adressen ausgetauscht. Aaron war übrigens nicht dabei. Ich gebe Ihnen meine private Nummer. Rufen Sie mich heute Abend an, sagen wir, gegen 21 Uhr.«

Sie schob ihm eine Visitenkarte über den Tisch, auf deren Rückseite sie eine Festnetz-Telefonnummer geschrieben hatte.

»Und jetzt muss ich Sie bitten zu gehen. Wir haben schon überzogen, meine Patienten warten«, sagte sie, stand auf und reichte ihm die Hand. Diesmal drückte sie nicht ganz so fest zu wie zur Begrüßung.

***

Als Smith um 17 Uhr sein Büro auf dem Revier wieder betrat, wartete Ross auf ihn. Er saß auf dem Besucherstuhl, den linken Fuß auf das rechte Knie gelegt, und schien keinerlei schlechtes Gewissen zu haben, dass er hier wartete.

»Alan«, begrüßte Smith ihn widerstrebend mit dem Vornamen. »Sie warten auf mich?«

»Klar. Warum sollte ich sonst hier sitzen. Aber keine Sorge, bis vor ein paar Minuten war ich in Sachen der kleinen Ellen unterwegs. Nicht, dass Sie denken, ich mach es mir bequem.«

»Okay. Haben Sie was herausgefunden?«, fragte Smith, hängte seine Jacke auf und setzte sich an seinen Schreibtisch.

»Nichts! Das ist es ja.« Ross schien schlechter Laune. So kannte Smith ihn nicht.

»Den ganzen Tag war ich mit dem Foto, das Sie mir geschickt hatten, in diesem Nest unterwegs.«

»Sie meinen Kinvara«, verbesserte er ihn.

»Na klar. Ich habe das Bild überall rumgezeigt. Ich war in Gästehäusern und Gaststätten, bei den Vermietern von Ferienwohnungen, hab in Lebensmittelgeschäften nachgefragt und sogar Passanten angehalten. Nichts! Auch bei dem einzigen Arzt im Ort war sie nicht. Keiner will Ellen Dwyer gesehen haben. Ich bitte Sie! Da stimmt doch was nicht. Eine 15-Jährige, die schwanger ist, übersieht man doch nicht.«

»Entweder sie ist schon längst woanders, oder sie hält sich irgendwo in dem Kaff … äh … in Kinvara versteckt und sämtliche Besorgungen übernimmt ihr Freund«, antwortete Smith.

Es war ein Fehler gewesen, den Kollegen nur nach Ellen suchen zu lassen. Er hätte sich um ein Foto ihres Freundes kümmern müssen, damit Ross auch das herumzeigen konnte. Er war nicht genug auf Zack. Smith wurde ärgerlich auf sich selbst.

»Besorgen Sie sich ein Foto von ihrem Freund, diesem Jason Moran. Sehen Sie zu, dass Sie noch jemanden von der Presse erreichen. Ich will, dass so rasch es geht, am besten gleich morgen, eine Suchmeldung nach Jason und Ellen in der Zeitung ist. Es muss doch möglich sein, die beiden zu finden.«

»Jawoll«, murrte Ross und stand auf. »Kann ich danach Feierabend machen oder brauchen Sie mich noch?«, fragte er.

»Alles gut, Alan. Machen Sie Feierabend.«

Er würde noch einen Bericht für Grant schreiben. Außerdem lag ihm im Magen, dass er Dunn zugesichert hatte, ihn auf dem Laufenden zu halten. Nach der Sache mit Georgia Hayes sperrte sich etwas in ihm dagegen.

»Morgen ist Samstag, Tom«, ergänzte Ross, der noch immer neben dem Besucherstuhl stand.

»Ja, ich weiß. Schönes Wochenende, Alan. Falls ich Sie brauche, melde ich mich.«

»Geht klar. Dann vielleicht bis Montag, Tom.«

Constable Alan Ross verließ den Raum. Smith fuhr seinen Computer hoch und machte sich an die Schreibarbeit.

Gegen 19 Uhr machte er Feierabend. Er würde noch ein paar Kleinigkeiten zu essen einkaufen. Heute stand ihm ganz sicher nicht der Sinn danach, ein Lokal aufzusuchen.

Um 20 Uhr war er zu Hause. Er hatte Nudeln gekauft, zwei Gläser Fertigsoße, Toast, Eier, Kartoffelchips und Schokoladenkekse, sowie ein paar Dosen mit Fertiggerichten. Für heute Abend wollte er eine Dose Ravioli aufwärmen. Das ging schnell.

Er balancierte eben, mit Hilfe von zwei Topflappen, den zu heiß gewordenen Teller mit seiner Mahlzeit von der Mikrowelle zum Küchentisch, als sein Handy den Eingang einer WhatsApp-Nachricht verkündete.

Smith stellte den Teller ab und rief die Nachricht auf.

»Hey Tommy. War schön dich kennengelernt zu haben. Hast du heute Abend schon was vor? Gruß, Robyn.«

Ungläubig betrachtete er das Display und las die Nachricht

noch einmal. Sie hatte ihn tatsächlich angeschrieben. Er war in Versuchung, die Mitteilung umgehend zu löschen, dann überlegte er es sich anders. Er würde einfach nicht antworten. Sollte sie ihn weiter belästigen, hatte er über ihre Handynummer zumindest eine Möglichkeit, sie ausfindig zu machen. Wobei sich natürlich auch eine gelöschte Nachricht im Fall des Falles wieder abrufen ließ, notfalls konnte ihm dabei die Kriminaltechnik helfen.

Die Ravioli waren zu heiß, zu weich und zu wenig gewürzt. Außerdem gab es mehr Soße als Nudeltaschen. Das Essen gestern war wesentlich besser gewesen.

Nur mäßig gesättigt und schon gleich nicht zufrieden, stellte er wenige Minuten darauf den leeren Teller in die Spülmaschine. Er schwankte hin und her, ob er jetzt lieber Kartoffelchips oder die Schokokekse zum Nachttisch wollte, als sein Handy erneut den Eingang einer weiteren Nachricht meldete.

»Du hast meine Frage gelesen und antwortest nicht. Das ist sehr unhöflich. Was hab ich dir getan? Gruß, Robyn.«

Behutsam legte Smith das Telefon auf den Küchentisch, legte den Finger auf das inzwischen wieder dunkle Display und drehte den Apparat im Kreis.

Die Frau war nicht normal. Er hatte eine Verrückte im Nacken sitzen. Ganz wohl war ihm nicht. Dass er bei der Polizei arbeitete, schien sie nicht aufzuhalten.

Nachdenklich setzte er sich wieder auf seinen Küchenstuhl und massierte sich mit den Fingerspitzen die Schläfen. Er bekam eine schwache Ahnung davon, wie sich jemand fühlen musste, der gestalkt wurde, wobei ihm Doctor Aaron Casey einfiel. Gestalkt worden war er nach den bisherigen Ermittlungen nicht. Aber er hatte eine Droh-Mail erhalten und wahrscheinlich nicht nur eine. Er sah den Arzt wieder auf dem Gehweg liegen, in eisiger Nacht und mit dem Schraubenzieher im Rücken. Smith‹ Mund wurde trocken und ihn fröstelte plötzlich. Nur keine Panik, versuchte er sich zu beruhigen. Das war völlig übertrieben. Diese Robyn konnte ihm gar nichts.

KAPITEL 24

HENRY DWYER ERWACHTE VON EINEM GEräusch, das er zunächst nicht zuordnen konnte. Sein Kopf schmerzte noch immer und er hatte Angst, die Augen zu öffnen. Jedes bisschen Licht war eine Qual.

Er hatte am Abend zuvor einen heftigen Migräne-Anfall erlitten, den er mit zwei Tabletten bekämpft hatte, doch offenbar war das Elend noch nicht vorbei. Dennoch tastete er nach der Nachttischlampe. Ehe er den Schalter gefunden hatte, schellte es an der Wohnungstür. In dem Moment wurde ihm klar, dass es schon einmal geläutet hatte, wovon er auch geweckt worden war. Sein Herz fing an zu rasen und ihm wurde übel. Das war sicher die Polizei.

Er schwang die Beine über die Bettkante, wartete ab, bis das Wummern und Dröhnen in seinem Kopf nachließ, und tastete sich zur Tür, unter deren Spalt das Tageslicht im Flur durchschimmerte.

Er verließ sein Schlafzimmer. Wie ein Faustschlag traf ihn die Helligkeit im Flur, die durch das kleine Fenster drang, und ihm wurde schlecht. Er zwang sich, die Wohnungstür zu öffnen.

Im gleichen Moment wurde ihm klar, wie er aussehen musste. Die Haare wirr, das Gesicht sicherlich verquollen, unrasiert sowieso und sein karierter Baumwoll-Schlafanzug hatte die besten Jahre auch schon lange hinter sich.

Zu spät. Er stand seiner Nachbarin, Ms. Burnett, gegenüber.

»Du liebe Zeit, ich habe Sie geweckt«, plapperte Ms. Burnett erschrocken los, noch ehe sie einander begrüßt hatten.

»Das tut mir leid. Ich sehe schon, es geht Ihnen nicht gut. Gibt es denn was Neues von Ellen?«

Dwyer wollte den Kopf schütteln, doch der fühlte sich an wie mit Eisen gefüllt.

»Nein, Ms. Burnett. Wie kann ich Ihnen helfen?«

Die Übelkeit wurde stärker. Im schlimmsten Fall musste er sich übergeben.

»Es wird bestimmt alles gut. Ich bin ganz sicher. Glaube versetzt Berge. Also glauben Sie. Ich …«

»Entschuldigen Sie, aber …« Ihre Phrasen brachten ihn eher zum Wahnsinn, als dass sie ihm halfen.

»Deswegen sind Sie doch sicherlich nicht hier«, fuhr er fort.

»Nein. Aber wo ich schon einmal da bin, dachte ich, vielleicht kann ich Ihnen irgendwie helfen.«

»Ich komme zurecht.« Er hatte den Drang ihr die Tür vor der Nase zuzuschlagen.

»Ja, das sehe ich«, erwiderte Ms. Burnett und musterte ihn von Kopf bis Fuß. »Weswegen ich aber tatsächlich geläutet habe: Mein Katerchen sitzt auf Ihrem Balkon und traut sich offensichtlich nicht mehr herunter. Ich würde ihn gerne holen.«

»Klar«, murmelte er und ließ sie in die Wohnung.

Keine Minute später verabschiedete sich die Nachbarin mit ihrem gut genährten honigfarbenen Kater unter dem Arm. Das Tier erinnerte ihn immer an den Comic-Kater Garfield; dick, faul, gefräßig und meistens schlechter Laune.

Dwyer drückte die Tür hinter Ms. Burnett ins Schloss, schlurfte in die Küche und holte sich ein Glas Wasser. Mit diesem ging er zurück ins Schlafzimmer.

Er zog die Jalousie ein kleines Stück nach oben, sodass nur

wenig Licht hereinkam, und legte sich wieder ins Bett. Er musste unbedingt noch zwei Tabletten nehmen.

Dwyer tastete nach seinem Handy, das auf dem Nachttisch lag, um auf die Uhr zu sehen. Ehe er die Zeit erfasst hatte, sah er, dass er einen unbeantworteten Anruf hatte. Sein Herzschlag drohte auszusetzen, als er die Nummer erkannte.

Ellen hatte angerufen.

***

Smith saß in seiner Dreizimmerwohnung im zweiten Stock des Dreifamilienhauses in der Cockburn-Street.

Seine Gedanken waren bei Robyn und ihren beiden Nachrichten. Immerhin hatte sie nach der zweiten Nachricht nichts mehr geschrieben. Vielleicht ließ sie ihn in Ruhe, wenn er einfach nicht reagierte.

Er bemühte sich, sich auf seinen Fall zu konzentrieren. Vor ihm auf dem Couchtisch lagen einige Zettel mit Notizen. Am gestrigen Abend hatte er, wie vereinbart, bei Virginia Whitman angerufen. Sie hatte ihm noch drei Namen durchgegeben.

Nachdem er sich anlässlich des Samstags erlaubt hatte, etwas länger zu schlafen und in Ruhe zu frühstücken, hatte er im Anschluss daran versucht, die drei Damen zu erreichen.

Sowohl Liv Cameron als auch Judith Kerr hatten sich sehr gut an Casey erinnert. Beide hatten ausgesagt, dass er immer sanftmütig und freundlich gewesen wäre und sehr charmant. Gewalt hatte angeblich keine der beiden von ihm erfahren.

Die dritte Frau, die ihm die Ärztin genannt hatte, hatte schon vor Jahren Suizid begangen. Das hatte Smith von deren betagter Mutter erfahren, die den gleichen Namen wie die Tochter hatte. Felicia Stewart. Einen Grund für den Freitod ihrer Tochter hatte Ms. Stewart nicht nennen wollen, der Name Aaron Casey sagte ihr angeblich nichts.

Smith hatte hinter die Namen Cameron und Kerr einen Haken gesetzt, hinter Stewart ein Fragezeichen.

Er überlegte, ob es Sinn hatte, das Privathaus des Arztes und dessen Praxis ein weiteres Mal zu durchsuchen. Vielleicht hatte er etwas übersehen. Eventuell sollte er Einblick in die Patientenakten nehmen, vielleicht ergab sich hier etwas.

Wenn er an die Aktenschränke in der Praxis dachte, die er hinter dem Empfang gesehen hatte, war ihm klar, dass er Unterstützung brauchte, und Ross hatte angedeutet, dass ihm sein Wochenende heilig war.

Auch das Privathaus des Arztes war nicht gerade klein.

Laura Casey fiel ihm wieder ein. Noch immer war er überzeugt, dass sie ihm etwas verschwiegen hatte. Wusste sie von dem Kind ihres Bruders? Oder war er tatsächlich gewalttätig gewesen und sie hatte Angst, Smith bekäme das heraus? Fürchtete sie, dass der gute Ruf und das Ansehen ihres Bruders noch im Nachhinein beschädigt wurden?

Vielleicht hatte Casey den Frauen öfter Geld angeboten und sich damit ihr Stillschweigen erkauft. War ihm die Hand ausgerutscht und die betroffene Gespielin wurde rebellisch, so mochte er daran gedacht haben, wie sein Vater derzeit mit der prekären Situation umgegangen war.

Smith stand auf und wanderte im Wohnzimmer hin und her.

Wer hatte alles einen Grund, den Arzt zu töten?

Brooke Donnaty. Es war endlos her, doch sie sah ihr Leben durch sein Verhalten als verpfuscht an.

Rachel Quinn, die mit ihrer Entscheidung, Casey nichts von Folgen ihrer Liebschaft zu erzählen, und ihrem Entschluss, das Kind zur Adoption freizugeben, eindeutig nicht zurechtkam.

Laura Casey. Schließlich war sie die Erbin. Dabei fiel ihm ein, dass er ihre finanziellen Verhältnisse durchleuchten sollte. Geld war schon immer ein Mordmotiv gewesen, das schloss Familienmitglieder keineswegs aus.

Jeff Hayes. Der bisher einzige männliche Kandidat, der als Täter in Frage kam. Wenn er von dem Verhältnis seiner Frau gewusst hatte, hatte er einen Grund gehabt, Casey aus dem Weg zu schaffen. Von ihm brauchte er auch ein Alibi.

Georgia Hayes. Der Mord an Casey hatte sie zutiefst erschüttert. Doch ihre Verzweiflung und ihre Tränen mochten nicht bedeuten, dass sie unschuldig war. Vielleicht hatte Casey auch sie verlassen wollen und es war ein Akt der Verzweiflung gewesen oder hilflose Wut, weil sie nicht wollte, dass er mit einer anderen zusammenkam. Oder er war auch gegen sie gewalttätig geworden und sie hatte ihn deswegen erstochen?

Nein. Dass die zierliche Georgia Hayes Casey im Dunkeln nachlief, um ihn mit einem Schraubenzieher zu töten, kam Smith zu weit hergeholt vor. Doch was wusste er schon von verletzten, gedemütigten Frauen?

Flüchtig musste er an Robyn denken, zwang sich jedoch sofort wieder, sich auf den Fall zu konzentrieren.

Smith blieb stehen. Er hätte gerne ein Whiteboard gehabt, um seine Gedanken darauf festzuhalten. Mangels dieser Möglichkeit entschied er sich für die Rückseite eines großen Briefumschlages, in dem er vor wenigen Tagen ein Angebot für einen Neuwagen bekommen hatte. Als könnte er sich einen Neuwagen leisten.

Er setzte den Namen des Arztes in die Mitte.

Außen herum schrieb er Brooke Donnaty, Rachel Quinn, Laura Casey, Georgia Hayes und Jeff Hayes.

Smith spielte mit seinem Kugelschreiber.

Jeff Hayes stach ihm ins Auge, doch wohl hauptsächlich, weil er der derzeit einzige Mann auf der Liste der Verdächtigen war.

In Caseys Leben hatte es viele Frauen gegeben. Er hatte sicher nur einen Bruchteil ausfindig machen können. Nicht jede seine Gespielinnen mochte alleinstehend gewesen sein. Vielleicht hatte sich ein gekränkter Partner übel an dem Widersacher gerächt.

Vielleicht war aber auch alles ganz anders und er war auf die wichtigste Information noch gar nicht gestoßen. Vielleicht dachte er in die völlig falsche Richtung.

Er ließ den Kugelschreiber auf den Briefumschlag fallen und lehnte sich mit hinter dem Kopf verschränkten Armen im Sofa zurück.

Er sah in Gedanken sämtliche Menschen vor sich, die er im Zug der Ermittlungen kennen gelernt hatte.

Plötzlich stutzte er. Georgia Hayes' Gesicht drängte sich in den Vordergrund. Sie hatte Flecken im Gesicht gehabt. Nicht stark, eher so, als hätte sie Selbstbräuner verwendet und ungleichmäßig aufgetragen. Er kannte das Ergebnis solch einer misslungen Aktion von seiner Ex-Freundin Shaylee, die ihre naturgegebene helle Haut nicht leiden konnte und häufig versucht hatte, mit färbenden Lotionen dagegen anzugehen. Doch eventuell hatte er die Verfärbungen bei Ms. Hayes falsch interpretiert. Möglich, dass sie Schläge bezogen hatte. Er hätte sie darauf ansprechen sollen.

Er kreiste ihren Namen auf dem Kuvert ein und setzte ein Ausrufezeichen dahinter.

Smith massierte sich den Nacken.

Die Frauengeschichten des Doctors gingen ihm zunehmend auf die Nerven. Gleichzeitig schienen ihm sämtliche möglichen Gründe für die Tat nicht griffig genug. Warum hätten Brooke Donnaty oder Rachel Quinn so viele Jahre mit ihrem Racheakt warten sollen? Brauchte Laura Casey überhaupt das Vermögen ihres Bruders?

Hätte es nicht das Foto der Droh-Mail auf dem Handy des Arztes gegeben, wäre er allmählich geneigt gewesen zu glauben, Casey war das Zufallsopfer eines Irren.

Er brauchte neue Ansätze. So kam er nicht voran. Ihm fiel ein, dass er noch nicht in den beiden Kliniken nach Casey gefragt hatte, in denen er nach seinem Uni-Abschluss gearbeitet hatte. Die *St.-Margarets-Klinik* in Dublin und das *Corks Hospital* in Cork.

In *St.-Margarets* war er nur etwa ein Jahr gewesen, dann war er, angeblich wegen einer Freundin, nach Cork gezogen und hatte eine Anstellung im *Corks Hospital* gefunden.

Er konnte versuchen, besagte Freundin ausfindig zu machen. Wobei ihn irritierte, dass Casey überhaupt wegen einer Frau umgezogen war. Schließlich hatte er sich, soweit Smith bisher wusste, nie auf etwas Festes eingelassen. Doch vielleicht hatte es ja auch im Leben des Arztes eine Zeit gegeben, in der es anders gewesen war.

Vielleicht wusste Laura Casey dazu etwas.

Smith beugte sich vor und konzentrierte sich wieder auf die Namensliste auf dem Briefumschlag, ohne dass es ihm weiterhalf.

Wo konnte er noch ansetzen?

Ross sollte bei den Kliniken vorsprechen. Eventuell erinnerte sich jemand an Casey und hatte irgendeine hilfreiche Information.

Smith fiel ein, dass Dunn ihm vorgeschlagen hatte, auch Constable Leo Clark in die Ermittlungen einzubeziehen. Das würde er jetzt sofort tun.

Clark konnte heute noch die Freundin suchen, derentwegen Casey angeblich umgezogen war. Morgen sollte er dann mit Ross und ihm die Praxis und das Privathaus des Arztes noch einmal gründlich durchsuchen. Zu dritt waren sie schneller.

Ross würde er jetzt gleich Bescheid geben, in den Kliniken in Caseys Vergangenheit zu stochern.

Mit diesen Entschlüssen ging es Smith ein wenig besser.

Er erreichte beide Kollegen sofort. Clark war höflich und kooperativ, wenn auch nicht erfreut. Ross war deutlich schlechter Laune, kaum dass Smith ihm Anweisung gegeben hatte, umso mehr, als er erfuhr, dass er am Sonntag zu Haus- und Praxisdurchsuchung antreten sollte. Smith beschloss, das zu ignorieren.

Mit dem schwachen Gefühl, die Ermittlungen vorangetrieben zu haben, lehnte er sich im Sofa zurück.

Draußen schien die Sonne. Er brauchte eine Auszeit, um den Kopf frei zu bekommen. Er hätte joggen gehen können. Oder im Hallenbad fünfzig Bahnen schwimmen, um sich fit zu halten. Im Sportlerbecken war sicher nicht so viel los. Oder er ging noch mal einkaufen. Keine Fertigsoßen oder Konserven, sondern etwas, mit dem man richtig kochen konnte. Andererseits fehlten ihm im Moment Lust und Geduld, Gemüse zu schnippeln oder Fleisch anzubraten.

Smith fand keine Ruhe. Es stand zu viel Arbeit an.

Er griff nach dem Telefon, um Georgia Hayes nach ihrem Alibi zu fragen. Sie ging sofort an den Apparat.

Kurz darauf legte er frustriert auf. Er kam einfach nicht voran.

Die Geliebte des Arztes hatte am bewussten Abend *Finbar's Pub* besucht und mit Dunn an einem Tisch gesessen. Als Alibi taugte das nicht, denn angeblich war sie kurz vor halb zwölf nach Hause gegangen.

Berücksichtigte man die Entfernung von *Finbar's Pub* zum *Wild Pub*, den wiederum Casey besucht und etwa zur gleichen Zeit verlassen hatte, hätte sie ihn töten können, wenn sie schnell genug unterwegs gewesen war. Es war eine Strecke von etwa einer halben Meile. Mit einem Fahrrad, zum Beispiel, war das ruckzuck geschafft.

Dagegen sprach die Zeugenaussage von Cecilia Graves, die gesehen haben wollte, dass der Angreifer zu Fuß gekommen und geflüchtet war.

Smith stand auf und setzte seine Wanderung durch das Wohnzimmer fort. Er brauchte jemanden, mit dem er sich austauschen konnte. In seinem Kopf ging es drunter und drüber.

Wo war Jeff Hayes an dem Abend gewesen? Schon auf seiner Schulfahrt?

Smith ballte eine Faust. Er arbeitete kopf- und planlos. Die Frage hätte er dessen Frau gerade eben stellen können. Er konnte doch jetzt nicht noch einmal anrufen.

Er beschloss tatsächlich joggen zu gehen. Vielleicht klärte das seine Gedanken.

***

Dwyers Finger zitterten so sehr, dass es ihm erst nach dem dritten Versuch gelang, seine Tochter zurückzurufen. Das Herz schlug ihm bis in die Kehle. Immerhin ertönte jetzt das Freizeichen. Hoffentlich ging sie ran. Es war schon über eine Stunde her, dass sie versucht hatte, ihn zu erreichen. Wie hatte er das überhören können, wo er doch rund um die Uhr auf ein Lebenszeichen hoffte?

»Daddy?«, hörte er die Stimme seines Kindes, die klein und piepsig klang, als wäre Ellen sieben Jahre alt.

»Mäuschen!« Er schluchzte auf. »Ellen, mein Schatz. Wo bist du? Wie geht es dir? Du musst zurückkommen. Bist du bei diesem Lehrer? Hält er dich fest? Ich komm zu dir …«

»Daddy«, unterbrach ihn seine Tochter. Er hörte im Hintergrund ein quäkendes Geräusch und es rann ihm eiskalt über sämtliche Glieder.

»Mäuschen?«, presste er hervor.

»Du bist Opa geworden. Louisa ist letzte Nacht geboren worden.«

Sein Herzschlag drohte auszusetzen. Er war Großvater geworden, mit gerade 41 Jahren.

»Wo bist du, mein Mädchen?«, stieß er hervor.

»Bei Jasons Tante Gerit in Kinvara. Sie hat eine Freundin, die ist Hebamme. Sie war letzte Nacht hier.« Sie sprach jetzt ganz ruhig, klang irgendwie erwachsen.

»Ist der Kerl auch bei dir?« Zu seiner grenzenlosen Erleichterung gesellte sich wieder Wut. Nun waren Ellen selbst Mutter, dabei war sie doch noch ein Kind.

»Wenn du Jason meinst, ja, der ist bei mir.«

»Und der Hayes? Was verdammt noch mal ist mit dem Lackaffen?«

»Daddy, bitte. Ich habe dir gesagt, mit dem ist nichts.«

Etwas in ihm rebellierte. Er hatte sich völlig an der Vorstellung festgefressen, dass der Nachhilfelehrer Schuld und Verantwortung trug und Ellen geschändet hatte.

»Ich komm zu dir. Gib mir die Adresse«, bat er und versuchte, sämtliche Emotionen im Griff zu behalten.

KAPITEL 25

ES WAR KURZ VOR HALB ELF UHR NACHTS, ALS Smith vom hartnäckigen Läuten des Telefons geweckt wurde. Für einen Augenblick stockte sein Herzschlag. Wer rief ihn um die Zeit an? Etwa diese Frau?

Er tastete nach seinem Handy. Erleichtert erkannte er die Nummer von Constable Alan Ross, nahm das Gespräch an und rappelte sich gleichzeitig von seinem Sofa in sitzende Position.

»Alan, was gibt's so spät?«, meldete er sich ohne Begrüßung. Noch ehe Ross geantwortet hatte, durchzuckte Smith ein neuer Schreck. Hoffentlich war nicht wieder irgendwas passiert. Aber nein, dann wäre er von der Zentrale des Reviers informiert worden. Außerdem hatte er keine Bereitschaft.

»Abend, Tom. Habe ich Sie geweckt?«

»Ehrlich gesagt, ja«, gab er zu.

Nachdem er am Nachmittag zwei Stunden Joggen gegangen war, hatte er geduscht und anschließend aus seinen Vorräten im Küchenschrank eine Dose Irish Stew warm gemacht. Geschmeckt hatte ihm die fade Brühe mit den matschigen Kartoffeln und Karotten nicht, obgleich er nachgewürzt hatte. Das bisschen Fleisch, welches im Eintopf hätte sein sollen, hatte man quasi mit der Lupe suchen müssen. Er bereute, nicht doch noch ein zweites Mal eingekauft zu haben. Kurz nach der enttäuschenden Mahlzeit war er auf dem Sofa eingeschlafen.

»Was gibt's denn?«, fragte er und rieb sich mit Zeigefinger und Daumen die Augen.

»Im Gegensatz zu Ihnen habe ich gearbeitet.«

Smith hörte deutlich den verstimmten Unterton aus Ross' Worten.

»Ich habe x-mal in der *St.-Margarets-Klinik* in Dublin angerufen und bin hin und her verbunden worden, bis ich endlich eine Krankenschwester am Apparat hatte, die schon zu Caseys Zeiten in der Klinik war. Sie sagt, es hätte tatsächlich einen Vorfall gegeben, an den sie sich erinnern kann.«

Smith war augenblicklich hellwach.

»Und?«, fragte er und setzte sich aufrecht.

»Das ist der Knackpunkt. Sie wollte nicht am Telefon darüber sprechen.«

»Was? Aber …« Sein Verstand weigerte sich, diese Aussage von Ross zu akzeptieren.

»Tut mir leid, Tom. Entscheiden Sie, ob sie herkommen soll oder ob Sie hinfahren wollen. Sie heißt Alana Kelly. Ich habe auch die Adresse und sämtliche Telefonnummern. Privat und Handy und Durchwahl zur Station.«

Smith zog den Briefumschlag heran, der ihm heute schon als Ersatz für ein Whiteboard gedient hatte, und notierte sich die Angaben von Ross.

»Ich habe auch in *Corks Hospital* angerufen, aber bisher noch niemanden erreicht, der uns weiterhelfen kann.«

»Danke, Alan. Gute Arbeit.«

Er überlegte, ob er gleich morgen früh zu dieser Ms. Kelly fahren sollte. Allerdings wollte er Ross und Clark die Durchsuchung von Haus und Praxis des Arztes nicht allein überlassen. Vielleicht war es besser, erst mit Ms. Kelly zu telefonieren und einen Termin auszumachen.

»Sagen Sie, Alan, wann haben Sie mit Ms. Kelly telefoniert?«, fragte er.

»Gegen zwanzig Uhr. Sie hat Nachtschicht in der Klinik«, gab Ross Auskunft. Smith ging durch den Kopf, warum ihn der Constable nicht eher verständigt hatte.

»Ich habe danach noch einige Male versucht, in Cork jemanden zu erreichen. Ich dachte, ich will erst ein paar Ergebnisse beisammenhaben, ehe ich Sie anrufe«, teilte Ross ihm mit, als wüsste er um die Frage.

»Schon in Ordnung. Wir sehen uns morgen früh um zehn Uhr bei Caseys Praxis«, erinnerte Smith.

»Ja. Bis dann und gute Nacht, Tom.«

Er wählte die Durchwahl zur Station. Wenige Minuten später legte er auf.

Alana Kelly hatte zugesagt, am späten Nachmittag des nächsten Tages aufs Revier nach Galway zu kommen.

KAPITEL 27

DWYER HOCKTE AUF DER KANTE DES MIT ROtem Samt bezogenen Sessels im Zimmer seiner Tochter und betrachtete sie.

Ihre Haare waren strähnig, ihr Gesicht aufgedunsen und auch ihr Körper zeigte deutliche Spuren der vorangegangenen Schwangerschaft. Ihre zierliche Gestalt war verschwunden, Ellen hatte etliche Pfunde an Gewicht zugenommen. Das war schnell gegangen. Als er sie das letzte Mal gesehen hatte, hatte sich lediglich ihr Bauch vorgewölbt. Oder hatte er sein Kind in den letzten Monaten gar nicht genau angesehen? Sie hatte ständig weite Pullover und Sweatshirts getragen, das war ihm aufgefallen.

Er hatte nichts dazu gesagt. War das normal, dass eine Frau kurz vor der Geburt noch mal gut zunahm? Er konnte sich gar nicht mehr daran erinnern, wie das bei Ellens Mutter gewesen war.

Im Arm hielt seine Tochter einen winzigen Säugling und auf ihrem Gesicht lag ein seliges Lächeln. Das Baby schlief. Es hatte ein kleines zerknittertes Gesichtchen, auffällig gerötet, wobei Dwyer einfiel, dass auch Ellen seinerzeit mehr als nur rosig geboren worden war.

War die Kleine eigentlich zu früh zur Welt gekommen? Nach der Figur seiner Tochter zu urteilen hatte er geglaubt, sie wäre vielleicht im siebten Monat gewesen.

Ellen spielte mit den zarten Fingerchen ihres Kindes und es schnürte ihm die Kehle zu. Sein Kind hatte ein Kind.

Neben Ellen und dem Baby saß ein schlaksiger Jüngling mit

hängenden Schultern und dürftigem Bartwuchs. Jason Moran.

Als er am Nachmittag des vorangegangenen Tages in Kinvara erschienen war, hatte Ellen keinen Zweifel daran gelassen, dass sie nur mit nach Hause fahren würde, wenn Jason mitkommen durfte. Zähneknirschend hatte Dwyer sich gebeugt. Nun hatte dieses Bürschchen sogar die Nacht hier verbracht, bei Ellen im Kinderzimmer. Kinderzimmer. Es gab kein Kinderzimmer mehr. Nur den Raum einer viel zu jungen Mutter mit ihrem Baby. Das Kind brauchte eine Grundausstattung. Bettchen, Kinderwagen, Kleidung, Windeln und so weiter.

Dwyer schmeckte Galle. Sein Leben war aus den Fugen und das seiner Tochter sowieso. Nur schien sie das überhaupt nicht zu merken.

»Daddy?« Ellen sah zu ihm hoch.

»Hm?«, machte er, aus seinen widersprüchlichen Gefühlen von Rührung und Wut gerissen.

»Du musst der Polizei sagen, dass ich wieder da bin. Die suchen mich doch.«

Dwyer presste die Handflächen aneinander. Er hatte nicht damit gerechnet, dass Ellen das wusste.

»Ja, ist klar«, brummte er. Bei dem Gedanken an Constable Smith wurde ihm ganz schwach. Wenn er daran dachte, wie er sich aufgeregt und darauf bestanden hatte, gegen Hayes Anzeige zu erstatten. Smith hatte ihn ausdrücklich gewarnt. Im schlimmsten Fall würde der Lehrer ihn nun wegen Rufschädigung belangen. Das war echt das Letzte, was er brauchen konnte.

»Daddy, woran denkst du?«

»Nichts, Schätzchen.« Ihm fiel ein, dass Jason zuhörte. Es

war ihm unangenehm, dass der Lümmel mitbekommen hatte, wie er Ellen ansprach. Jason verzog keine Miene.

»Dann ruf jetzt an, bitte.«

Widerstrebend verließ er das Zimmer und machte sich auf den Weg zum Telefon.

***

Constable Thomas Smith öffnete die Tür zur Praxis von Casey. Hinter ihm warteten Ross und Clark.

Obwohl die Räumlichkeiten erst seit wenigen Tagen verwaist waren, roch die Luft abgestanden. Eine große Grünpflanze im Eingangsbereich ließ die Blätter hängen, was Smith sofort bedrückte. Irgendwo musste es eine Gießkanne geben.

»Wir fangen mit den Patientenakten an«, erläuterte er Ross und Clark. »Jeder nimmt sich eine Reihe vor. Wenn was auffällig ist, will ich gleich Bescheid wissen.«

»Und was machen Sie?«, fragte Clark, während Smith auf dem Weg in die Küche war.

»Ich helfe natürlich mit. Aber erstmal suche ich eine Gießkanne. Die Pflanzen hier brauchen Wasser.« Aus den Augenwinkeln sah er, wie Clark und Ross einen Blick tauschten. Er beschloss, das zu ignorieren.

»Constable?«, sagte Clark.

»Ja?« Er blieb stehen und wandte sich ihm zu.

»Ich finde nichts zu der angeblichen Freundin, derentwegen Casey seinerzeit von der einen Klinik zur anderen gewechselt haben soll.«

Smith nickte. Das hatte er schon vermutet. Wahrscheinlich gab es die Frau gar nicht.

»In Ordnung«, sagte er und ging Richtung Küche. Dort stand eine rosa Plastikkanne auf dem Fenstersims. Er füllte Wasser ein und kümmerte sich um die Pflanzen.

Vier Stunden später hatten sich Smith, Clark und Ross durch sämtliche Akten gearbeitet. Abgesehen davon, dass ihnen so mancher Name begegnet war, auf den Smith bereits im Zug der Ermittlungen gestoßen war, hatten sie nichts Ungewöhnliches gefunden. Es gab Patientenakten zu Cecilia Graves und Meta Winfield, zu Georgia Hayes und ihrem Mann, zu Conor und Lynn Hogan, zu Henry Dwyer und unzähligen anderen Menschen aus der näheren und weiteren Umgebung. Auch einige Kollegen vom Revier waren bei Unpässlichkeiten zu Casey gegangen.

Smith fühlte sich staubig, seine Finger waren klebrig und grau, weil hier und da Druckerschwärze der Dokumente abgefärbt hatte, und ihm tat jeder Knochen weh.

Von ungezählten Krankengeschichten schwirrte ihm der Kopf.

Er sehnte sich nach einer Dusche, einem Kaffee und etwas zu essen, und auch danach, dass Dunn zurückkam und die Geschicke übernahm.

Stattdessen machte der Inspector Urlaub, mit dem er nach seiner eigenen Aussage nicht viel anfangen konnte, und hatte ihm zudem seine Bekanntschaft und sein Wissen um Georgia Hayes' Verhältnis mit dem Toten vorenthalten.

Sämtliche Verantwortung lag Smith gleich schwerer Last im Nacken.

»Wir sehen noch die übrigen Räume durch und dann machen wir für heute Feierabend«, beschloss er. »Das Privathaus nehmen wir uns morgen vor, mir reicht's.«

Ross sah ihn verblüfft an.

»Echt jetzt?«

»Ja. Was immer Sie an dem heutigen Tag vorhatten, vielleicht können Sie es noch machen. Ich habe noch das Gespräch mit Alana Kelly. Sie will um 17 Uhr auf dem Revier sein.«

»Mit so viel Glück habe ich gar nicht gerechnet«, antwortete Ross. »Ich rede übrigens nicht von der Kelly.«

»Hab ich mir gedacht. Ich geh mir die Hände waschen«, brummte Smith.

***

Smith betrat das Revier zehn Minuten vor 17 Uhr.

Molly Cooper, die wie üblich an der Zentrale saß, hielt ihn auf, als er nach einem Gruß an ihr vorbei wollte.

Henry Dwyer hatte angerufen und berichtet, dass seine Tochter wieder zu Hause war. Molly erläuterte Smith noch die Zusammenhänge, als eine hagere Endfünfzigerin zur Tür hereinkam. Ihr schwarzes Wollkostüm schlackerte um ihren Körper. Die blonden Haare, kinnlang geschnitten und hinter die Ohren gestrichen, waren vermutlich gefärbt.

Molly Cooper wandte sich ihr zu und die Frau stellte sich als Alana Kelly vor.

»Ich möchte zu Constable Smith. Wir haben einen Termin«, sagte sie.

»Das bin ich«, schaltete sich Smith ins Gespräch ein. Er reichte ihr die Hand.

»Gehen wir in mein Büro«, fuhr er fort.

»Hatten Sie eine gute Fahrt?«, erkundigte er sich, der Höflichkeit halber, während sie gemeinsam den Flur entlanggingen.

»Ja, danke. Nachdem ich von meiner Nachtschicht ausgeschlafen hatte, habe ich mich gleich ins Auto gesetzt. Jetzt habe ich drei Tage frei, da bin ich wirklich froh drum.«

Smith hielt ihr die Bürotür auf und ließ sie vorangehen.

»Bitte«, sagte er und wies auf den Besucherstuhl.

»Danke.« Alana Kelly zog ihren Mantel aus, den sie offen über ihrem Kostüm getragen hatte, und legte ihn sorgfältig über die Rückenlehne des Stuhls. Ehe sie sich setzte, zupfte sie ein paar winzige Fussel von dem schwarzen Stoff ihres Rocks und ließ diese in den Papierkorb neben Smith' Schreibtisch fallen.

»Ms. Kelly, erst einmal vielen Dank, dass Sie sich die Mühe gemacht haben und hergekommen sind«, begann er das Gespräch und überlegte, ihr etwas zu trinken anzubieten.

»Gar kein Problem. Nachdem Ihr Kollege mich angerufen und mir erzählt hat, worum es geht … Ich finde es übrigens ganz furchtbar, was geschehen ist. Aaron Casey war ein so freundlicher, engagierter Arzt. Es ist ja nun viele Jahre her, seit ich ihn das letzte Mal gesehen habe, aber ich habe den Mann wirklich in bester Erinnerung.«

Sie brach ab und betrachtete konzentriert ihre Fingernägel.

»Möchten Sie etwas trinken, Ms. Kelly? Einen Tee, einen Kaffee oder ein Glas Wasser?«

»Nein, vielen Dank.« Sie schüttelte den Kopf.

Smith beschloss, sofort auf den wichtigsten Punkt zu kommen. Es war Sonntag und er wollte irgendwann Feierabend machen.

»Sie haben gegenüber Constable Ross erwähnt, es hätte seinerzeit einen Vorfall in der Klinik gegeben, an den Sie sich in Zusammenhang mit Casey erinnern können, wollten aber nicht am Telefon darüber reden«, sagte er.

Die Müdigkeit hing ihm schwer in Kopf und Gliedern. Vielleicht sollte er einen Kaffee oder Tee trinken, auch wenn Ms. Kelly nichts wollte.

Bestimmt erfuhr er nun von der nächsten Affäre des Verstorbenen, die zu Ärgernissen geführt hatte. Vielleicht mit der Frau eines Vorgesetzten? Mit einer minderjährigen Schwesternschülerin? Oder mit einer Patientin, die er im Nachgang abserviert hatte, wie so manch andere, und die sich das nicht hatte gefallen lassen?

Er trat auf der Stelle. Immer drückender wurde das Wissen, eine neue Sichtweise auf den Fall zu brauchen, doch er fand keinen Ansatz.

»Ja, das stimmt. Wissen Sie, ich habe all die Jahre immer wieder an die Sache gedacht. Es war einfach furchtbar und mir hat Casey auch so leidgetan. Er war völlig überfordert, er war ja erst ein paar Monate bei uns an der Klinik.«

Wieder brach sie ab.

»Womit war er überfordert?«

Alana Kellys Blick wanderte unruhig durch den Raum.

»Ich habe Angst«, gestand sie plötzlich und zog die Schultern zusammen.

»Angst? Wovor?« Irritiert sah Smith die Krankenschwester an.

»Sie müssen mir versprechen, dass Sie niemanden erzählen, dass Sie es von mir haben.«

Smith' Müdigkeit war auf dem Rückzug, auch ohne belebendes Getränk.

Alana Kelly verschränkte die Finger ineinander und presste die Hände zusammen.

»Ms. Kelly, so leid es mir tut. Versprechen kann ich im Moment gar nichts. Ich weiß noch nicht einmal, was Sie mir sagen wollen. Also bitte.«

»Wenn herauskommt, dass ich Ihnen von dem Vorfall erzählt habe ... die drehen das doch so, dass ich wegen Rufmord oder so dran bin. Oder Verleumdung, keine Ahnung, wie das heißt. Und es ist alles schon so lange her.«

Smith sah ihre Nasenspitze zittern. Für ein paar Sekunden betrachtete er diese, wohl von ihr unbemerkte Stressreaktion ihres Körpers.

»Soweit möglich, behandle ich Ihre Informationen vertraulich«, ließ er sich auf eine schwammige Zusage ein.

Alana Kelly nickte.

»Casey war nur ungefähr ein Jahr bei uns in *St.-Margarets*. Es stimmt nicht, dass er die Klinik freiwillig verlassen hat, um nach Cork zu gehen. Er wurde gezwungen.«

Smith setzte sich aufrecht.

»Weswegen?«, fragte er.

»Weil ... es einen tragischen Vorfall gegeben hat, an dem er die Verantwortung trug.« Sie zupfte an ihrem Rock.

»Was für einen Vorfall?« Am liebsten hätte er sie gepackt und geschüttelt. Wenn sie in dem Tempo weitersprach, saßen sie um neun Uhr abends noch hier.

»Eine junge Frau ist gestorben. Sie kam mit einer Verletzung an der Hand in die Notaufnahme, während Casey Dienst hatte. Kurz zuvor waren zwei schwer verletzte Ehepaare eingeliefert worden, die einen Autounfall gehabt hatten. Es ging drunter und drüber, es herrschte Personalmangel und Casey war völlig überfordert. Er hat sich die Wunde der jungen Frau kurz angesehen und sie in den Wartebereich geschickt. Bei einem der Unfallopfer ging es um Leben und Tod. Ich hatte damals auch Dienst in der Notaufnahme. Wir haben alle Hebel in Bewegung gesetzt, um von anderen Stationen Unterstützung zu bekommen. Schwestern, Pfleger, Ärzte.«

Sie holte Luft. Ihre Wangen hatten sich gerötet. Sie hatte schnell gesprochen.

»Jedenfalls hatte es Casey nach über einer Stunde geschafft, den Mann zu retten, der beinahe gestorben wäre. Inzwischen waren zwei weitere Ärzte dazugekommen und er hatte endlich Zeit, nach der jungen Frau zu sehen. Aber es war zu spät.«

»Wie, es war zu spät? War sie in der Zwischenzeit gestorben?«, fragte Smith.

»Nein. Aber sie war bereits mit Fieber und starken Schmerzen eingeliefert worden. Sie hatte sich bei der Gartenarbeit eine Verletzung an der Hand zugezogen, die sich entzündet hatte. Lieber Himmel. Es war Gasbrand, verstehen Sie? Und das hatte Casey in der Aufregung und dem Stress nicht erkannt. Sie hätte umgehend nach dem Eintreffen in der Klinik operiert werden müssen. Wahrscheinlich hätte ihr zu dem Zeitpunkt schon die Hand amputiert werden müssen, doch dann hätte sie immer noch eine Chance gehabt. Aber so … ihr Kreislauf hat versagt, gerade als Casey zu ihr gekommen war. Auch hier hat er wieder getan, was möglich war. Aber die Blutgerinnung war bereits gestört. Kurz darauf ist sie an Organversagen gestorben.«

Sie erschauerte in der Erinnerung.

Auch Smith fühlte ein Frösteln. Von Gasbrand hatte er noch nie gehört.

»Tragische Sache«, sagte er in dem Versuch, sein Mitgefühl auszudrücken.

»Allerdings. Der Freund der jungen Frau, der sie in die Klinik gebracht hatte, ist vollkommen ausgerastet. Er hat getobt und gebrüllt, Drohungen ausgestoßen und so weiter. Er wollte die Klinik verklagen und den diensthabenden Arzt sowieso. Es war schrecklich.«

»Wie ging die Sache weiter? Casey wurde entlassen?«, mutmaßte Smith.

»Nein. Man hat ihn gezwungen, ›freiwillig‹ zu gehen. Der Chefarzt und die Klinikleitung wollten alles tun, um den Vorfall unter den Teppich zu kehren, was ihnen auch gelungen ist. Es kam nichts in die Medien und gegen Casey wurde auch keine Anzeige erstattet. Man hat dem Freund der Verstorbenen eine große Summe Geld angeboten, damit er die Sache auf sich beruhen lässt. Ich weiß nicht, ob er sich darauf eingelassen hat. Casey jedenfalls ist gegangen.«

»Wissen Sie noch, wie die Frau hieß, die unter seiner Obhut verstorben ist?«, fragte Smith.

»Sicher. Sie hieß Lizzy McDermot.«

»Und ihr Freund? Oder war sie verheiratet?«

»Nein, sie war nicht verheiratet. Ich weiß auch nicht, wie der junge Mann hieß, mit dem sie zusammen war. Tut mir leid.«

»Vielleicht hatte die Frau Angehörige, die man ausfindig machen könnte«, überlegte Smith laut.

»Ich weiß es nicht.« Alana Kelly zuckte mit den Schultern. »Ich habe aber etwas für Sie.« Ihre blassen Wangen bekamen einen Hauch Farbe.

Sie bückte sich nach ihrer Handtasche, die sie neben dem

Stuhl auf dem Boden abgestellt hatte und zog einen Umschlag heraus.

»Hier drin sind Kopien von den Patientenunterlagen von Lizzy McDermot. Die Originale hat die Klinik verschwinden lassen. Niemand weiß, dass es noch Ablichtungen gibt. Wenn herauskommt, dass ich welche gemacht und aufgehoben habe, bin ich ruiniert. Sie müssen mir versprechen …«

Smith musterte die hagere Frau, der vermutlich harte Arbeitstage und vielleicht auch ein einsames Leben Spuren ins Gesicht gezeichnet hatten.

»… dass Sie niemanden sagen, dass die Unterlagen und die Informationen von mir kommen.«

Sie hielt den braunen Umschlag fest, als erwartete sie erst seine Zusage.

»Warum haben Sie Kopien gemacht und aufgehoben?«, erkundigte er sich.

»Weil ich dachte … ich dachte …« Flammende Hitze stieg ihr in die Wangen.

»Ich hatte gehofft, Casey damit helfen zu können. Ich war ja ganz nah am Geschehen, als es passiert ist. Und mir war gleich klar, dass er jetzt ein Riesenproblem hat, nachdem die Frau gestorben war und sich ihr Freund so aufgeregt hat. Ich wollte sozusagen Beweismaterial sichern.«

Smith schwieg. Ihre Begründung hinkte für seine Begriffe gewaltig. Die Verantwortlichen der Klinik mochten sicherlich nicht Tage oder Wochen gewartet haben, ehe sie die Unterlagen vernichtet hatten. Was wiederum hieß, Alana Kelly hatte selbst sehr schnell reagiert.

Er streckte die Hand nach dem Umschlag aus.

»Vielen Dank für Ihre Hilfe, Ms. Kelly«, sagte er.

Sie nickte, überließ ihm das Kuvert und blieb sitzen.

Smith wartete ab. Er wollte sie ungern hinaus befördern, die Unterlagen aber wollte er sich in Ruhe und allein ansehen.

»Kann ich die Kopien wiederhaben?«, fragte sie.

»Später«, antwortete er.

›Vielleicht‹, ergänzte er in Gedanken.

»Ist Casey denn schon … bestattet worden?« Wieder zupfte sie an ihrem Rock und vermied es, Smith anzusehen.

»Ehrlich gesagt, weiß ich das gar nicht«, gab Smith zu. »Seine Schwester wollte sich darum kümmern.«

»Laura?« Alana Kellys Nasenflügel blähten sich.

»Ja. Sie kennen sich?«

»Flüchtig. Sie hat ihren Bruder gelegentlich zur Arbeit gebracht.« Ihre Miene verschloss sich.

»Fahren Sie heute noch zurück nach Dublin?«, erkundigte sich Smith, in der Hoffnung Ms. Kelly verstand den Hinweis.

»Vielleicht. Ich weiß es noch nicht. Jetzt gehe ich erst einmal etwas essen. Ich gebe Ihnen meine Handynummer, falls Sie mich noch einmal brauchen.«

***

Smith öffnete den Umschlag. Es lagen drei verblassende Kopien darin.

Er fand einen Patienten-Aufnahmebogen mit dem Namen der Frau, ihrer damaligen Anschrift in Dublin, ihrem Geburtsdatum und dem Grund ihres Erscheinens in der Notaufnahme.

Eine Stichverletzung an der linken Hand, ausgelöst durch eine Gartenschere, mit der sie beim Zurückschneiden eines

Strauches abgerutscht war. Der Unfall war bereits zwei Tage zuvor passiert, sie hatte dem Geschehen aber keine größere Bedeutung beigemessen, bis sie Fieber und starke Schmerzen bekommen hatte.

Lizzy McDermot war, laut Aufnahmebogen, am späten Nachmittag des 25. September 2005, um 16:10 Uhr in der Notaufnahme erschienen.

Auf der zweiten Kopie las Smith eine Zusammenfassung der Symptome der Patientin. Fieber 40,1°, starke Schmerzen, Rötung und Schwellungen an und um die Einstichstelle. Es hatten sich Blasen gebildet, gefüllt mit blutigem Wundsekret und die Verletzung verströmte einen fauligen Geruch. Die Gasbildung unter der Haut ließ sich durch ein knisterndes Geräusch ausmachen, das man beim Betasten der Wunde hörte.

Die Erfassung der Anamnese war um 19:37 Uhr am gleichen Tag erfolgt.

Unterzeichnet vom diensthabenden Arzt Doctor Aaron Casey. Die dritte Kopie zeigte den Totenschein.

Die Patientin war um 21:05 Uhr an Organversagen aufgrund der Toxine verstorben.

Ebenfalls unterzeichnet von Doctor Casey.

Smith rieb sich den Nacken. Da war er, der dunkle Fleck im Leben des beliebten Arztes. Doch ob dieser Vorfall, der fünfzehn Jahre zurücklag, bei der Klärung des Falles helfen konnte, schien ihm mehr als fraglich.

Er warf einen Blick auf die Uhr an seinem Handy. Kurz nach halb acht. Eine gute Zeit, um Dunn anzurufen. Diesmal ging es nicht um Caseys Liebesleben, in das Georgia Hayes involviert war, von der wiederum Dunn offensichtlich mehr wusste, als er ihm mitzuteilen bereit gewesen war.

Er wählte die Nummer seines Vorgesetzten und fuhr während des Freizeichens den Computer hoch. Dunn meldete sich, als Smith eben den Namen ›Lizzy McDermot‹ eingegeben hatte.

»Inspector, hier ist Smith, guten Abend. Stör ich?«, fragte er und verdrängte das diffamierende Bild, dass sein Chef abgegeben hatte, als er ihm, viel zu spät, die Bekanntschaft mit Georgia Hayes eingestanden hatte.

»Nein, gar nicht. Gibt es was Neues?«, fragte Dunn. Er klang müde.

»Allerdings.«

Er fasste zusammen, was er von Alana Kelly erfahren hatte, und erzählte Dunn auch von den Kopien der vernichteten Patienten-Unterlagen.

»Interessanter Aspekt«, stimmte der Inspector ihm zu. »Versuchen Sie herauszufinden, ob es noch Angehörige dieser Lizzy McDermot gibt, und wenn ja, was die über die Sache wissen. Allem voran brauchen wir den damaligen Freund der Frau.«

»Sie hat in Dublin gewohnt. Ich habe auch eine Adresse. Ich dachte, ich fahre morgen dorthin«, sagte Smith in der Hoffnung, Dunn würde das Vorhaben gutheißen.

»Unbedingt, Smith.«

Er entspannte sich etwas und lehnte sich im Stuhl zurück.

»Wie geht's Ihrer Tochter?«, erkundigte er sich. Die Frage war draußen, ehe er nachgedacht hatte. Augenblicklich ärgerte er sich über sich. Vielleicht empfand sein Vorgesetzter die Frage als indiskret.

»Eigentlich ganz gut.« Dunn zögerte, ehe er fortfuhr. »Irgendwie hat uns das sogar wieder … ähm … miteinander ins Gespräch gebracht. Ich glaube, Shannon sieht inzwischen ein, dass die Aktion ziemlich unreif war. Zugeben wird sie das natürlich nicht, da kann sie bockig sein. Im besten Fall müssen die Mädchen nur die Reinigung der Schaufenster zahlen und bekommen ein paar Sozialstunden verpasst.«

Smith rutschte auf seinem Stuhl zur Seite. Ihm fiel nichts ein, was er zu dem Thema sagen konnte. Plötzlich musste er an Ellen Dwyer denken. Er erzählte Dunn, dass das Mädchen wieder hier war.

»Ein Glück. Ehrlich gesagt, hatte ich darauf gehofft, dass sie sich von selbst wieder meldet«, sagte Dunn. »Machen Sie Feierabend, Smith. Sie machen das wunderbar, ich sehe schon, Sie kommen auch ohne mich zurecht.«

Verdutzt vernahm Smith das Lob seines Vorgesetzten. Er fühlte sich absolut nicht so, als käme er allein zurecht. Verlegen brummte er einen Gute-Nacht-Gruß und legte auf.

Er hatte ganz sicher nicht das Gefühl, er würde alles wunderbar machen. Eher erschien es ihm, als würde er völlig chaotisch handeln.

Apropos chaotisch. Smith betrachtete das Durcheinander auf seinem Schreibtisch.

In seinem Kopf herrschte ein ähnliches Drunter und Drüber wie an seinem Arbeitsplatz.

Er schob sämtliche Papiere zu einem Stapel zusammen, den er links neben den Computer legte. Er sammelte Kugelschreiber, Bleistifte und Textmarker ein und legte sie in die oberste Schreibtisch-Schublade. Er pustete Staub und Kekskrümel von der Schreibtischplatte und fuhr mit dem Ärmel seines Pullis über die Tastatur des Telefons. Ein heller Streifen Staub blieb an dem dunkelblauen Strickstoff haften. Er rieb mit dem Unterarm über seine Jeans. So. Der Staub war weg.

Schon vor Jahren, als er begonnen hatte, im Revier zu arbeiten, hatte er Rosy Jones, der Putzfrau, bei Strafe verboten, sich an seinem Arbeitsplatz zu schaffen zu machen. Rosy hatte ihm das sehr übelgenommen. Sie war schon lange vor Smith im Revier angestellt und nie hatte sich jemand beschwert. Und dann war er gekommen und hatte ihr bereits in der ersten Arbeitswoche eine Sonderanweisung erteilt.

Gelegentlich bereute er diese Anweisung inzwischen. Sein Arbeitsplatz hob sich durch dauerhaftes Durcheinander und Staub hervor.

Smith stand auf. Zeit, Feierabend zu machen. Sein Handy meldete den Eingang einer Nachricht. Augenblicklich wurde er nervös.

»Du arbeitest ja immer noch. Mach Feierabend, Tommy. Bis bald, Gruß Robyn.«

Mit wenigen schnellen Schritten trat er ans Fenster. Längst war es draußen dunkel. Im Licht von zwei Straßenlaternen, deren trübes Licht nur mäßig den verlassenen Gehweg erhellten, war niemand zu sehen. Konzentriert ließ er seinen Blick die Straße entlang wandern. Nichts.

Wenn Robyn unten stand, hielt sie sich im Dunkeln. Aber vielleicht war er inzwischen auch überempfindlich. Vielleicht lauerte sie ihm gar nicht auf und wusste auch gar nicht, dass er tatsächlich noch im Büro war, sondern hatte einfach auf den Busch geklopft.

Er presste zornig die Lippen aufeinander und wandte sich vom Fenster ab. Blitzartig ging ihm ein Gedanke durch den Kopf und plötzlich wurde ihm leichter. Er konnte sie blockieren. So einfach war das.

Wenige Minuten später verließ er guter Laune das Revier.

KAPITEL 28

Es war der 16. Dezember, 11:30 Uhr. Constable Thomas Smith stand vor einem kleinen weißen Einfamilienhaus am Stadtrand von Dublin.

Das Gras im Vorgarten wucherte hoch, die Fenster waren blind vor Schmutz und aus den Fugen der Gehwegplatten zur Haustür wucherte Unkraut. Er war sicher, hier wohnte niemand. Augenscheinlich stand das Haus, dass er unter der Adresse von Lizzy McDermot gefunden hatte, schon geraume Zeit leer.

Das Gefühl, beobachtet zu werden, ließ ihn zur Seite sehen. Im Gebäude nebenan lugte eine ältere Frau aus dem Fenster. Sie wich zurück, als sich ihre Blicke trafen.

Smith machte sich auf den Weg zum Nachbarhaus. Neben der Türglocke hing ein kleines Schild. ›William und Amelia Moor‹ las er. Er läutete.

Die Tür ging einen Spalt auf und eine kleine alte Frau stand zwischen Tür und Rahmen.

»Ja?«, fragte sie und musterte ihn aus winzigen grauen Augen. Smith musste zu ihr heruntersehen.

»Ms. Moor?«, fragte er und zeigte seinen Ausweis hervor. Die alte Dame betrachtete diesen gründlich.

»Ja«, sagte sie schließlich. »Das bin ich. Was wollen Sie denn?«

Smith zeigte nach nebenan.

»Hier hat vor vielen Jahren eine junge Frau gewohnt. Lizzy McDermot. Erinnern Sie sich an sie?«

Ms. Moor nickte nur.

»Seit wann steht das Haus leer?«, fragte er, unsicher ob ihm das weiterhalf.

»Seit damals. Seit sie gestorben ist.«

»Ach«, machte Smith. »Und wer kümmert sich darum?«

Ms. Moor blieb in ihrem Türspalt stehen, obwohl ein kühler Wind blies und mit Sicherheit durch ihre dünne graue Bluse drang.

»Ich. Ich habe mich drum gekümmert, all die Jahre. Ich habe ja einen Schlüssel. Den hatte mir die Lizzy gegeben, als sie sich in den jungen Mann verknallt hatte und kaum noch zu Hause gewesen ist. Ich habe ihre Blumen gegossen, den Briefkasten ausgeleert und so weiter. Den Garten hat der Willi gemacht. Aber der sitzt seit letztem Sommer im Rollstuhl. Jetzt haben wir beide keine Zeit mehr für das Haus. Der Willi nicht, weil er nicht mehr kann, und ich nicht, weil ich mich ja um ihn kümmern muss.«

»Wer ist Willi? Ihr Mann?«

Ms. Moor nickte.

»Und wer zahlt für das Haus? Grundsteuer, Versicherungen und so weiter? Wer macht das?« Der Wind wurde stärker und ihm in Folge dessen kalt. Am liebsten hätte er sich die Ohren und die Nase mit den Händen gewärmt.

»Die Lizzy hat eine Schwester. Die ist in Deutschland verheiratet, schon seit über zwanzig Jahren. Die zahlt. Ich kenn die Frau nicht, wir haben nur nach Lizzys Tod paar Mal telefoniert. Sie wollte das Haus eigentlich verkaufen, aber ich glaube, das ist ihr lästig. Müsste ja auch erst mal ausgeräumt werden. Lieber zahlt sie. Die beiden waren nicht so gut miteinander, wissen Sie.«

Smith nickte und überlegte ein paar Sekunden. Eigentlich

hätte er die Genehmigung dieser Schwester für sein Vorhaben einholen müssen. Doch das kostete Zeit. Er beschloss, das Verfahren abzukürzen, und hoffte, keinen Ärger zu bekommen.

»Ms. Moor, ich muss mich in dem Haus umsehen. Bitte geben Sie mir den Schlüssel.«

Die alte Frau kniff die Augen zusammen.

»Ich bin nicht sicher, ob ich das darf«, antwortete sie.

»Doch, das dürfen Sie.« Eigentlich musste sie sogar, um die Ermittlungen nicht zu behindern, versicherte er sich und überlegte, sie darauf hinzuweisen.

»Warum wollen Sie denn da rein?«, insistierte sie.

Smith verschränkte die Arme vor der Brust und schob seine kalten Hände unter die Achseln. Er musste zu weit ausholen, um der alten Frau zu erklären, was ihn hierhergeführt hatte. Außerdem durfte er ihr aus ermittlungstechnischen Gründen sowieso nicht alles sagen.

»Ms. Moor, wenn Sie irgendwelche Zweifel daran haben, dass ich tatsächlich aus dienstlichen Gründen in das Haus der verstorbenen Ms. McDermot muss, so können Sie sich gerne telefonisch auf dem Revier in Galway rückversichern. Lassen Sie sich Superintendent Max Grant geben, er wird Ihnen bestätigen, dass ich ...«

»Schon gut.« Sie winkte ab. »Aber ich gehe mit.«

»Nein. Geben Sie mir den Schlüssel.« Er streckte die Hand aus.

Sie zögerte und sein Geduldsfaden wurde immer dünner.

»Kommt nicht in Frage. Den hat mir die Lizzy damals anvertraut. Schlimm genug, dass sie so früh gestorben ist. Den geb ich höchstens ihrer Schwester und das auch nicht gerne. Aber sie ist die Erbin.«

Smith rang seinen Ärger nieder. Klein, alt und kampfbereit stand das Weiblein vor ihm. In ihren glitzernden Augen erkannte er hartnäckigen Widerstand. Normalerweise forderte solch eine stoische Haltung seine Empörung heraus, doch bei ihr rührte ihn seltsamerweise, wie sie den Besitz der Verstorbenen zu schützen versuchte.

»Also gut. Kommen Sie mit«, willigte er widerstrebend ein.

***

Im Haus roch es muffig, durch die blinden Fenster drang nur wenig Helligkeit, was sicher auch dem trüben Tag geschuldet war.

Auf einem Schuhschrank im Flur stand ein eingestaubter vertrockneter Blumenstrauß, daneben lagen ein paar uralte Tageszeitungen.

In der Küche sah er ein unbenutztes Frühstücksgedeck auf dem Küchentisch, im Wohnzimmer lagen bunte Kissen auf einem hellgrauen Sofa und eine sorgfältig gefaltete Wolldecke. Auf dem Couchtisch lag eine angebrochene Tafel Schokolade, der restliche Inhalt, der hervorlugte, war grau angelaufen.

Smith kam das Haus vor, als sei es in einen Dornröschen-Schlaf verfallen.

Im Schlafzimmer von Lizzy McDermot stand ein kleiner Sekretär. Den nahm er sich als Erstes vor.

Amelia Moor stand beständig hinter ihm. Das machte ihn nervös.

»Ms. Moor, setzen Sie sich doch irgendwohin. Ich habe hier noch eine Weile zu tun«, wies er sie an. Zögerlich nickte sie und nahm schließlich auf einem Stuhl Platz, der neben dem

Kleiderschrank stand. Über der Rückenlehne des Sitzmöbels hing eine Jacke.

Smith setzte sich an den Sekretär. Die beiden Schubladen hatten keine Schlösser, klemmten aber, sodass er mehrere Versuche brauchte, sie aufzubekommen.

Er fand in der ersten einen Stapel Rechnungen, Kontoauszüge, eine Pappschachtel mit Kugelschreibern und Heftklammern sowie einige Fotos.

Die Bilder zeigten eine hübsche junge Frau stets im Kreis von etlichen anderen Frauen, alle immer vergnügt. Hier und da waren ein paar ebenfalls junge Männer dabei.

»Ist das Lizzy McDermot?«, fragte Smith und zeigte Amelia Moor ein paar der Aufnahmen.

»Moment«, murmelte sie, nestelte in ihrer Jackentasche und zog eine Brille mit Plastikgestell hervor.

»Ja«, sagte sie schließlich.

»Und die anderen? Kennen Sie jemanden?«, fragte er weiter.

»Nein.« Die alte Frau schüttelte den Kopf. »Wir waren nicht so persönlich. Wir waren halt Nachbarn und die Lizzy war immer nett und freundlich. Aber viel habe ich nicht von ihr gewusst.« Sie nahm die Brille wieder ab.

Smith wandte sich erneut dem Inhalt des Sekretärs zu und zog die zweite Schublade auf. Umgehend stutzte er.

Auf einigen unbeschriebenen Briefbögen, wie man sie in der Zeit vor Internet und WhatsApp zum Schreiben von Liebesbriefen genutzt hatte, mit aufgedruckten Blumenranken am Rand des Papiers und dazu passenden Briefumschlägen, lag ein kleines Bild, ein Computerausdruck. Obgleich Smith keine Kinder hatte, erkannte er, dass es sich um die Aufnahme eines Fötus handelte. Am unteren Rand standen etliche Daten.

McDermot, 9. SSW + 2 Tage, Datum 06.07.2004

SSW mochte für Schwangerschaftswoche stehen, erschloss er sich. Eine Weile ließ Smith diese Information auf sich wirken, ehe er sich wieder an die alte Frau wandte, die abwartend auf dem Stuhl neben dem Kleiderschrank saß.

»Ms. Moor, hatte Lizzy McDermot ein Kind? Oder wissen Sie von einer Schwangerschaft?«

Amelia Moor schüttelte den Kopf.

»Weder noch. Mir ist nix aufgefallen. Aber seit sie diesen Freund hatte, war sie auch nicht mehr oft daheim.«

»Wissen Sie, wer dieser Freund war? Wie er hieß, was er beruflich gemacht hat oder wie er aussah?«

»Nein, nein. Ich weiß gar nix. Wenn er ab und an hier gewesen sein sollte, habe ich ihn nicht gesehen, und einen Namen hat die Lizzy nie genannt.«

Smith legte das Foto beiseite. Vielleicht hatte die junge Frau das Kind auch während der Schwangerschaft verloren. Er musste in Erfahrungen bringen, wer dieser Freund gewesen war. Er würde die Aufnahme mitnehmen.

Er durchsuchte den restlichen Sekretär, fand jedoch nichts mehr, was ihm von Bedeutung schien.

Amelia Moor wurde ungeduldig.

»Sagen Sie, Constable, wie lange brauchen Sie denn noch? Ich kann Willi nicht so lange alleine lassen und ums Mittagessen muss ich mich auch kümmern«, drängelte sie.

»Ein bisschen Zeit brauche ich schon noch«, entgegnete Smith, entschlossen, sich nicht aus der Ruhe bringen zu lassen.

»Wieviel ist denn ein ›bisschen Zeit‹?«, fragte sie vorwurfsvoll.

Smith wandte sich ihr zu.

»Wenn ich gründlich arbeiten will, kann es auch den ganzen Nachmittag dauern«, sagte er freundlich.

Amelia Moor schnappte nach Luft.

»Also, das geht aber nicht. Ich muss doch …«

»Wieder nach drüben, ich weiß. Ich verspreche Ihnen, dass ich Ihnen den Schlüssel zurückbringe, ehe ich wieder nach Galway fahre.«

Die alte Frau schob unruhig einen Fuß über den Boden.

»Nun gut«, rang sie sich schließlich ab. »Hoffentlich kann ich mich auf Sie verlassen.«

»Probieren Sie es aus«, sagte er.

Amelia Moor stemmte sich vom Stuhl hoch, warf ihm einen missbilligenden Blick zu und verließ grußlos den Raum. Kurz darauf hörte er die Haustür ins Schloss fallen.

***

Georgia Hayes lag mit brennenden Augen und schmerzenden Gliedern neben ihrer dreijährigen Tochter Patricia. Die Kleine hatte in der Nacht Alpträume gehabt und keine Ruhe gegeben, bis sie sie zu sich ins Bett geholt hatte. Erst gegen Morgen war sie eingeschlafen.

Georgia fühlte sich krank vor Erschöpfung und Übernächtigung, aber auch vor Angst. Morgen kam Jeff zurück.

Nachdem vor einigen Tagen die Polizei vor der Tür gestanden hatte, weil Anzeige wegen Missbrauchs an einer seiner Nachhilfeschülerinnen gegen ihn erstattet worden war, war sie wie gelähmt. Dazu kam der Tod von Aaron.

Sie hatte keine Kraft mehr und doch musste sie stark sein. Stark für Patricia.

Sie betrachtete das kleine Mädchen, das im Halbdunkel neben ihr lag. Durch die nicht ganz geschlossenen Jalousien drang trübes Tageslicht. Der kleine Mund ihrer Tochter stand offen, die runden Bäckchen schienen rosig, die blonde Löckchen klebten feucht an Stirn und Schläfen.

Georgia wusste, sie musste hier weg.

Sie musste endlich ihr Leben selbst in die Hand nehmen und sich nicht immer an Männer klammern, von denen sie erhoffte, dass sie ihr ein sorgloses Dasein ermöglichten. Das war schon mehrfach schiefgegangen. Andere Frauen schafften es auch, für sich und ihre Kinder zu sorgen.

Zwei Tage lang hatte sie versucht, Jeff in Frankreich zu erreichen, nachdem die Polizei vor der Tür gestanden hatte, um ihn auf die Anzeige vorzubereiten. Doch sein Handy war stets ausgeschaltet gewesen und zurückgerufen hatte er sie auch nicht.

Im schlimmsten Fall passten ihn nun die Polizisten bei seinem Eintreffen in Galway am Bahnhof ab. Vielleicht nahmen sie ihn sofort mit aufs Revier, zu einer Stellungnahme seinerseits. Oder sie verhafteten ihn, vor seinen Schülern. Georgias Magen zog sich zusammen bei der Vorstellung.

Sein Leben war ruiniert und ihres gleich mit.

Hatte er sich wirklich an einem der Mädchen vergriffen, denen er Nachhilfe gab? Sie konnte es sich nicht vorstellen.

Andererseits hatte sie sich in ihrem Leben und in ihrer Ehe so manches nicht vorstellen können, was dann doch passiert war.

Zum Beispiel, dass Jeff anscheinend keine väterlichen Gefühle für die gemeinsame Tochter hatte und das unschuldige Kind mit Ignoranz strafte. Dass er ihr jeden Euro vorrechnete, den sie ausgab, und gleichzeitig dagegen war, dass sie arbeiten ging.

Dass er Besuch verabscheute. Dass er Sex nach Plan wollte, immer am Mittwoch und am Samstag um 22 Uhr, und dass sie gefälligst dafür zu sorgen hatte, dass Patty dann schlief. Was in der Praxis so gut wie unmöglich war.

Und dass … Georgia presste die Handflächen gegen die Schläfen. Sie musste aufhören, über ihre Ehe nachzudenken. Stattdessen musste sie nach vorne sehen und versuchen, so rasch wie möglich aus dieser für sie schon lange unerträglichen Situation herauszukommen.

Es war so schnell gegangen mit Jeff und ihr damals, als sie sich kennengelernt hatten. Lehrer für Geschichte, Mathematik und Physik war er, am *St.-Elisabeth-College*. Das hatte sie beeindruckt. Freundlich, höflich und charmant war er gewesen und als sie bereits nach wenigen Wochen schwanger geworden war, hatte er ihr einen Heiratsantrag gemacht. Allerdings, das musste sie sich eingestehen, hatte er mit keinem Wort davon gesprochen, sich auf das Kind zu freuen oder sie gar zu lieben.

Aus ihrer heutigen Sicht gesehen, war er wohl eher einer Verpflichtung nachgekommen, nicht seinen Gefühlen.

Hatte Jeff überhaupt Gefühle?

Als sie ihn einige Zeit nach der Geburt darauf angesprochen hatte, dass er der Kleinen keine Aufmerksamkeit schenkte, hatte er unumwunden zugegeben, dass er nie Vater hatte werden wollen, es aber tatsächlich als Ehrensache ansah, für sie und das Baby zu sorgen.

Diese Aussage hatte sie tief getroffen. Doch letzten Endes war es ihr wichtiger gewesen, die finanzielle Sicherheit an seiner Seite nicht aufzugeben.

Irgendwann hatte sie sich ihrem Hausarzt anvertraut, wie sehr ihre Ehe sie belastete, der wiederum nach dem Gespräch für eine allzu kurze Zeit die Rolle des liebevollen Trösters übernommen hatte.

Georgia setzte sich auf.

Sie hatte gehofft, mit Aarons Hilfe ihrer traurigen Ehe zu entkommen. Doch Aaron gab es nicht mehr und sie hatte keine Erwartung, noch jemanden zu finden, der ihr bei ihren Trennungsabsichten beistand. Sie musste es alleine schaffen. Für Patricia, aber auch für sich.

Sie würde jetzt duschen, solange die Kleine noch schlief, und dann ein paar Sachen zusammenpacken. Sie würde niemanden sagen, wohin sie ging. Auch nicht ihrer Freundin und Nachbarin Matty, die ab und an auf Patricia aufgepasst hatte, damit sie auch einmal etwas Zeit für sich fand und für ihre Treffen mit Aaron.

Leise verließ Georgia Hayes das Schlafzimmer.

***

Smith traf um kurz vor 19 Uhr wieder auf dem Revier in Galway ein.

Er hatte noch ein Tagebuch von Lizzy McDermot in deren Nachtkasten gefunden, in welches er bislang nur einen flüchtigen Blick geworfen hatte, sowie einen Terminkalender in der Küche auf der Anrichte. Beides hatte er mitgenommen, ebenso wie die Aufnahme des ungeborenen Kindes.

An einer Pinnwand in der Küche hatte ein vergilbtes Foto gehangen. Ein offenbar sehr verliebtes Pärchen stand strahlend vor einem Wohnwagen, einander zugewandt. Das Bild war unscharf und die Aufnahme war in einiger Entfernung gemacht worden. Smith hätte es nicht beschwören können, aber an irgendjemanden erinnerte ihn der Mann. Bei der Frau mochte es sich um Lizzy McDermot handeln. Auf der Rückseite stand L.+H. und um die beiden Initialen war ein Herz gemalt. Darunter stand: Juli 2003, Clifden.

In einer Schublade des Garderobenschrankes hatte er einen Mutterpass gefunden. Laut diesem hatte die junge Frau am 17. März 2005 eine Tochter geboren. Die Frage nach einer Fehlgeburt war damit hinfällig.

Smith rief als Erstes im *Green Gardens Inn* an und verlangte, Laura Casey zu erreichen. Tatsächlich war die Schwester des Toten noch nicht abgereist. Nach ein paar Begrüßungsfloskeln erfuhr er, dass sie ihre Abreise für den nächsten Tag geplant hatte. Ihr Bruder war am heutigen Tag beigesetzt worden. Zur Auflösung seines Nachlasses würde sie kommen, sobald geklärt war, ob sie in der Tat als einzige lebende Angehörige erbte.

Noch während des Gespräches entschied sich Smith die Fragen, die er an sie hatte, persönlich zu stellen, und verabredete sich mit ihr im *Green Gardens Inn* in einer halben Stunde.

Auch diesmal war Laura Casey ganz in Schwarz gekleidet. Ihre Wangen waren eingefallen und schienen ihm noch bleicher als bei ihrem ersten Treffen. Ihre Miene war ausdruckslos.

»Ms. Casey«, begann Smith das Gespräch, nachdem sie sich in der Gaststube an einen kleinen Tisch am Fenster gesetzt und jeder einen Tee bestellt hatten.

»Im Zuge unserer Ermittlungen sind wir auf eine Sache gestoßen, die uns von Bedeutung scheint. Sagt Ihnen der Name Lizzy McDermot etwas?«

Für einen Sekundenbruchteil entglitt Laura Casey ihr starrer Gesichtsausdruck. Sie gab keine Antwort.

»Also ja«, mutmaßte Smith. »Was wissen Sie über die Sache?«

»Lieber Himmel«, murmelte die Schwester des Verstorbenen. »Es ist so lange her und Aaron wäre daran fast kaputtgegangen. Er hat getan, was er konnte. Er hat einem Mann das Leben gerettet. Kein Mensch kann sich zweiteilen. Was hätte er denn tun sollen? Er war noch so jung und hat in der Hektik einfach den Überblick verloren. Ich weiß, so was darf einem Arzt nicht passieren. Er hat ja auch genug dafür gezahlt.«

»Gezahlt?«, forschte Smith.

»Im übertragenen Sinn. Er musste *St.-Margarets* verlassen. Die offizielle Begründung war, er würde wegen einer Beziehung nach Cork gehen. Aber das stimmte nicht.«

»Lizzy McDermot soll ein Kind gehabt haben. Es muss zum Zeitpunkt ihres Todes ein paar Monate alt gewesen sein. Sagt Ihnen das was?«

Die Betroffenheit, mit der sie ihn ansah, schien ihm echt.

»Nein. Wie tragisch. Ich meine, es war ohnehin schon entsetzlich genug, aber …«

Sie brach ab und starrte auf ihren Tee.

»Hat Ihr Bruder zur Gewalt geneigt?«, wechselte Smith unmittelbar die Richtung des Gespräches.

Laura Casey sah hoch. Ihre blassen Wangen röteten sich.

»Davon wissen Sie also auch schon«, antwortete sie und ihre Stimme klang heiser. Wut kroch in ihm hoch. Sie hatte ihm nicht nur die Sache mit Lizzy McDermot verschwiegen, sondern auch die fallen gelassene Anzeige.

»Sie hätten mir davon erzählen müssen«, empörte er sich.

»Ich weiß. Ich habe auch kurz darüber nachgedacht, als Sie mir das alte Foto gezeigt hatten. Aber es ist …«

»… lange her«, ergänzte er und hörte selbst, wie zynisch er klang. Egal wo er ansetzte, immer wieder war etwas ›so lange her‹.

Unvermittelt füllten sich die Augen der Frau mit Tränen.

»Ja, das ist es. Aber Brooke Donnaty hat Aaron verleumdet. An der Sache war nichts dran! Es hat auch nie jemand die angeblichen Blessuren gesehen, die ihr mein Bruder verpasst haben soll. Sie war wütend, weil er auch von ihr nur eine kurze Liebschaft gewollt hatte. Unser Vater meinte damals, wenn Aaron wegen Verleumdung gegen sie vorgeht, bekommt die Sache viel zu viel Bedeutung. Der Verdacht, er würde zuschlagen, bliebe an ihm hängen. Deswegen hat er dem Miststück Geld angeboten. Sie musste im Gegenzug die Anzeige zurückziehen und von der Bildfläche verschwinden. Sie hat sich tatsächlich darauf eingelassen. Ich dachte ja immer, irgendwann kommt was nach. Irgendwann steht sie wieder da und will noch mehr Geld.«

»Aber?«, fragte Smith.

»Nichts aber. Sie ist verschwunden und es war Ruhe.«

Sie wischte sich die Tränen ab.

»Mein Bruder war ein wunderbarer Arzt und herzensguter Mensch. Seine Schwäche waren die Frauen. Ich habe ehrlich keine Ahnung, wer ihm das angetan hat. Aber ich will nicht, dass sein Andenken im Nachhinein beschmutzt wird. Deswegen habe ich Ihnen weder von der Sache in *St.-Margarets* noch von der Donnaty erzählt. Es tut mir leid, wenn ich damit Ihre Ermittlungen behindert habe.«

»Das haben Sie allerdings«, gab Smith zurück und stellte

verwundert fest, dass seine Wut verraucht und einer resignierten Erschöpfung gewichen war.

Ross musste morgen herausfinden, wie die Schwester von Lizzy McDermot hieß und wie er sie erreichen konnte. Vielleicht wusste sie noch etwas, was ihm weiterhalf.

KAPITEL 29

SMITH TIPPTE DIE TELEFONNUMMER DER Schwester von Lizzy McDermot in den Apparat. Es war der 17. Dezember 09:11 Uhr.

»Guten Morgen. Hier spricht Constable Thomas Smith vom Revier in Galway. Spreche ich mit Merle Gruber?«

Er hatte Mühe, den deutschen Nachnamen auszusprechen.

»Am Apparat, ja«, drang eine weibliche Stimme durch den Hörer.

Die Verbindung war perfekt. Es klang, als wohnte Merle Gruber nur ein paar Straßen weiter statt im etwa 800 Meilen entfernten Deutschland.

Smith erläuterte ihr den Grund seines Anrufes.

»Casey ist tot?«, wiederholte die Schwester von Lizzy McDermot. Ihr Englisch war ohne jeden Akzent, die beiden Jahrzehnte, die sie laut Amelia Moor bereits in Deutschland lebte, hörte man ihr nicht an. Zudem klang sie weder überrascht noch erschüttert von seiner Mitteilung, aber auch nicht, als würde sie die Neuigkeit befriedigen.

»Ja«, bestätigte Smith. »Nachts und hinterrücks auf offener Straße erstochen. Meine Frage an Sie ist jetzt, wissen Sie, wer der Freund Ihrer Schwester war? Haben Sie einen Namen für mich? Und wissen Sie, was mit dem Kind geschehen ist?«

»Natürlich habe ich einen Namen für Sie. Wo der Mann jetzt wohnt, weiß ich allerdings nicht. Das Kind müsste bei ihm sein. Wir haben keinen Kontakt mehr. Nach Lizzys Beerdigung bin ich damals gleich wieder nach Deutschland zurückgeflogen und ihr Freund hat in Dublin sämtliche Zelte abgebrochen. Er sagte mir noch, er müsste irgendwo anders ganz neu anfangen, um zu überleben. Lizzy war die Liebe seines Lebens.«

»Sagen Sie mir den Namen bitte«, bat Smith, griff nach einem Kugelschreiber und zog seinen Notizblock heran.

Als Merle Gruber ihm sagte, wie der Mann hieß, erstarrte er förmlich. Den Mann kannte er nur allzu gut.

***

Detective Inspector Frederick Dunn spielte unschlüssig mit seinem Handy. Gestern am späten Nachmittag hatte er einen Anruf von Georgia Hayes bekommen, den er überhört hatte, weil er zu der Zeit den Staubsauger durch die Wohnung geschoben hatte. Dass er diesen Anruf verpasst hatte, nahm er als Zeichen des Himmels. Er würde nicht zurückrufen. Die beiden Male, die sie sich bisher bei ihm gemeldet hatte, hatten stets berufliche Gründe gehabt. An ihm als Mann war sie nicht interessiert und zudem verheiratet. Er kämpfte noch immer mit der doppelten Enttäuschung und war gleichzeitig verärgert ob seiner Gefühle. Sie mochte auch diesmal ein Anliegen haben, bei dem er ihr ohnehin nicht entgegenkommen konnte.

Den Abend über hatte er versucht das Gefühl zu genießen, sie abgewiesen zu haben. Allzu sehr kränkte es ihn, dass sie ihn für ihre Zwecke hatte benutzen wollten. Unter den gegebenen Umständen war es besser, keinen Kontakt zu ihr zu haben.

Und trotzdem. Irgendetwas beunruhigte ihn. Dass Georgia Hayes nur einen Versuch unternahm, ihn zu erreichen und sich danach nicht mehr meldete, schien ihm nicht zu ihr zu passen. Er schätzte sie eher so ein, dass sie, wenn sie etwas wollte, recht hartnäckig sein konnte. Vielleicht hatte sie sich aber auch nur verwählt.

Dunn gab sich einen Ruck. Nachfragen konnte er dennoch, ganz unverbindlich. Er drückte auf ›anrufen‹. Das Freizeichen ertönte, dann knackte es in der Leitung und eine Computerstimme informierte ihn, dass sein Anruf abgewiesen wurde.

Irritiert unterbrach er die Verbindung und versuchte es noch einmal. Jetzt war Georgias Handy ausgeschaltet.

Dunn erhob sich und lief unruhig im Wohnzimmer auf und ab. Irgendetwas stimmte nicht. Callum lag auf seinem Kissen und beobachtete ihn. Mit einem tiefen Schnaufen drehte sich der Hund auf den Rücken und reckte Bauch und Pfoten in die Höhe.

»Wir sollten spazieren gehen, Callum«, sagte Dunn. Der Hund wedelte und sah ihn aus seinen dunklen Augen an.

»Es ist gutes Wetter für draußen«, sprach er weiter. »Schau, es kommt sogar bisschen Sonne durch die Wolken. Ich hole meinen Mantel und dann gehen wir, okay?«

Der Hund wälzte sich auf den Bauch, stand auf, streckte sich längs und gähnte vernehmlich.

»Komm mit, wir ziehen uns an. Okay, ich zieh mich an und für dich nehmen wir die Leine.«

Callum trabte hinter seinem Herrn in den Flur.

***

Bis Dunn mit Callum auf der Straße stand, hatte sich die Sonne wieder hinter grauen Wolken verzogen. Immerhin war es windstill.

Er brauchte bis zu der Adresse von Georgia und Jeff Hayes

eine Dreiviertelstunde. Callum schnüffelte hier und da, Dunn wurde siedend heiß, als der Hund am Rande eines Gartenzauns sein Geschäft erledigte, und war heilfroh, dass er in der Innentasche seines Parkas doch noch eine Tüte fand, um die Hinterlassenschaft zu beseitigen und in den nächsten Müll zu werfen.

Vor dem Anwesen der Hayes parkte ein dunkelblauer VW.

Dunn hatte auf dem Weg darüber nachgedacht, ob sein Besuch bei der Frau nicht den Eindruck erweckte, er könnte einen Grund gesucht haben, sie zu sehen. Allein die Vorstellung war ihm unangenehm.

Vielleicht hätte er besser Smith gebeten, bei ihr vorbeizusehen. Doch nun stand er schon vor der Gartentür. Die Vogelscheuche im Vorgarten schien ihn hämisch anzugrinsen. Er drückte auf die rostige Klingel, die neben dem Türchen in die Mauer eingelassen war.

Es dauerte nicht lange, bis die Haustür geöffnet wurde. Im Rahmen stand ein schmächtiger Mann, mit Bundfaltenhose und sorgfältig nach hinten gekämmtem Haar.

»Ja, bitte?«, rief er. Dunn beschloss, ihm entgegen zu gehen. Er wollte sein Anliegen nicht über den Gehweg rufen. Den Hund kurz gefasst an der Leine öffnete er die Gartentür und spürte unvermittelt, wie Callums Körper sich anspannte. Augenblicklich stellten sich ihm die Härchen auf den Armen auf und sämtliche seiner Sinne wurden zu Höchstform aktiviert. Er hatte recht, irgendwas stimmte nicht.

»Callum, aus und ruhig«, befahl er mit leiser Stimme. Warum hatte er seine Waffe nicht mitgenommen? Weil er absolut nicht damit gerechnet hatte, sie zu brauchen, gab er sich selbst die Antwort.

Der Mann blieb ihm Türrahmen stehen und sah ihm misstrauisch entgegen.

»Ruhig«, wiederholte Dunn mit kaum wahrnehmbarer Stimme. Er wusste der Hund verstand ihn, so leise er auch sprach. Die kurz gefasste Leine zwischen seiner Hand und dem Tier war gespannt wie ein Drahtseil.

»Wer sind Sie und was wollen Sie?«, verlangte der Mann zu wissen.

»Sie sind Mister Hayes? Jeff Hayes?«, fragte Dunn.

Der Mann nickte.

»Mein Name ist Dunn. Ist Ihre Frau zu Hause?«

Er bemerkte, wie Hayes die Tür etwas näher zu sich heranzog, als wollte er verhindern, dass sein Besucher ins Haus sehen konnte.

»Nein. Was wollen Sie von ihr?«

Dunn zögerte. Eine fast greifbare Aggressivität ging von Hayes aus. Außerdem tat ihm beinahe schon der Arm weh von der Kraft, die er brauchte, um Callum gehorsam an seiner Seite zu halten.

»Ich fragte, was Sie von meiner Frau wollen.« Plötzliche Röte schoss dem Mann ins Gesicht, gleich auflodernder Flammen.

»Sie hat mich angerufen. Ich bin von der Polizei.« Immerhin hatte er seinen Ausweis dabei, doch der schien Hayes nicht zu interessieren.

Aus dem Inneren des Hauses drang ein Geräusch, als wäre ein Gegenstand zu Boden gefallen, gleich darauf fing ein Kind an zu weinen.

»Verschwinden Sie!«, stieß Hayes hervor. Callum fing an zu knurren und zog die Lefzen hoch.

»Ich möchte sofort Ihre Frau sprechen«, verlangte Dunn

und verfluchte im Stillen die fehlende Waffe. Das Schreien des Kindes wurde lauter.

»Hören Sie schlecht? Sie ist nicht da!« Er betonte im zweiten Satz jedes einzelne Wort.

»Mama! Mama!« Das Kind kreischte jetzt.

Dunn war in Versuchung den Hund loszulassen, doch er wusste nicht, wie der Labradorrüde reagieren würde. Er war schließlich kein ausgebildeter Polizeihund. In dem Augenblick ging ein Ruck durch die magere Gestalt von Hayes, er bäumte sich kurz auf und sackte dann in sich zusammen. Hinter ihm stand Georgia Hayes, das Gesicht blutüberströmt und mit einem Hammer in der Hand. Ihre Knie knickten ein und sie stürzte hinter ihrem Mann zu Boden.

***

Vor dem Haus standen ein Rettungswagen, ein Notarztwagen, zwei Polizeiautos und der Wagen von Constable Thomas Smith.

Dunn und Smith saßen im Wohnzimmer der Hayes, Callum lag neben seinem Herrn und beobachtete wachsam das Geschehen.

Die Tür vom Wohnzimmer zum Flur stand offen.

Zwei Kollegen vom Revier sicherten Spuren und Beweise im Haus, nachdem Smith es auf die Schnelle in Augenschein genommen hatte.

Ein Arzt kümmerte sich um Georgia Hayes, die auf einer Trage am Boden lag. Sowohl sie als auch ihr Mann waren wieder bei Bewusstsein. Für die kleine Patricia sorgte eine Polizistin. Sie war mit dem Kind in dessen Zimmer gegangen.

Georgia Hayes hatte ihren Mann mit dem Hammer in der Nierengegend getroffen. Durch den plötzlichen massiven Schmerz war Jeff Hayes ohnmächtig geworden. Der Arzt fand nach einer ersten Untersuchung keinen Grund, ihn übereilt in eine Klinik einweisen zu lassen. Genauer untersucht werden musste er natürlich dennoch. Nun saß er bleich und mit verkniffener Miene auf dem Sofa.

Smith wandte sich an den Mann.

»Mister Hayes, Ihre Frau wurde allem Anschein nach brutal misshandelt. Möchten Sie dazu eine Aussage machen?«

Hayes gab keine Antwort.

»Haben Sie eine Erklärung dafür, warum sie sie mit dem Hammer geschlagen hat?«

Hayes presste die Lippen zusammen und erwiderte auch auf diese Frage nichts.

»Sind Sie gegen Ihre Frau handgreiflich geworden?«, fragte Smith. »Kam das öfter vor?«

Dunn kribbelte es in den Fingern. Obwohl Smith seine Sache gut machte, drängte es ihn, die Befragungen in die Hand zu nehmen. Er wäre energischer mit dem Bügelfalten-Träger umgesprungen. Dass er seine Frau gründlich verprügelt hatte, lag für ihn auf der Hand. Er hätte den Kerl packen und durchschütteln mögen, bis seine mageren Knochen klapperten.

»Mister Hayes, Ihr Schweigen wird Ihnen nichts nützen«, fuhr Smith fort. »Ich denke, Ihre Frau kann mir meine Fragen auch beantworten. Also reden Sie, ein Geständnis wirkt sich strafmildernd aus.«

»Ich sage gar nichts«, erwiderte er plötzlich. »Sie und Ihresgleichen sind auf der Suche mir etwas anzuhängen. Warum, weiß ich nicht.«

Er verschränkte die Arme vor der Brust, wobei sich sein Gesicht vor Schmerz verzog.

»Gut, wie Sie wollen. Dann spreche ich jetzt mit Ihrer Frau. Sie bleiben hier.«

»Und wenn nicht?« Er klang höhnisch.

»Dann sorge ich dafür, dass Sie hierbleiben müssen.« Smith gab einem seiner beiden Kollegen, der im Eingangsbereich des Hauses Fotos machte, ein Zeichen und wies ihn an, Hayes Handschellen anzulegen.

***

Georgia Hayes war mittlerweile in den bereitstehenden Krankenwagen gebracht worden. Die rückwärtigen Türen standen noch offen, ein Sanitäter überprüfte die Infusion, die der Frau verabreicht wurde.

Smith kletterte in den Wagen, was ihm einen vorwurfsvollen Blick des Rettungsassistenten einbrachte.

»Kann ich ein paar Minuten mit Ms. Hayes reden?«, fragte er. Der Sanitäter zuckte mit den Schultern.

»Ansprechbar ist sie. Einen Moment sind wir noch hier, der Doctor wollte noch mal nach ihr sehen, ehe wir in die Klinik fahren. Gerade ist er bei dem kleinen Mädchen.«

Smith nickte.

»Ms. Hayes?«, fragte er und trat dicht an die Krankenliege.

Georgia Hayes' linkes Auge war zugeschwollen, ihre Lippe aufgeplatzt, Blut lief über ihre Schläfe und ein blauer Fleck verunstaltete den rechten Wangenknochen, ein weiterer das Kinn. Ein Arm lag in einer Schiene.

»Hm«, machte sie nur und versuchte, ihn mit dem rechten

Auge anzusehen. Winzige Schweißperlen standen auf ihrer Stirn.

»Was ist passiert?«

»Jeff ...«, nuschelte sie und er glaubte, in ihrem malträtierten Gesicht Panik zu erkennen.

»War er das?«

»Ja.« Sie versuchte zu nicken, doch es wurde nur eine winzige ruckartige Bewegung daraus.

»Werden Sie öfter von Ihrem Mann geschlagen?«

»Ja.« Ihre Stimme wurde immer leiser.

»Sie hat ein Beruhigungsmittel bekommen«, meldete sich der Sanitäter zu Wort.

»Patricia«, nuschelte Georgia Hayes.

»Ihre Tochter wird von meiner Kollegin versorgt und der Doctor ist auch bei ihr«, versuchte Smith die Mutter zu beruhigen.

»Patricia«, wiederholte Ms. Hayes, diesmal etwas nachdrücklicher.

»Wir kümmern uns um sie«, versicherte Smith.

»Matty!«, stöhnte die gequälte Frau. Dann sackte ihr Kopf beiseite und sie schlief ein.

»Tut mir leid, Constable. Ich habe ja gesagt, sie hat ein Beruhigungsmittel bekommen«, erklärte der Sanitäter.

»Schon gut«, erwiderte Smith frustriert. »Ich nehme an, Sie bringen sie in die Klinik nach Galway?«

»Richtig«, vernahm Smith die Stimme des Arztes, der vor den offenen Türen des Krankenwagens stand.

Smith sprang aus dem Wagen.

»Wann kann ich mit ihr reden?«, fragte er.

»Wahrscheinlich heute noch. Rufen Sie am besten vorher

an. Das kleine Mädchen hat einen Schock, aber keine Verletzungen. Außer Ihrer Kollegin ist jetzt auch noch eine Nachbarin bei ihr, eine Mathilda McLeary. McLeary hat gesehen, dass etwas passiert ist, und ist rübergekommen. Patricia scheint die Frau zu kennen. Sie hat sich schluchzend an sie gekuschelt.«

Vermutlich handelte es sich um jene Matty, von der Georgia Hayes gesprochen hatte.

»Was ist mit Jeff Hayes?«, erkundigte er sich.

»Er muss zur Kontrolle in die Klinik. Ich denke aber, er wird mit einem ordentlichen blauen Flecken davonkommen. Danach können Sie mit ihm machen, was Sie wollen beziehungsweise müssen.«

***

»Kann ich Sie nach Hause fahren, Inspector?«, fragte Smith. Sie standen vor dem Anwesen der Hayes auf der Straße. Ein kühler Wind blies.

Der Krankenwagen war mit Georgia Hayes zur Klinik gefahren, Mathilda McLeary hatte für Patricia ein paar Sachen zusammengepackt und sie mit nach nebenan genommen. Sie war eine unmittelbare Nachbarin der Familie Hayes und hatte schon oft auf das Kind aufgepasst.

Smith hatte Jeff Hayes wegen Körperverletzung verhaftet und angeordnet, dass ein Constable zur Bewachung von ihm mit in die Klinik fuhr. Er durfte ihn nicht aus den Augen lassen. Sollte er nach der Untersuchung für soweit gesund erklärt werden, sollte er ihn zu einem Gespräch aufs Revier begleiten.

»Wenn Callum auch mitfahren darf, gerne«, gab Dunn zurück.

»Sicher.« Smith zog umständlich den Reißverschluss seiner Jacke hoch.

Dunn musterte seinen Untergebenen. Er spürte förmlich, dass dieser mit ihm über etwas reden wollte und doch blockiert war.

»Was ist los, Smith? Machen Sie sich wegen irgendetwas Vorwürfe? Oder stecken Sie in den Ermittlungen fest? Soweit ich das beurteilen kann, haben Sie bisher gute Arbeit geleistet.«

»Ich steck nicht fest, im Gegenteil.« Smith sah an ihm vorbei.

»Wunderbar. Gibt es Neuigkeiten?«

Callum gähnte und stupste Dunn am Knie. Er streichelte ihm über den Kopf.

»Die gibt es. Gehen wir einen Kaffee trinken? Oder einen Tee?«, fragte Smith.

»Einverstanden. Wo?«

»Wie wäre es in Mary's Café? Die haben leckere Törtchen«, schlug er vor.

»Einverstanden.« Smith öffnete mit der Fernbedienung sein Fahrzeug.

***

Mary's Café war um die Mittagszeit gut besucht. Sie fanden einen kleinen Tisch für zwei Personen am Fenster. Glücklich war Smith über den Platz nicht. Es gab zu viele Zuhörer. Vielleicht hätte er Dunn doch lieber gleich nach Hause fahren sollen, um ihm im Auto zu erzählen, was er von Merle Gruber, der Schwester der verstorbenen Lizzy McDermot, erfahren hatte.

Sie hatten kaum Platz genommen, als sich eine kleine Hand auf seinen Arm legte.

Er wandte sich halb um und erkannte Meta Winfield, die, auf ihren Rollator gestützt hinter ihm stand.

»Constable, wie schön, dass ich Sie hier treffe. Haben Sie den Täter denn schon?«, erkundigte sie sich.

»Ms. Winfield, guten Tag«, antwortete Smith und stellte sie und Dunn einander vor.

»Wir stecken noch in den Ermittlungen«, informierte er sie.

»Das dauert aber lange.« Meta Winfield schob ihren Rollator näher an den Tisch und nahm auf der Sitzfläche Platz.

»Gibt es denn Verdächtige?«, forschte sie.

»Sicher«, erwiderte Smith und lächelte sie an. »Aber dazu darf ich Ihnen nichts erzählen. Dienstgeheimnis, verstehen Sie?«

»Ach ja, schade. Probieren Sie doch was von dem Kirschlikör. Der wird im Haus selbst gemacht und ist echt lecker.« Sie kicherte. »Die Cecilia und ich hatten auch schon zwei.«

Obwohl er hoffte, sie würde baldmöglichst wieder ihren eigenen Platz aufsuchen, musste er grinsen. Die alte Dame hatte rote Bäckchen und ein abenteuerlustiges Funkeln in den Augen.

»Vielleicht mache ich das«, antwortete er. »Aber nun lassen Sie Ms. Graves nicht zu lange alleine.«

»Ach was. Die ist eben zur Toilette und das kann dauern. Außerdem ist mir noch was eingefallen, ich hatte schon überlegt, ob ich Sie deswegen anrufen soll, aber dann dachte ich, so wichtig ist das vielleicht gar nicht.«

»Was denn?« Umgehend richtete sich seine Aufmerksamkeit nun ganz auf sie.

Sie beugte sich vor und senkte die Stimme.

»Der Kerl trug Schuhe wie ein Teenager«, wisperte sie und schirmte, während sie sprach, seitlich den Mund mit der Hand ab.

»Was meinen Sie damit?«, fragte Smith.

»Naja, halt weiß und mit Leuchtstreifen. So was trägt mein Ur-Enkel. Der ist 17 Jahre.« Erwartungsvoll sah sie ihn an.

»Aber Ms. Winfield, Sie haben den Täter doch gar nicht gesehen. Wie können Sie was über seine Schuhe wissen? Es war doch Ms. Graves, die…«

»Ach was.« Meta Winfield winkte ab. »Natürlich hat das die Cecilia gesehen und nicht ich. Sie hat es mir später erzählt und ich habe hin und her überlegt, ob ich Sie deswegen noch mal anrufen soll. Solche Schuhe haben ja viele junge Leute.«

Smith nickte zögernd. Er konnte schlecht das gesamte Umfeld des Toten nach Menschen absuchen, die derartige Schuhe trugen. Andererseits, hätte er früher davon erfahren, hätte er jeden Verdächtigen in der Hinsicht überprüfen können, so unauffällig wie möglich. Ms. Donnaty zum Beispiel oder Ms. Hayes. Bei beiden war er zu Hause gewesen.

»Ich muss dann wieder, sonst wird mein Tee kalt. Machen Sie fleißig weiter, damit der Gauner hinter Schloss und Riegel kommt. Was sag ich. Der Mörder! Unglaublich. Ich könnte mich aufregen. Gibt es denn für die Praxis schon einen Nachfolger? Meine Blutdrucktabletten werden knapp.«

»Von einem Nachfolger weiß ich nichts. Möglicherweise wird die Praxis auch aufgelöst. Gehen Sie zu einem Kollegen von Doctor Casey, Ms. Winfield«, riet er ihr.

»Wird besser sein, ja. Schönen Tag noch.« Sie stemmte sich hoch, packte die Griffe des Rollators und schob sich zwischen den Tischen durch zu ihrem Platz, an dem Cecilia Graves saß und grüßend die Hand hob. Smith grüßte zurück und wandte sich wieder an Dunn.

»Schuhe mit Leuchtstreifen«, wiederholte er und schüttelte den Kopf.

Dunn lächelte.

»Ich weiß, was sie meint. Shannon hat auch solche.«

»Na bitte. Wahrscheinlich tragen jede Menge Personen derzeit das Zeug«, versuchte sich Smith darüber hinweg zu trösten, dass er diese Information erst jetzt bekommen hatte.

»Hauptsächlich Jugendliche«, erwiderte Dunn.

»Unter den Verdächtigen ist aber derzeit kein Jugendlicher«, erwiderte Smith.

Dunn nickte nur.

»Erzählen Sie, was es für Erkenntnisse gibt.«

»Ich weiß jetzt, wer der Freund von Lizzy McDermot war«, begann Smith.

KAPITEL 30

ES WAR KURZ VOR 17 UHR GEWORDEN, BIS Smith mit seinen Ausführungen fertig geworden war. Dunn hatte aufmerksam zugehört.

»Wir fahren gemeinsam zu ihm«, hatte dieser entschieden. »Ich möchte nur Callum vorher zu Hause abgeben.«

Smith nickte dankbar. Augenblicklich hatte er das Gefühl, die Geschicke in dem Fall seinem Vorgesetzten übergeben zu haben. Dass dieser offiziell in Urlaub war, verdrängte er.

Nun standen sie vor dem Mehrfamilienhaus in der Northern Street. Die Haustür war offen. Im zweiten Stock klingelten sie an der rechten Wohnungstür.

Von innen hörte man Schritte, dann wurde geöffnet.

»Mister Dwyer, guten Abend. Das ist mein Vorgesetzter, Inspector Frederick Dunn. Dürfen wir hereinkommen?«

»Guten Abend, die Herren. Ich weiß zwar nicht, weswegen, aber bitte, kommen Sie.«

Henry Dwyer ging ihnen voraus in ein kleines Wohnzimmer und bot ihnen Platz an. Dunn und Smith setzten sich auf die Kante des Sofas, Dwyer nahm den Sessel.

»Wenn es um die Anzeige gegen Hayes geht, die habe ich zurückgezogen«, sagte Dwyer. »Blieb mir auch gar nichts anderes übrig. Und dass Ellen wieder da ist, habe ich auch zur Kenntnis gegeben. Vielleicht hat man es Ihnen nicht weitergesagt.«

»Doch, doch, das wissen wir«, bestätigte Smith.

»Worum geht es dann? Will Hayes jetzt gegen mich vorgehen?« Dwyer verschränkte die Arme vor der Brust.

»Bis jetzt nicht. Es geht auch gar nicht um Ihre Tochter und den Nachhilfelehrer«, sagte Smith.

»Sagt Ihnen der Name Lizzy McDermot etwas?«, fuhr er fort.

Dwyer wurde bleich und schien in sich zusammen zu fallen.

»Also ja?«, hakte Smith nach.

Dwyer nickte.

»In welchem Verhältnis standen Sie zu ihr?«, erkundigte sich Smith. Dunn saß wortlos daneben.

Dwyer räusperte sich. Es dauerte endlose Sekunden, ehe er antwortete.

»Wir wollten heiraten. Sie ist die Mutter meiner Tochter.«

»Ihre Freundin ist gestorben, soweit wir inzwischen wissen. Durch einen Behandlungsfehler«, fuhr Smith fort, ohne Dwyer aus den Augen zu lassen. Der Mann nickte.

»Ja. Es war grauenhaft. Woher wissen Sie davon?«

»Das Ganze ist in Dublin passiert, in der *St.-Margarets-Klinik*. Sie haben damals mit Ihrer Freundin dort gewohnt, nicht wahr?«

»Ja, verdammt! Was soll das? Es war eine furchtbare Zeit. Ich dachte, ich überlebe das nicht, aber da war ja die Kleine. Wir sind hierhergezogen. Ich wollte Abstand, eine neue Umgebung und die Kraft finden, um für mein Kind zu sorgen.«

»Es tut mir sehr leid, Mister Dwyer, aber ich muss Sie dennoch in der Angelegenheit befragen«, entschuldigte sich Smith.

Der Schmerz stand dem Mann ins Gesicht geschrieben und ihm war, als würde er in einer schwelenden Wunde herumwühlen, bis die Qual unerträglich wurde. Es gab Momente, in denen er sich fragte, weshalb er zur Polizei gegangen war.

»Sie wollten damals die Klinik und den diensthabenden Arzt verklagen«, sagte er. Dwyer zuckte mit den Schultern.

»Unsere Ermittlungen haben ergeben, dass die Klinik alles getan hat, den Vorfall unter den Teppich zu kehren. Hat man Ihnen Geld angeboten?«

Dwyer presste die Fingerspitzen gegen die Schläfen.

»Ja«, sagte er schließlich. »Und ich kann bis heute nicht in den Spiegel sehen, wenn ich daran denke. Immer wieder sehe ich Lizzy vor mir. Ich hätte mich auf diesen ›Deal‹ nicht einlassen dürfen. Ein Anwalt hat mir damals gesagt, es würde schwierig werden, dem Arzt eine Verfehlung nachzuweisen. Personalmangel und dazu der Autounfall, der zur gleichen Zeit eingeliefert wurde, als ich mit Lizzy in die Notaufnahme gekommen bin. Er musste Prioritäten setzen. Hinter ihm stand die Leitung der Klinik, die ihren sauberen Ruf schützen wollte. Ich hatte keine Kraft mehr, aber da war die Kleine, die mich brauchte. Ich wusste nicht, wie es weitergehen sollte. Bis zu Lizzys Tod habe ich als Buchhalter in einer großen Baufirma gearbeitet. Aber dann ging das nicht mehr. Ich hatte niemand für Ellen und ich war am Ende. Ich habe das Geld genommen und bete seither jeden Tag, dass Lizzy mir verzeihen möge.« Dwyers Gesicht war wachsbleich.

Smith ließ ihm einen Moment Zeit.

»Der Arzt, der damals in *St.-Margarets* Dienst hatte, war Doctor Aaron Casey«, ergänzte er schließlich. Dwyer nickte wieder.

»Casey ist tot. Hinterrücks erstochen«, sagte Smith. Ihm fiel auf, dass Dunn bisher noch kein Wort gesagt hatte.

»Ich weiß. Aber ich war das nicht, auch wenn es mir um ihn nicht leidtut«, antwortete Dwyer und blickte ins Leere.

»Sie waren Patient bei Casey. Wie darf ich das verstehen?«, fragte der Constable.

Dwyer gab keine Antwort.

»Ich meine, Sie sind der Ansicht er hat Ihre Freundin auf dem Gewissen. Wieso waren Sie dann bei ihm in Behandlung?«, forschte er.

Dwyer warf ihm einen müden Blick zu.

»Ich nehme an, Sie haben Einsicht in die ärztlichen Unterlagen genommen, oder? Wenn Sie genau hingesehen hätten, wäre Ihnen aufgefallen, dass ich ein einziges Mal bei ihm war. Und das nicht freiwillig.«

»Wie meinen Sie das?«, fragte Smith.

»Ich hatte im Herbst eine schwere Bronchitis, mit hohem Fieber, Atemnot und so weiter. Ich gehe normalerweise nie zum Arzt und Ellen ist bei Doctor Ruth McCarthy. Mir ging es richtig übel und ich musste zum Notarzt. Casey hatte Dienst, das wusste ich nicht. Ich wusste ja nicht einmal, dass der inzwischen auch in Galway gewohnt und praktiziert hat. Aber ich habe ihn sofort erkannt, nicht nur wegen seines Namens.«

»Hat er Sie auch erkannt?«, wollte Smith wissen und ließ ihn nicht aus den Augen.

Dwyer zuckte mit den Schultern.

»Wenn, dann hat er es sich nicht anmerken lassen. Ich wollte auch nur noch raus aus der Praxis. Wenn ich geahnt hätte, ihn zu treffen, ich wäre eher krepiert, als mich von ihm behandeln zu lassen.«

»Mister Dwyer, ich weiß, Sie haben viel mitgemacht. Der Tod Ihrer Lebensgefährtin, die Sorge um Ellen … dennoch muss ich Sie nach Ihrem Alibi zu Caseys Todeszeitpunkt fragen. Wo waren Sie in der Nacht vom zehnten auf den elften

Dezember in der Zeit von elf Uhr abends bis ein Uhr morgens?«

Dwyer atmete bedächtig durch.

»Aber Constable. Sie wissen doch, dass ich ungefähr der Zeit bei Ihnen war und Ellen als vermisst gemeldet habe«, antwortete er ruhig.

»Sie waren ziemlich genau um 1:15 Uhr bei mir. Ich habe das überprüft«, antwortete Smith, ebenso ruhig. In Wahrheit hatte nicht er die Zeit überprüft, sondern Ross angerufen, der das für ihn übernommen hatte.

»Wo also waren Sie zuvor?«

»Ich habe nach Ellen gesucht«, erwiderte Dwyer. Seine Miene war ausdruckslos.

Irgendetwas irritierte Smith. Er kam nicht darauf, was es war.

»Wo genau? Hat Sie jemand gesehen, der das bezeugen kann?«, fragte er.

»Nicht, dass ich wüsste.«

»Bitte denken Sie genau nach. Sie hatten ein Motiv, den Arzt zu töten«, erinnerte er ihn.

»Wenn ich das hätte tun wollen, hätte ich es schon bei meinem Besuch in seiner Praxis getan«, behauptete Dwyer.

»Das kann man glauben oder auch nicht. Sie waren übel krank und sicher total geschockt. Vielleicht brauchten Sie Zeit zum Überlegen.«

»Nein, Constable. Ich will für meine Tochter da sein. Ich bin doch nicht bescheuert und mache mir an dem Kerl die Finger dreckig.«

»Kennen Sie selbstlöschende Mails?«, fuhr Smith fort.

»Ja. Ich habe davon gehört«, erwiderte Dwyer.

Verdammt. Der Mann war aalglatt. Er hatte nicht mal mit der Wimper gezuckt. Aber vielleicht sagte er ja auch schlicht die Wahrheit.

Möglicherweise hatte Hayes Casey getötet. Der Mann neigte zur Brutalität, so erbarmungslos, wie er seine Frau verdroschen hatte. Vielleicht hatte er mit dem Widersacher kurzen Prozess gemacht. Er wusste noch immer nicht, wann genau Hayes nach Frankreich gefahren war. Eventuell hatte er Casey kurz vorher niedergestochen.

Im Flur ging die Wohnungstür und in der offenstehenden Wohnzimmertür erschien Ellen Dwyer, ihr Baby dick eingewickelt auf dem Arm, hinter ihr stand Jason Moran.

»Daddy?«, erstaunt sah das Mädchen von einem zum anderen.

»Schätzchen, es ist alles gut. Lasst uns bitte allein.«

»Gut, wie du willst. Wir sind in meinem Zimmer.« Das Mädchen wandte sich um und Smith' Blick fiel auf die hellen Turnschuhe mit den rosafarbenen Neonstreifen an der Seite.

»Ellen, warte«, bat er und warf noch einen Blick auf Jasons Schuhe. Er trug schwarze knöchelhohe Schuhe.

»Ja?«

»Woher hast du die Schuhe?«, fragte er.

»Die?«, fragte sie überflüssigerweise, lächelte und streckte einen Fuß vor. »Sie sind klasse, was? Daddy hat beim Kreuzworträtsel einen Gutschein von einem Schuhgeschäft gewonnen, für hundert Euro. Wir waren gemeinsam einkaufen. Er hat die gleichen, nur mit grünen Streifen.«

»Danke, Ellen«, sagte Smith. Sein Puls ging schneller und doch war er nur mäßig zufrieden. Die Indizienlage war dünn. Dennoch, der Mann hatte Motiv und Gelegenheit gehabt und Cecilia Graves hatte von solchen Schuhen gesprochen.

Ellen und ihr Freund verließen das Zimmer, die junge Mutter hielt ihr Kind fest an sich gedrückt.

»Mister Dwyer, ich würde gerne das besagte Paar Schuhe sehen«, verlangte er.

»Tut mir leid, Constable. Ich habe sie nicht mehr. Ich wollte es Ellen nicht sagen, sie war ganz begeistert davon, dass wir die gleichen Schuhe haben, sozusagen im Partnerlook. Aber mir haben die Füße darin weh getan. Das ist nur was für junge Leute.«

»Wann haben Sie sie weggeben und wohin?«, forschte Smith, den nun der Ärger packte. Tatsächlich hatte Dwyer auf alles ein Gegenargument.

»Ich habe sie in den Müll geworfen. Vor etwa zwei Wochen«, behauptete er.

Er glaubte ihm kein Wort.

»Wir haben eine Zeugenaussage. Der Täter, der Casey niedergestochen hat, trug solche Schuhe«, klärte Smith den Mann auf.

»Tatsächlich?« Er stieß ein kurzes Lachen aus. »Und jetzt verdächtigen Sie mich deswegen?«

»Nicht deswegen«, erwiderte Smith.

»Ich war es nicht«, wiederholte Dwyer.

Smith tauschte mit Dunn einen Blick. Dieser nickte leicht und stand auf.

»Ich bin gleich wieder hier«, sagte Dunn, verließ den Raum und zog die Tür hinter sich zu.

»Was macht er?«, fragte Dwyer und zum ersten Mal erkannte Smith Anzeichen von Nervosität bei dem Mann. Seine Hände bewegten sich unruhig und auch seine Miene war nicht mehr so regungslos.

»Er beantragt beim Oberstaatsanwalt eine Durchsuchung Ihrer Wohnung. Jetzt, sofort.«

»Was?« Dwyer schnellte im Sessel nach vorne. »Das können Sie nicht machen! Mit welcher Begründung?«

»Man nennt so etwas Gefahr im Verzug.«

»Aber warum denn? Welche Gefahr? Ich habe Ihnen alles gesagt.«

»Möglicherweise haben Sie die Schuhe doch noch. Wenn wir sie finden, geben wir sie in die Kriminaltechnik zur Untersuchung.«

Dwyer schnappte nach Luft.

»Das ist ungeheuerlich. Ich habe nichts getan!«

»Dann besteht auch kein Grund zur Aufregung«, antwortete Smith.

»Aber die Nachbarn! Was denken die denn? Wollt ihr mich kaputt machen?«

Dunn kam wieder ins Wohnzimmer.

»Erledigt. Dauert nicht lange«, sagte er nur.

Dwyer sprang auf. »Ich will das nicht!« Er griff sich mit beiden Händen in die Haare.

»Wo waren Sie zum Todeszeitpunkt von Casey?«, schaltete sich nun Dunn ins Gespräch ein.

»Ich habe Ihnen doch schon gesagt, dass ich Ellen gesucht habe.« Dwyers Wangen liefen rot an.

»Wo genau? Sie sind doch nicht einfach durch die Straßen gerannt?«, fuhr Dunn ihn an.

»Doch! Und ich habe in ein paar Kneipen gesehen.«

»Welche waren das?«, fragte Smith.

»Ich weiß es nicht mehr! Ich würde Lügen, wenn ich Namen nennen würde. Ich war völlig kopflos.«

Smith stutzte. Ihm wurde klar, was ihn schon eine Weile irritierte.

»Inspector, ich geh auch mal kurz nach draußen«, sagte er zu Dunn. Dieser nickte. Dwyer keuchte.

»Ihr macht mir mein Leben kaputt«, wiederholte er. »Ich habe keine Kraft mehr. Erst lässt das Schwein Lizzy draufgehen, dann schwängert dieser Grünspan meine gerade 15-jährige Tochter und jetzt soll ich auch noch jemanden ermordet haben. Was glaubt ihr eigentlich, wie belastbar ein Mensch ist? Wem habe ich denn Unrecht getan, dass es immer wieder mich trifft?«

Er rannte auf und ab, das Gesicht zornig gerötet.

Smith kam zurück ins Zimmer.

»Mister Dwyer, ich war mir nicht mehr sicher, deswegen habe ich eben im Revier nachgefragt. Als Sie in der Todesnacht von Casey die Vermisstenanzeige für Ellen aufgegeben hatten, haben Sie behauptet, sie hätten nach einem Streit mit Ihrer Tochter die Wohnung verlassen, weil Sie frische Luft gebraucht hätten«, sagte er.

»Richtig.« Dwyer blieb stehen und nickte.

»Sie nahmen an, dass Ihre Tochter, nachdem Sie fort waren, ein paar Sachen gepackt hatte und verschwunden wäre.«

»Richtig«, wiederholte er.

»Als Sie bei mir waren, hatten Sie mit keinem Wort erwähnt, bereits nach Ellen gesucht zu haben«, fuhr Smith fort.

»Dann habe ich das in der Aufregung wohl vergessen«, konterte Dwyer.

»Sie hatten von Anfang an den Nachhilfelehrer in Verdacht. An Ihrer Stelle wäre ich umgehend zu dem Mann gefahren, um ihn zur Rede zu stellen«, sagte Dunn.

»Vielleicht habe ich das ja getan«, behauptete Dwyer.

»Tatsächlich? Zu mir sagten Sie damals, Sie wüssten nicht, wo der Mann wohnt«, ging Smith dazwischen.

Dwyer ließ sich wieder in seinen Sessel fallen.

»Ich weiß nicht mehr, was ich gesagt habe. Ich war völlig durcheinander. Ellen ist alles, was ich habe. Ich will, dass es ihr gutgeht.«

Weder Dunn noch Smith antworteten. Es wurde still im Wohnzimmer, aus einem anderen Raum in der Wohnung drang das Quäken eines Säuglings.

»Und jetzt?«, fragte Dwyer schließlich, der das Schweigen nicht auszuhalten schien.

»Jetzt warten wir auf die Kollegen, die die Durchsuchung vornehmen. Sie sind sicher gleich hier.«

KAPITEL 31

DUNN BETRAT DAS WOHNZIMMER, IN DEM Dwyer noch immer saß, unter Bewachung von Smith. Er hielt einen durchsichtigen Plastikbeutel in der Hand.

Inzwischen war es kurz nach neun Uhr abends.

»Hier sind die Schuhe, Mister Dwyer. Die Kollegen haben sie im Müll gefunden.«

Dwyer gab keine Antwort. In seiner Miene erkannte Dunn grenzenlose Erschöpfung, vielleicht auch Resignation.

»Ich muss Sie vorübergehend festnehmen, wegen des Verdachts, Doctor Aaron Casey getötet zu haben.«

Dwyer blieb im Sessel sitzen.

»Ich war es nicht«, beharrte er.

»Sie haben kein Alibi, hatten aber reichlich Grund, den Arzt zu hassen. Vielleicht war dieser Hass tödlich. Unser kriminaltechnisches Labor wird Ihre Schuhe untersuchen. So lange müssen Sie bei uns bleiben«, sagte Dunn ruhig.

»Was ist mit Ellen? Sie ist 15 Jahre. Ich kann sie nicht alleine lassen.«

»Wir verständigen das Jugendamt«, schaltete sich Smith ein.

Schwerfällig stand Dwyer auf.

»Kann ich mich noch von meiner Tochter verabschieden?«, fragte er.

»Natürlich«, antwortete Dunn.

***

»Ich fahre jetzt noch in der Klinik vorbei«, sagte Smith zu

Dunn. »Ich will mit Georgia Hayes sprechen. Möchten Sie mit?«

Die Dezembernacht war windstill, aber kalt. Ein weißschimmernder Vollmond stand am Himmel, an dem unzählige Sterne glitzerten.

»Möchten Sie nicht zuerst anrufen, ob sie überhaupt ansprechbar ist?«, fragte der Inspector.

»Nein. Ich versuche es einfach«, antwortete Smith. Er ahnte, dass Dunn in der Bredouille war. Georgia Hayes war für ihn zu einem sensiblen Punkt geworden. Vermutlich wollte er sie lieber nicht sehen. Zudem schaffte er es offensichtlich nicht, ein paar Wochen Urlaub zu machen, ohne sich parallel mit der Arbeit zu beschäftigen.

»Machen Sie das, Smith. Wäre schön, Sie könnten mich vorher zu Hause absetzen«, sagte er tatsächlich.

»Geht klar«, erwiderte Smith.

***

Eine halbe Stunde später stand er am Bett der misshandelten Ehefrau. Georgia Hayes war wach. Sie sah zum Erbarmen aus, das Gesicht übersät mit Blutergüssen, ein dickes Pflaster an der Schläfe, der linke Unterarm war eingegipst.

»Ms. Hayes, können Sie mir jetzt erzählen, was vorgefallen ist?«, fragte Smith behutsam und zog sich den Besucherstuhl heran.

»Wo ist Patricia?«, fragte sie.

»Bei Ihrer Nachbarin Mathilda McLeary«, gab er Auskunft.

»Das ist gut.« Für einen Augenblick schloss sie das unversehrte Auge.

»Bitte, Ms. Hayes. Ich muss wissen, was passiert ist. Können Sie sich erinnern?«, bat er.

»Ja, ich versuche es.« Die Frau sprach leise, aber deutlich. Noch immer war ihr linkes Auge zugeschwollen, die aufgeplatzte Lippe war blutig verkrustet. Er erkannte eine dünne Schicht Creme darüber.

»Jeff ist früher nach Hause gekommen, als ich ihn erwartet hatte. Ich wollte ihn verlassen. Ich hatte in den letzten Wochen so gehofft, dass Aaron mich dabei unterstützen würde. Dass wir gemeinsam … Aber er hat sich mit der Zeit immer mehr zurückgezogen. Und jetzt, seit ich weiß, dass er nicht mehr am Leben ist … Es kann so nicht weitergehen. Patricia braucht ein sicheres Zuhause. Sie hat mehrfach mit ansehen müssen, wie ihr Vater mich verprügelt hat. Ein Alptraum für die Kleine. Ich habe gestern zwei Taschen gepackt, da stand Jeff plötzlich hinter mir. Ich hatte ihn erst morgen zurückerwartet. Er hat sofort erkannt, was ich vorhatte. Das Ergebnis sehen Sie.«

Sie brach ab. Das Reden schien sie anzustrengen.

»Wusste Ihr Mann von Ihrem Verhältnis mit Casey?«, fragte Smith.

»Dann hätte er mich wohl totgeschlagen.«

›Oder er hat ihn erstochen‹, dachte Smith.

»Wann genau ist Ihr Mann nach Frankreich gefahren?«, fragte er.

»Am elften Dezember. Um 8.30 Uhr ging der Zug vom Bahnhof in Galway aus. Dort hat er sich mit seinen Schülern getroffen.«

»Wo war Ihr Mann in der Nacht vom zehnten auf den elften Dezember?«, forschte er.

»Er war mit einem Bekannten beim Tennis. Anschließend wollten die beiden in die Sauna. Ich habe Aaron angerufen und gehofft, wir könnten uns sehen. Aber es war wie so oft in letzter Zeit, er hat Arbeit vorgegeben und mich vertröstet.«

»Wissen Sie, wie der Bekannte Ihres Mannes heißt?«

»Ja. Ben Cameron.«

Das Alibi konnte er überprüfen. Möglich aber auch, dass jener Ben für Hayes aussagte, um ihn zu decken.

Dann hätte Hayes Zeit gehabt, den Widersacher zu töten. Auch wenn mittlerweile Dwyer der Hauptverdächtige in Sachen Casey war, konnte er derzeit Hayes noch nicht ausschließen. Vielleicht sah er klarer, wenn das kriminaltechnische Labor die Ergebnisse zu Dwyers Schuhen lieferte.

»Ich nehme an, Casey wusste, dass Ihr Mann sie verprügelt hat?«, erkundigte er sich.

»Natürlich. Er hat ein paar meiner Blessuren gesehen und die richtigen Schlüsse gezogen.« Plötzlich liefen ihr Tränen übers Gesicht.

»Eigentlich war es das, was uns einander nähergebracht hat. Er war so einfühlsam. Er hat mich getröstet und versucht mir, Mut zu machen. Ich bin einige Male unter diversen Vorwänden in seine Sprechstunde, nur um mit ihm zu reden. Er war wie ein Psychologe. Hat mir erklärt, dass Jeff sich eigentlich klein und schwach fühlt und mit seinem Verhalten Stärke zeigen will. Irgendwann hat Aaron mich in den Arm genommen und geküsst. Ich dachte …« Sie schluchzte auf. »Ich dachte, mit seiner Hilfe schaffe ich es. Endlich raus aus dieser Ehe. Aber dann … Ich kann es bis jetzt nicht glauben, dass er nie mehr wiederkommt.«

Smith überlegte, ob er sie nach ihrem Alibi fragen sollte.

Vielleicht sagte sie nur die halbe Wahrheit. Vielleicht hatte Casey auch sie verlassen, wie noch jede andere vor ihr, und sie hatte ihn aus Enttäuschung und Verzweiflung getötet. Unvermittelt hörte sie auf zu weinen.

»Wo ist Jeff jetzt?«, erkundigte sie sich und er hörte die Angst in ihrer Stimme.

»In Untersuchungshaft«, antwortet Smith knapp.

»Wie lange bleibt er dort?«

»Gegen Ihren Mann wird Anklage wegen Körperverletzung erhoben. Ich vermute, er wird bis zur Verhandlung festgehalten werden. Oder es zahlt jemand Kaution für ihn. Mehr kann ich Ihnen im Moment dazu nicht sagen.«

Sie nickte.

»Wir können eine einstweilige Verfügung veranlassen. Das bedeutet für Ihren Mann ein Kontaktverbot, falls er doch vor der Verhandlung wieder raus darf. Dann darf er sich Ihnen in einem bestimmten Umkreis nicht nähern. 300 Fuß oder mehr.«

So genau wusste er das nicht. Stattdessen dachte er noch immer über seine Frage nach ihrem Alibi nach.

Georgia Hayes sah mit ihrem unversehrten Auge ins Leere.

»Ich soll spätestens morgen entlassen werden«, sagte sie schließlich. »Ich weiß nicht, wo ich hingehen könnte.«

»Gehen Sie fürs Erste zurück in Ihr Haus. Wir geben Ihnen umgehend Bescheid, wenn Ihr Mann wieder auf freien Fuß kommt. Bis dahin können Sie sich eine neue Unterkunft organisieren.«

»Ja«, murmelte die Frau.

»Holen Sie sich psychologische Unterstützung. Sie müssen das Trauma der Prügel aufarbeiten«, ergänzte er.

»Ja. Für meine Kleine. Damit ich ihr eine gute Mutter sein kann«, sagte sie leise.

»Und für sich selbst auch«, erwiderte Smith.

KAPITEL 32

CONSTABLE ALAN ROSS STECKTE DEN KOPF zur Tür herein. Es war der 18. Dezember, morgens um 10:05 Uhr.

»Guten Morgen, Tom«, sagte er und machte ein verdutztes Gesicht, als er Dunn hinter seinem Schreibtisch sitzen sah.

»Guten Morgen, Inspector. Ist der Urlaub schon vorbei?«, fragte er.

»Guten Morgen, Constable. Nein, ich bin offiziell gar nicht hier«, erwiderte Dunn und grinste flüchtig.

»Na dann. Halten Sie sich mal die Ohren zu, während ich Tom Dienstliches mitteile.« Auch Ross grinste und Smith dachte sich, dass er ruhig ein wenig mehr Respekt vor dem Inspector hätte zeigen können. Doch Dunn schien seinen flapsigen Tonfall nicht übel zu nehmen.

»Die Ergebnisse aus dem kriminaltechnischen Labor sind da«, informierte er Smith. »An den Schuhen von Dwyer sind Blutspuren des Opfers gefunden worden und zudem die gleichen Glassplitter, wie sie an Caseys Schuhen anhafteten. Ich denke, damit haben wir ihn.«

»Danke, Alan«, erwiderte er und nahm ihm den Bogen Papier ab, den Ross ihm entgegenhielt. Hierauf hatte Lucy Russel ihre Erkenntnisse schriftlich festgehalten und per Unterschrift bestätigt.

Als Ross den Raum wieder verlassen hatte, ergriff Dunn das Wort. »Lassen Sie ihn herholen und konfrontieren Sie ihn mit den Ergebnissen. Er war es. Er kommt aus der Nummer nicht mehr heraus.«

***

Dwyer war bleich und unrasiert, seine Kleidung war zerknittert. Er sah aus, als hätte er vergangene Nacht keine Minute geschlafen.

Smith konfrontierte ihn mit den Erkenntnissen des kriminaltechnischen Labors. Dunn saß schweigend auf seinem Platz und hörte zu.

Dwyer hielt die Arme vor der Brust verschränkt und reagierte nicht, auf Smith' Ausführungen.

»Mister Dwyer, durch das Blut an Ihren Schuhen, welches einwandfrei Doctor Casey zugeordnet werden konnte, müssen wir davon ausgehen, dass Sie ihn getötet haben. Strafmildernd kann sich nur noch eine Aussage Ihrerseits auswirken«, sagte er.

Dwyer schwieg. Durch sein Gesicht zogen sich tiefe Falten, die über Nacht entstanden sein mochten.

»Wir gehen davon aus, dass Sie die Tat geplant haben«, fuhr Smith fort. »Sie haben Casey eine selbstlöschende Mail geschickt, vermutlich auch mehrere. Er hat diejenige, die er an seinem Todestag erhalten hat, mit seinem Handy fotografiert. Den Wortlaut dürften Sie kennen.«

Der Mann zeigte keine Reaktion.

»Gut, dann darf ich zu Ihrer Erinnerung zitieren: *Deine Frist ist abgelaufen. Du hast nichts getan. Ich habe es nicht anders erwartet. Ich werde dafür sorgen, dass du nie wieder Schuld auf dich lädst. Du solltest mir dankbar sein.* Als Absender haben Sie A. Venger gewählt. Wenn man das im Zusammenhang liest, bedeutet es: Der Rächer. Sie wollten sich an Casey rächen, nicht wahr? Was haben Sie von ihm verlangt? Geld?«

»Natürlich nicht!«, fuhr Dwyer hoch und hektische rote Flecken erschienen an seinem Hals.

»Was dann?«

»Er sollte einfach nur zu dem stehen, was er getan hatte. Er hat meine Frau auf dem Gewissen, die Mutter meiner Tochter. Und während Lizzy seit 15 Jahren unter der Erde liegt, hat er Karriere als Arzt gemacht. Hat Geld gescheffelt, wird von seinen Patienten angehimmelt, kein schlechtes Wort ist über den feinen Herrn Doctor gefallen. Eine Affäre nach der anderen, einen dicken Wagen fahren und sich von den Frauen anbeten lassen. Ich wollte, dass er öffentlich zugibt, was damals geschehen ist. Nichts weiter.«

»Wie viele selbstlöschende Nachrichten haben Sie ihm geschrieben?«, schaltete sich Dunn ein.

»Fünf. Aber er hat auf keine reagiert«, antwortete Dwyer verbittert.

»Sie sagten doch, Sie wussten gar nicht, dass Casey ebenfalls in Galway lebt und eine gutgehende Praxis hat. Woher wollen Sie wissen, dass er gut verdient hat und bei den Patienten angesehen war?«, fragte Smith.

Dwyer rieb seine Handflächen aneinander, als wollte er festklebenden Schmutz entfernen.

»Nachdem ich ihm unvermittelt gegenübergesessen hatte, damals mit meiner Bronchitis, habe ich mich umgehört. Ich habe ihn gegoogelt. Es gab nur beste Bewertungen. Eine Zeit lang bin ich ihm auch hinterher, nachdem er in der Praxis Feierabend gemacht hatte. Ich habe ausspioniert, was er so tat. Meistens hat er sich mit verschiedenen Frauen getroffen. Einmal war er in einer Apotheke und hat mit dem Apotheker ein Privatgespräch geführt. Es ging um irgendeine Kreuzfahrt.

Nachdem er draußen und ich dran war, habe ich mich bei dem Apotheker nach ihm erkundigt. Ich habe so getan, als würde ich ihn irgendwoher kennen. Er hat den Kerl in höchsten Tönen gelobt und als besten Arzt von ganz Galway bezeichnet.«

Er gab ein schnaubendes Geräusch von sich.

»Was ist an dem Abend des zehnten Dezembers passiert?«, fragte Smith. »Ich nehme an, die Tat war geplant. Dass Ellen am gleichen Abend verschwunden ist, war Zufall. Es muss Sie ordentlich in Schwierigkeiten gebracht haben, gleich im Anschluss an den Mord aufs Revier zu kommen.«

Dwyer zuckte mit den Schultern.

»Ich wollte ihn nicht töten. Von Anfang an nicht. Aber ich wollte ihm richtig Angst machen und ich hatte gehofft, diese Angst wäre stark genug, ihn einknicken zu lassen. Da hatte ich mich geirrt. Seine Praxis und sein Ruf waren ihm dermaßen wichtig, er wollte es wohl riskieren, dass ich meine Drohung wahrmachte. Ich wollte, dass seine Tat bekannt wird.«

»Sie haben geschrieben, Sie würden dafür sorgen, dass er nie wieder Schuld auf sich lädt«, erinnerte ihn Smith.

»Ja. Aber das war keine Todesdrohung. Ich hätte ihn erneut angezeigt und richtig Wind gemacht. Interviews und so weiter. Es kann nicht sein, dass der feine Herr Doctor ungeschoren davonkommt.«

»Geben Sie zu, ihn getötet zu haben?« Smith hielt die Luft an, nachdem Dunn diese Frage gestellt hatte.

Sekundenlang war es still im Zimmer, nur durch die geschlossenen Fenster drang, wie aus der Ferne, das Geräusch eines vorbeifahrenden Autos.

»Ja«, antwortete Dwyer schließlich. »Aber es war nicht geplant.«

»Wie ist das zu verstehen?«, erkundigte sich Dunn.

Dwyer beugte sich im Stuhl nach vorne, senkte den Kopf und stützte die Ellbogen auf die Knie.

»Ich hatte Streit mit Ellen. Warum, das wissen Sie ja. Ich bin aus dem Haus gerannt. Ich war so wütend und wusste gar nicht, wie ich mich wieder beruhigen konnte. Mir war längst klar, dass Casey auch auf meine letzte Mail nicht reagieren würde. An allem war er schuld. Niemals wäre Ellen mit 15 Jahren schwanger geworden, würde ihre Mutter noch leben. Ich habe es einfach nicht geschafft, ihr Lizzy zu ersetzen. Deswegen ist sie … auf die schiefe Bahn geraten.«

Smith und Dunn tauschten einen Blick. Dwyer hob den Kopf. Wieder hatte sich sein Gesicht gerötet, wie so häufig, wenn er zornig war.

»Ja! Sehen Sie sich nur an. Sie haben ja keine Ahnung. Wissen Sie überhaupt was es bedeutet, ein Kind alleine aufzuziehen? Gerade wenn die Pubertät kommt. Ich war so hilflos. Ich wollte Ellen doch nur schützen, aber sie hat sich von mir eingesperrt gefühlt. Und dann so was! Ich hatte so gut aufgepasst. Schwänzt die Stunden im Kirchenchor, zu dem sie angeblich so gerne gehen wollte, behauptet, zweimal in der Woche bei Hayes zu sein, dabei stimmte das gar nicht, und geht in ihrem Alter mit einem dahergelaufenen Typen ins Bett. Ich hatte das Gefühl, Ellens Leben liegt in Schutt und Scherben und Casey war schuld. Ihr fehlt einfach die Mutter.«

Er keuchte und richtete sich in aufrechte Position.

»Und während ich so durch die Nacht renne, um das Bild meiner hochschwangeren Tochter aus dem Kopf zu kriegen, sehe ich plötzlich den Scharlatan die Straße entlangkommen und in einer Kneipe verschwinden. Ich bin hinterher.«

»Und dann?«, fragte Smith, der hoffte, nun würde sich das Bild endlich klären.

»Erst mal nichts. Die Kneipe war rappelvoll und Casey hat sich einen Platz geschnappt, der in dem Moment frei wurde. Ich habe mich an die Seite gestellt und ihn beobachtet. Ich weiß eigentlich gar nicht, was ich von ihm wollte. Ich hätte ihn erwürgen können, aber dann hätte Ellen ja nicht einmal mehr einen Vater gehabt.«

Er atmete schwer.

»Irgendwann musste ich aufs Klo. Ich wollte Casey nicht aus den Augen lassen. Als er sich das nächste Bier bestellt hat, bin ich schnell zur Toilette. Ich dachte, der geht nicht, ehe das Glas leer ist. Im Flur zu den Toiletten stand die Tür zu einer Art Abstellkammer halb offen. Im Regal lag ein Schraubenzieher. Ich habe ihn eingesteckt. Irgendwie stand ich wie neben mir, ich weiß nicht, warum ich das Ding mitgenommen habe.«

Smith glaubte ihm kein Wort. Dwyer hatte genau gewusst, wozu er den Schraubenzieher brauchte.

»Ich bin zurück in die Gaststube, da hat Casey gerade gezahlt. Ich bin ihm nach, kaum dass er das Lokal verlassen hatte.«

Er atmete schwer.

»Ab dem Moment weiß ich eigentlich gar nichts mehr«, behauptete er.

»Wir haben den Schraubenzieher im Rinnstein gefunden«, sagte Smith. »Wie kann es sein, dass nur verwischte Fingerabdrücke dran waren? Sie haben doch wohl im Lokal keine Handschuhe getragen.«

»Natürlich nicht. Ich habe ihn mit Hilfe eines Papiertaschentuches eingesteckt und erst beim nach draußen gehen meine Handschuhe angezogen. Die Nacht war ja ziemlich kalt.«

»Das wiederum heißt, Sie wussten sehr genau, wozu Sie die Mordwaffe haben mitgehen lassen«, schlussfolgerte Dunn.

Dwyer stöhnte.

»Ich war so voller Hass. Der Mann hat drei Leben zerstört. Das von Lizzy, das von Ellen und meines. Ja! In dem Moment dachte ich nur noch, es muss ein Ende haben! Es war nicht geplant, es hat mich völlig überrollt. Erst als ich wieder in meiner Wohnung war, wurde mir klar, was ich getan hatte. Und dann war Ellen auch schon weg gewesen.«

»Casey muss gemerkt haben, dass Sie ihn verfolgten«, sagte Smith.

»Ja. Er hat mich wohl gehört. Er hat sich umgedreht und fing dann an zu rennen. Aber ich habe ihn eingeholt. Als er am Boden lag, bin ich beinahe in seinem Blut ausgerutscht. Dass die Schuhe hinüber waren, habe ich erst gemerkt, als ich schon zu Hause war. Ich wollte sofort nach Ellen suchen, aber erst musste das Blut weg. Ich habe in der Wohnung und im Treppenhaus geputzt, so schnell es ging. Ich hoffte, draußen würde das das Wetter für mich erledigen. Es wäre zu sehr aufgefallen, wenn ich auch dort noch …« Er brach ab.

Dunn und Smith tauschten einen Blick.

»Wir müssen Sie hierbehalten, Mister Dwyer«, sagte Smith ruhig.

»Ja, ich weiß.« Dwyer sah zu Boden.

»Wer kümmert sich um Ellen und das Baby?«, fuhr er fort.

»Wir schicken jemandem vom Jugendamt«, schaltete sich Dunn ein. »Vielleicht kann Ellen mit dem Baby sogar in der

Wohnung bleiben. Das wird geprüft und Sie bekommen natürlich Bescheid.«

Smith nickte dazu. Er wunderte sich, dass er nicht diese Mischung aus Erschöpfung und Zufriedenheit spürte wie sonst, wenn ein Fall gelöst war. So wenig es ihm gefiel, ein bisschen tat Dwyer ihm sogar leid.

KAPITEL 33

ICH FAHR NACH HAUSE, SMITH, UND ÜBERLASSE Ihnen wieder das Feld«, sagte Dunn.

Soeben war Dwyer von einem Constable zur vorläufigen Festnahme abgeholt worden.

»Ja, Chef. Genießen Sie endlich Ihren Urlaub«, sagte Smith.

»Mach ich. Ich gehe jetzt Geschenke für Shannon einkaufen. Heute Abend kochen wir zusammen. Vielleicht backen wir am Wochenende sogar Plätzchen«, erzählte Dunn und grinste.

Smith grinste zurück.

»Das klingt doch gut. Gibt es was Neues von Ihrer Tochter?«

Dunn zuckte mit den Schultern.

»Nicht wirklich. Es wird wahrscheinlich auf Sozialstunden hinauslaufen. Falls wir vorher nichts mehr voneinander hören, wünsche ich Ihnen schon mal ein Frohes Fest«, sagte er.

»Ihnen auch, Inspector, danke.«

»Ach, was ich noch fragen wollte«, sagte Dunn. »Ich fahre jetzt in die Klinik, Georgia Hayes besuchen. Darf ich Ihnen vorgreifen und ihr mitteilen, wer Casey getötet hat und warum?«

Dunns Miene war unbewegt. Auch Smith achtete auf seine Gesichtszüge.

»Natürlich. Damit nehmen Sie mir ja auch einen Arbeitsgang ab.«

»Schön. Dann bis demnächst, Constable.«

Smith wartete, bis Dunn die Tür hinter sich geschlossen hatte, und fuhr seinen Computer hoch. Er würde jetzt einen umfassenden Bericht für Grant schreiben und ihm diesen dann auch gleich persönlich vorbeibringen.

Sein Telefon läutete. Er erkannte die Rufnummer der Zentrale und hob ab.

»Ich hab eine junge Dame am Telefon, die Sie unbedingt persönlich sprechen will. Sie sagt, es sei privat«, informierte ihn Molly Cooper. Smith beschlich eine Ahnung.

»Wer ist es?«, fragte er.

»Sie sagt, sie heißt ›Grace‹«, fuhr Molly Cooper fort.

»Ah, okay.« Er durchforstete sein Hirn, konnte dort jedoch keine Frau mit diesem Namen finden.

»Stellen Sie durch«, sagte er.

Es klackte in der Leitung.

»Tommy? Bist du es?« Augenblicklich durchfuhr ihn ein wütender Schreck. Er erkannte ihre Stimme sofort. Das Miststück hatte einen falschen Namen genannt und er war prompt darauf hereingefallen.

»Wer sind Sie?«, fuhr er die Anruferin dennoch an und hörte ein leises Lachen.

»Du kannst Fragen stellen. Ich natürlich, Robyn. Nachdem du meine Handynummer blockiert hast, muss ich dich eben auf der Arbeit anrufen. Geht es dir gut?«

»Du sollst mich in Frieden lassen«, zürnte er. »Ich kann dich auch anzeigen, ist dir das klar?«

Wieder klang ihr leises Lachen durch die Leitung.

»Ach Schatz, das stellst du dir so einfach vor. Mir wird nichts passieren, glaub mir. Komm heute Abend in unseren Pub. Um acht Uhr. Sei pünktlich, hörst du.«

Sie legte auf, ehe er antworten konnte.

Smith war übel vor Wut. Er stand von seinem Schreibtisch

auf, ging zum Fenster und öffnete es. Kalte Winterluft drang in sein Büro. Tief atmete er ein. Die Frau machte ihn derart wütend, dass er sie hätte packen und schütteln mögen. Winzige Schneeflocken rieselten vom Himmel. Als Erstes würde er jetzt über die Handynummer ermitteln, wer sie war.

Nein. Als Erstes würde er seinen Bericht schreiben und Grant bringen. Dann würde er sich um dieses Weibsstück kümmern.

KAPITEL 34

DUNN ZERRTE AN SEINEM KRAGEN. ER STAND im Foyer der Klinik, zwischen Blumenladen und Bäckerei. Sollte er Georgia Hayes etwas mitbringen? Oder war das übertrieben? Sie gefiel ihm noch immer, auch wenn sie bisher nur den Kontakt zu ihm gesucht hatte, wenn sie etwas gewollt hatte.

Sein Blick glitt über bunte Blumensträuße, nahezu alle weihnachtlich dekoriert mit Tannenzweigen, Tannenzapfen, künstlichem Schnee oder schimmernden Kugeln. Oder sollte er einen Weihnachtsstern kaufen, eingesprüht mit Goldstaub?

Oder einfach ein Stück Kuchen, oder zwei?

Es duftete köstlich aus der Bäckerei. Dunn wandte dem Blumenladen den Rücken und betrachtete die Kuchen und Plunder in der Auslage. Vielleicht ein Stück vom Kirschstreusel. Kirschstreusel mochte er sehr gerne.

Zehn Minuten später betrat er das Krankenzimmer von Georgia Hayes. Sein Puls ging ein bisschen zu schnell.

Nach wie vor sah die Frau erschreckend aus. Die aufgeplatzte Lippe war noch immer geschwollen und zudem jetzt blutverkrustet. Ihr Gesicht war übersät mit Blutergüssen, das Pflaster an der Schläfe war gegen einen Verband ausgetauscht worden, auch der linke Unterarm war weiterhin eingegipst.

Wenigstens war die Schwellung an ihrem linken Auge zurückgegangen.

»Inspector«, nuschelte Georgia Hayes, nachdem er die Tür hinter sich geschlossen hatte.

»Ms. Hayes. Wie geht es Ihnen?«, fragte Dunn, legte sein

Kuchenpäckchen auf ihren Nachttisch und blieb neben ihrem Bett stehen. Sich zu setzen, erschien ihm allzu vertraulich.

»Es geht mir schrecklich«, antwortete sie. Ihre Stimme klang ein wenig klarer.

»Setzen Sie sich bitte«, fuhr sie fort.

Er zog sich den Besucherstuhl heran, der ein paar Schritte entfernt an der Wand stand.

»Ist Jeff noch in Haft?«

»Natürlich«, erwiderte Dunn.

»Gut. Sobald ich hier raus bin, nehme ich Patty und verschwinde. Das hätte ich längst tun sollen.« Unruhig tastete sie mit der gesunden Hand über die Bettdecke.

»Ich würde meine Kleine so gern sehen, aber ich habe Angst, dass sie sich erschreckt. Ich habe heute schon mit ihr telefoniert. Es geht ihr gut bei meiner Nachbarin. Trotzdem ...«

»Das verstehe ich. Ich habe auch eine Tochter. Die ist aber schon älter«, sagte Dunn und öffnete den Reißverschluss seines Parkas. Ihm wurde rasch warm im gut geheizten Krankenzimmer.

»Wie alt ist Ihre Tochter?« Georgia sah ihn nicht an, während sie sprach. Ihr Blick ging an ihm vorbei, ins Leere.

»Siebzehn«, antwortete er.

»Oh.« Sie verzog den Mund im Anflug eines Lächelns, machte jedoch dabei eine schmerzliche Miene. »Pubertät. Eine schwierige Zeit.«

»Ja«, erwiderte er. Er überlegte, ob er von Shannons Missetat berichten sollte, damit das Gespräch nicht wieder versandete, und ließ es. Das war zu viel Persönliches.

Tatsächlich sagte Georgia Hayes nichts mehr.

»Ich habe Ihnen Kuchen mitgebracht«, sagte Dunn und ihn

durchlief es heiß. Bestimmt hatte er sich mit dem Gebäck zu weit aus dem Fenster gelehnt.

»Danke.« Sie sah noch immer an ihm vorbei. Plötzlich füllten sich ihre Augen mit Tränen und sie fing an zu schluchzen.

»Es ist alles so furchtbar und ich fühle mich so … schuldig. Und unfähig. Ich hätte Patricia längst aus der Situation herausholen müssen. Sie hat viel zu viel mitbekommen.«

»Wir Eltern sind nicht immer in der Lage, alles richtig zu machen«, versuchte Dunn sie zu trösten.

»Ich hatte immer Angst, er schlägt sie eines Tages auch«, schluchzte Georgia. Dunn gab keine Antwort.

»Ich will ihn nie wiedersehen«, fuhr sie fort und weinte immer heftiger. »Er hat mich manchmal grün und blau geprügelt, sodass ich nicht mehr aus dem Haus konnte.« Unvermittelt wurde sie ruhiger. Mit der gesunden Hand wischte sie sich die Tränen ab.

»Wissen Sie, was ich getan habe?«, fragte sie und wandte ihm zum ersten Mal, seit er im Zimmer war, direkt das Gesicht zu.

»Nein«, sagte er nur.

»Ich musste mit Patricia zum Kinderarzt. Sie hatte eine Mittelohrentzündung und ich hatte eine große Beule am Kopf, weil Jeff mich an den Haaren gepackt und gegen die Wand geknallt hat. Ich habe dem Kinderarzt erzählt, ich wäre gestolpert, weil ich auf einer Party zu viel getrunken hatte. Ich habe mich schrecklich geschämt, aber ich dachte in dem Moment, es wäre nicht so schlimm wie zuzugeben, dass mein Mann mich verprügelt. Verstehen Sie das?«

›Nein‹, dachte Dunn.

»Prügel zu beziehen ist entsetzlich erniedrigend. Es tut mir furchtbar leid, dass Ihnen das passiert ist.«

»Von diesem Moment an habe ich öfter behauptet, zu viel getrunken zu haben, wenn Jeff wieder zugeschlagen hatte. Und gleichzeitig hatte ich schreckliche Angst, einen Ruf als Alkoholikerin zu bekommen und Patricia zu verlieren. Ich weiß, dass hört sich alles furchtbar chaotisch an. Das war es ja auch. Als ich Aaron kennengelernt habe, dachte ich, jetzt wird alles gut. Er hat mich verstanden und getröstet und wir hatten ein paar gute Wochen zusammen. Ich dachte, er hilft mir, aus dieser Ehe heraus zu kommen. Ich habe jemanden gebraucht, der mir zur Seite steht und Kraft gibt. Stattdessen hatte Aaron immer weniger Zeit. Ich habe genau gemerkt, wie er sich zurückgezogen hat.« Sie sah ihn an.

»Ich muss es alleine schaffen, nicht wahr?«, fragte sie.

»Es steht Ihnen zu, sich Hilfe zu suchen, Ms. Hayes«, wich Dunn aus. Allein konnte sie ihr Trauma nicht bewältigen.

»Die Ärztin hier in der Klinik möchte mich zu einem Therapeuten schicken«, fuhr Georgia fort.

»Das ist sicher eine gute Idee«, stimmte Dunn zu. Er wollte ihr sagen, dass Caseys Mörder gefasst war, und hatte das Gefühl, dass sie zusammenbrechen würde, wenn er davon sprach. Aber irgendwann musste sie es erfahren und er hatte Smith zugesagt, das Gespräch zu übernehmen.

»Georgia«, setzte er an. Wieder wandte sie ihm den Kopf zu.

»Ja?«, fragte sie. Trockene Tränenspuren zeichneten ihr Gesicht.

»Wir haben Caseys Mörder.« Sekundenlang war es ganz still im Raum. Er fragte sich, ob sie ihn verstanden hatte.

»Wer war es?«, erkundigte sie sich stattdessen ruhig.

»Der Mann heißt Henry Dwyer. Er hat gestanden«, fuhr Dunn fort.

»Dwyer? So heißt der Vater von dem Mädchen, das angeblich von Jeff missbraucht wurde. Ist er es?« Georgia Hayes schaffte es, trotz ihres malträtierten Gesichtes die Stirn zu runzeln.

»Ja. Aber die Missbrauchsvorwürfe gegen Ihren Mann sind hinfällig. Er hat Ellen nicht angerührt«, sagte Dunn.

»Warum hat dieser Dwyer Aaron getötet?«

Ihre Hand glitt über die Bettdecke, als suche sie etwas. Sie sah jetzt wieder an Dunn vorbei, irgendwohin, wo er ihr nicht folgen konnte. Er beschloss, nicht allzu sehr ins Detail zu gehen.

In wenigen Sätzen fasste er den Grund für die Tat zusammen. Die Erpressermails ließ er weg.

»Wie furchtbar«, murmelte Georgia, nachdem er fertig war. »Aaron war ein so guter Mensch. Wahrscheinlich hat er bis zum letzten Atemzug an seiner vermeintlichen Schuld getragen. Dabei war der Tod der Frau sicherlich ein Unglück, nicht wahr?«

»Sicher«, murmelte Dunn.

Plötzlich wollte er hier raus. Raus aus dem Krankenzimmer, weg von dem Elend, in das er sah.

Er wollte nach Hause zu seiner Tochter, die ihm gestern Abend ganz beiläufig mitgeteilt hatte, dass sie nicht mehr mit ihrer Freundin Lucy und deren Eltern in die Schweiz zum Skifahren wollte. Stattdessen wollte sie mit ihm und ihrer Großmutter kochen und backen und die Wohnung schmücken und lange Spaziergänge mit ihm und Callum machen. Es hatte Dunn vor Überraschung die Sprache verschlagen und schließlich vor Rührung die Kehle zugezogen.

Er stand auf.

»Alles Gute für Sie, Ms. Hayes«, sagte er. Die geschundene Frau nickte vorsichtig, ohne zu antworten.

Dunn verließ den Raum.

KAPITEL 35

DETECTIVE CONSTABLE THOMAS SMITH druckte den Bericht für Superintendent Max Grant aus, fuhr den Computer herunter und verließ sein Büro, die Papiere für den Vorgesetzten in der Hand.

Die Gummisohlen seiner Schuhe quietschten auf dem grünlichen Linoleumbelag im Flur des Reviers.

Er lief den Gang nach vorne, bis er bei Aufzug und Treppenhaus war. Der Aufzug, das sah er auf der Anzeige, befand sich im Keller des Gebäudes. Smith nahm die Treppe, immer zwei Stufen gleichzeitig.

Das Chefzimmer des Superintendenten lag gleich hinter der ersten Tür rechts des Flures im dritten Stock.

Smith pochte an die Tür.

»Herein!«, tönte die kräftige wohlklingende Stimme seines Vorgesetzten durch den Raum dahinter.

Smith trat ein und blieb sofort wieder stehen.

Grant saß in einem der beiden runden Sessel in der Besucherecke, in dem anderen saß Robyn. Während er sie sprachlos anstarrte, liefen das Gesicht und der Hals der jungen Frau knallrot an.

»Ich geh dann, Onkel Max«, sagte sie hastig und machte Anstalten aufzustehen.

»Du wartest noch einen Augenblick«, verlangte der Superintendent mit ruhiger Stimme. Robyn sah trotzig zu Boden.

»Was ist los? Kennt ihr euch?«, fragte Grant und sah zwischen Smith und seiner Nichte hin und her. Robyn schwieg, die Lippen aufeinandergepresst.

»Robyn?«, wandte er sich direkt an sie. Sie zuckte mit den Schultern und vermied es ihren Onkel anzusehen.

»Er saß neulich im *Grace Old Inn* neben mir. Zufällig«, behauptete sie schließlich. Ihre Wangen brannten noch immer.

»Ich versteh schon. Geh nach Hause. Wir sprechen uns später«, sagte Grant. Robyn sprang auf und grabschte nach ihrer Handtasche, die am Boden neben dem Sessel stand. Die Bewegung erinnerte Smith daran, wie sie nach seinen Visitenkarten gegriffen hatte. Sie rannte an ihm vorbei, ohne ihn anzusehen, und hastete aus dem Raum. Die Tür ließ sie offen.

Smith tauschte einen Blick mit Grant und drückte sie ins Schloss, nachdem der Superintendent genickt hatte.

»Setzen Sie sich, Constable«, sagte er und zeigte auf den jetzt freien Platz.

»Hat Robyn Sie belästigt?«, fragte er geradeheraus.

»Ähm … nun ja …« Smith rutschte auf seinem Sessel zur Seite.

Grant seufzte, lehnte sich zurück und legte die Fingerspitzen aneinander.

»Es tut mir wirklich leid. Sie hat das schon öfter gemacht. Ich weiß nicht, was mit ihr los ist.«

Er brach ab, als wartete er auf eine Reaktion. Smith wusste nicht, was er sagen sollte.

»Robyn wohnt vorübergehend bei meiner Frau und mir, in einer Einliegerwohnung. Sie hat sich schon als Kind und später als Jugendliche oft recht, nun ja, sagen wir, anhänglich anderen Menschen gegenüber gezeigt. Und zwar oft mehr, als denen lieb war. Mit zwanzig hat sie eine Anzeige wegen Stalking bekommen. Ich dachte damals, ab jetzt wird das besser.

Sie war sogar in Behandlung wegen ihres Verhaltens. Aber es ist nicht besser geworden. Was hat sie getan?«

Smith rieb sich den Nacken. Eigentlich wollte er Grant nichts erzählen. Er hatte sich doch tatsächlich von Robyn provozieren lassen und zu guter Letzt hatte sie ihm seine Visitenkarten entwendet. Er fand, das warf kein gutes Licht auf ihn.

»War es so schlimm, dass Sie es mir nicht erzählen wollen?«

»Nein, so schlimm auch wieder nicht.«

Smith fasste in ein paar Sätzen zusammen, was passiert war.

Grant nickte, nachdem er fertig war.

»Das klingt genau nach Robyn. Es tut mir wirklich leid. Sie hat ein großes Problem. Sie kann eine Zurückweisung nicht akzeptieren und fängt danach an, die Menschen zu belästigen. Sie gehört wieder in Behandlung. Ich sorge dafür, dass sie Sie ab sofort in Ruhe lässt. Und jetzt berichten Sie. Sie haben den Mörder dieses Arztes?«

Smith nickte, froh, dass Grant das Thema wechselte.

»Hier. Ich habe einen Bericht geschrieben«, sagte er und reichte Grant die Papiere.

»Wunderbar. Ich lese ihn in Ruhe durch.«

KAPITEL 36

DUNN VERLIESS AM MORGEN DES 25. DEZEMbers leise das Badezimmer. Es war Weihnachten. Shannon schlief noch.

Eigentlich war es Zeit, sie zu wecken, denn seine Mutter erwartete sie um halb zehn in ihrer Wohnung zum Frühstück. Die Bescherung danach sollte allerdings bei ihm im Wohnzimmer stattfinden. Dort hatte er, viel zu spät für irische Verhältnisse, erst vor zwei Tagen zusammen mit seiner Mutter und seiner Tochter den Christbaum geschmückt.

Helen Dunn hatte ihren Sohn gerügt. Ihr war es schon immer wichtig gewesen, die Traditionen aufrecht zu halten und in Irland schmückte man den Baum zwei oder drei Wochen vor dem Fest.

Er öffnete die Wohnzimmertür. Callum lag friedlich in seinem Kissen und klopfte mit dem Schwanz darauf, als er seinen Herrn sah.

»Guten Morgen, mein Junge«, begrüßte Dunn den Hund. »Du warst ja ein Braver und hast den Baum und die Geschenke in Ruhe gelassen«, lobte er. Callum schnaubte zufrieden, reckte sich auf seinem Platz und schmatzte.

Unter der herrlich duftenden Tanne, die mit dicken roten Kugeln, roten Schleifen und einer Lichterkette geschmückt war, lagen seit gestern die Päckchen. Ganz wohl war Dunn nicht gewesen, als er Callum mit Baum und Geschenken alleine gelassen hatte. Dennoch war alles gut gegangen.

Auf dem Platz für seine Mutter lagen sechs Päckchen, auf dem Platz für Shannon mindestens acht. Er verzichtete darauf, sie zu zählen. Die Präsente, die für ihn waren, sahen vergleichsweise bescheiden aus. Es gab zwei Päckchen in unterschiedlicher Größe, beide in dunkelgrünes Papier eingewickelt mit roter Schleife, und ein schmales braunes Kuvert.

Das Kuvert war von Shannon. Sie hatte es mit weihnachtlichen Aufklebern verziert.

Die Päckchen waren von seiner Mutter. Wahrscheinlich hatte sie ihm, wie so häufig, einen Pullover gekauft und Socken gestrickt. Er mochte keine selbstgestrickten Socken, das Material, meist Schurwolle, kratzte ihn. Trotzdem versäumte er es Jahr für Jahr, ihr das zu sagen. An Weihnachten traute er sich nicht, weil er sie nicht enttäuschen wollte, und im Sommer, wenn sie anfing, für die kalte Jahreszeit zu stricken, vergaß er es regelmäßig.

Inzwischen hatte er eine nur mit selbstgestrickten Socken gefüllte Schublade in seiner Kommode im Schlafzimmer. Jährlich im Januar brachte er unauffällig etliche Paare davon zu einer Hilfsorganisation für Obdachlose.

Das Schellen des Telefons durchschnitt die morgendliche Stille in der Wohnung. Dunn eilte zum Apparat.

»Dunn«, meldete er sich.

»Georgia Hayes, guten Morgen, Inspector. Entschuldigen Sie, dass ich so früh anrufe. Ich wollte Ihnen schöne Weihnachten wünschen und mich verabschieden.«

»Georgia, guten Morgen.« Er setzte sich auf die Lehne des Sessels, der neben dem Tischchen mit dem Telefon stand.

»Wie geht es Ihnen? Ich nehme an, Sie wurden aus der Klinik entlassen?«, fragte er. Ein bisschen zu schnell ging sein Puls immer noch, wenn er mit ihr sprach.

»Den Umständen entsprechend ganz gut. Den Gips am

Arm werde ich noch eine Weile tragen müssen, aber es heilt alles, wie es soll. Ich wollte Ihnen erzählen, dass ich noch in der Klinik die Scheidung eingereicht habe. Ich werde mit Patricia nach Cork ziehen. Dort wohnt eine ehemalige Schulfreundin von mir. Sie stellt mir vorübergehend zwei Zimmer in ihrem Haus zur Verfügung. Außerdem möchte ich in meinen Beruf als Erzieherin zurück. Ich habe schon bei diversen Einrichtungen angerufen. Eine ist dabei, bei der ich mich in zwei Wochen vorstellen darf.«

»Das ist toll, Georgia. Sie machen das phantastisch. Ich wünsche Ihnen und Ihrer Kleinen das Allerbeste für die Zukunft.«

Sie würde die Stadt verlassen. Das war gut so.

Gut für sie und das Kind, um einen kompletten Neuanfang zu machen. Für ihn bedeutete es, sich zum wiederholten Mal von einem kleinen Traum zu verabschieden. Aber wenn er ehrlich war, hatte er ja schon längst gewusst, dass aus ihm und Georgia Hayes kein Paar werden würde.

»Ich danke Ihnen für alles, Inspector«, sagte sie.

»Nichts zu danken«, erwiderte er und überlegte, ob es überhaupt irgendwas gegeben hatte, womit er ihr geholfen hatte. Er konnte sich an nichts erinnern.

»Wenn ich mein Leben wieder geordnet habe … darf ich Ihnen dann schreiben? Über WhatsApp oder so?«, fragte sie.

»Sehr gerne.« Sein Herz machte einen winzigen, unvernünftigen Hüpfer. Er war ein Trottel. Aber was war schon dabei, sich auf eine Nachricht von ihr zu freuen? Und mochte sie noch so unverbindlich sein.

»Haben Sie schöne Weihnachten, Georgia«, wünschte er und beendete das Telefonat.

Shannon steckte den Kopf zur Tür herein. Ihre Haare waren zerzaust, ihr Gesicht noch verschlafen.

»Daddy, wer war das?«

»Eine … Verdächtige in dem Mordfall Casey. Sie war es aber nicht. Der Täter ist inzwischen verhaftet und geständig«, gab er Auskunft.

»Aha. Und warum ruft sie hier an?«

»Sie will die Stadt verlassen und wollte sich verabschieden. Und schöne Weihnachten wünschen.«

Shannon schüttelte verständnislos den Kopf.

»Versteh ich nicht. Seit wann rufen deine Verdächtigen hier an, wenn sie plötzlich nicht mehr verdächtig sind? Ich geh mich anziehen. Oma wartet.«

Dunn nickte und lächelte.

Gut, dass Shannon nicht weiter nachgefragt hatte.

***

Zwei Stunden später hatten Shannon und Helen ihre Päckchen geöffnet. Nur Dunns Geschenke lagen noch verpackt an ihrem Platz. Callum tappte zufrieden zwischen seinen Menschen hin und her und beschnupperte, was es alles Neues gab. Er selbst hatte einen mächtigen Kauknochen bekommen, den er für den Moment aber nur gelegentlich ableckte. Mit Sicherheit hatte er später, wenn die Bescherung vorbei war, seine Freude daran. Jetzt gab es anderes Aufregendes zu verfolgen.

»Nun mach schon, Daddy«, drängelte Shannon. »Erst die von Oma«, wies sie ihn an, als er sich seinen Präsenten zuwandte, und plötzlich glaubte er, Ellas Tonfall zu vernehmen. Er sah seine Tochter an und stellte verblüfft fest, dass sie ihrer

Mutter immer ähnlicher wurde. Bisher hatte er das gar nicht so wahrgenommen.

»Was ist?«, fragte Shannon.

»Nichts«, sagte er und lächelte.

Tapfer öffnete er das erste Päckchen. Darin befand sich eine Strickjacke, die ihm tatsächlich sehr gut gefiel. Im zweiten Päckchen lagen, wie erwartet, Socken. Dieses Jahr sogar zwei Paar. Er bedankte sich bei seiner Mutter und griff nach dem Umschlag, der von Shannon war.

Ein wenig bange war ihm schon. Als kleines Kind hatte sie ihm zu Weihnachten oder zum Geburtstag Bilder gemalt oder auch einen Brief geschrieben. Die Zeiten waren eigentlich vorbei. Vielleicht schenkte sie ihm eine Fotosammlung? Mit Aufnahmen von sich, wie sie sie sonst auf Instagram stellte? Zwar gefiel ihm diese Selbstdarstellung im Internet nicht, doch mit der Zeit hatte er sich damit abgefunden. Er konnte ja ohnehin nichts tun.

Er öffnete das Kuvert und zog einen Flyer heraus, der für ein Musical warb, und eine weihnachtliche Postkarte.

»Lieber Daddy, wir fahren zusammen vom 28. auf den 29. Dezember nach Castlebar. Wir übernachten in einer Ferienwohnung und besuchen dort das Musical ›Madagascar‹. Schöne Weihnachten – Deine Shannon«

Er las die Postkarte zweimal und merkte erschrocken, wie es ihm die Kehle zuzog.

»Schätzchen …«, würgte er hervor und wedelte hilflos mit dem Papier. »Das kannst du doch nicht … ich meine, ich dachte … und teuer ist das auch …«

»Alles gut, Daddy.« Shannon rutschte an seine Seite und drückte sich an ihn.

»Die Ferienwohnung gehört Lucys Eltern. Die kostet uns nix. Und so teuer waren die Karten für das Musical auch nicht. Ich hab bisschen was gespart. Ich dachte, wenn es dir gar nicht gefällt, dass ich mit Lucy und ihren Eltern wegfahre, dann können wir ja auch zusammen was machen.«

Dunn legte stumm den Arm um seine Tochter. Er blinzelte und rang um Fassung.

»Super Idee, mein Mädchen«, presste er hervor. »Ich freu mich total.«

»Ich mich auch.« Shannon griff nach seiner Hand und drückte sie. »Weißt du, eigentlich mag ich ja gar nicht Skifahren. Aber Lucy ist immer so begeistert und deswegen …« Sie ließ den Satz offen.

Callum schob seinen Kopf zwischen Vater und Tochter und wedelte eifrig.

»Vielleicht solltet ihr mit dem Hund raus«, meldete sich Helen Dunn zu Wort. »Ich mache inzwischen ein bisschen Ordnung. Hier unten bei euch und oben bei mir. Wir sehen uns später.«

»Was meinst du, Callum? Gehen wir nach draußen?«, fragte Dunn, froh, von dem rührseligen Moment abgelenkt zu werden.

»Wuff«, machte Callum, wedelte und sprang Richtung Wohnzimmertür.

»Na dann, komm«, sagte Dunn, stand auf und zog seine Tochter mit hoch.

»Wenn ihr zurückkommt, gibt's Punsch zum Aufwärmen«, sagte Helen Dunn.

»Für mich auch. Den, den ihr auch trinkt. Keinen heißen Saft, wie für kleine Kinder«, entschied Shannon.

»Natürlich«, sagte Dunn.

Wenige Minuten später liefen sie Seite an Seite die Straße entlang, die etwa eine halbe Meile hinter der Wohngegend in einen Feldweg mündete.

Der Tag war hell und kalt und die Sonne schickte milchige Strahlen herab. Callum trabte ein paar Schritte voraus, schnüffelte hier und da und sah sich immer wieder nach seinen Menschen um.

Dunn war leicht ums Herz wie lange nicht. Es war Weihnachten und ab jetzt würde er seinen Urlaub genießen.

Dank an die LeserInnen

Liebe Leserinnen,
liebe Leser,

diese Geschichte ist hier zu Ende. Wir hoffen, sie hat Ihnen gefallen und Sie sind ein paar Stunden in die Welt dieser Geschichte eingetaucht, haben geschmunzelt, gelacht, mitgefühlt und mitgelitten. Das freut uns. Wenn Sie weiterhin Bücher dieser Autorin, dieses Autors oder unseres Verlages lesen möchten, dann reden Sie über dieses Buch. Oder twittern Sie, schreiben Sie einen kurzen Blogbeitrag oder eine Leserbewertung in Ihrem bevorzugten E-Book- oder Online-Shop.

Mund-zu-Mund-Werbung ist für AutorInnen und Verlage wie Sauerstoff für jedes Lebewesen – sie ist lebenswichtig. Lesermeinungen sind Motivation und Ansporn, so dass Sie schon bald ein weiteres Buch Ihrer Lieblingsautorin oder Ihres Lieblingsautors lesen können.

Wenn Sie mehr über unsere Bücher erfahren wollen, melden Sie sich für unseren Newsletter an.

Herzliche Grüße

Ihre
edition oberkassel

Spannendes Terrain

bei

EDITION OBERKASSEL

macht abhängig!

Pure spannende Unterhaltung.

ISBN: 9783958131309

ISBN: 978395810418

ISBN: 9783958130869

ISBN: 9783958131675

EDITION OBERKASSEL